KB052822

조금은 덜 외로운

고이케 마사요

차례

나무를 만나러 가다

떠나기 전 엄마는 할 말을 깜빡 잊었다는 듯 아무렇지 않게 말을 꺼냈다.

지금 생각해보면 평소 말수가 적었던 엄마가 그날따라 유난히 수다스러웠고, 뭔가에 홀린 듯했다. 말을 한다기보다는 연기에 가까웠다. 자신에게 하는 말 같기도 했다. 위대한 자연에 나를 맡기며 부탁을 하는 것도 같았다.

– 어려움에 부딪힐 때면 먼저 그 큰 나무 곁으로 가렴. 청명한 날 아침나절이면 더욱 좋겠지? 마음을 가라앉히고 나무둥치에 손을 대봐. 눈을 감고 그 큰 나무와 하나가 되는 거지. 네 안으로 고요히 흘러드는 에너지가 느껴질 거야.

말로는 설명하기 어렵지만, 널 지탱해주고 문제를 해결해 널 이끌어줄 거야. 다른 사람과 의논하는 건 그다음에 해도 돼. 무턱대고 다른 사람에게 마음을 털어놓고 의논부터 하는 건 별로 좋은 선택이 아니야. 대개는 남과 의논하기 전에 이미 마음 정리가 되거든.

그렇다고 모든 일을 혼자 해결해선 안 돼. 알고 있지? 한 사람의 능력이라 해봤자 뻔하지. 에너지는 이 세상을 조용히 순환하고 있어. 그 흐름에 몸을 맡기면 돼. 그렇게 할지 말지는 네가 선택하는 거야.

나무에게서 전해 받은 힘은 너를 통과해서 다시 어디론가 흘러간단다. 네 안에 자리한 어두움도 그때 함께 밖으로 빠져나가면 좋겠다. 그래 맞아. 에너지의 순환은 정화의 힘도 발휘하곤 해. 난 그렇게 믿고 있단다. 알겠니? 이해가 안 되면 다시 설명해줄게. 생명은 순환하고 있어. 그러니 너 혼자라는 생각이 들더라도 슬퍼하지 마라. 의미 없는 일이니까. 이제 알겠니?

자연의 움직임을 느껴봐. 들이쉬고 내쉬고, 또 들이쉬고 내쉬는 그 리듬 말이야. 너는 저 자연의 리듬 속에서 태어났어. 그 리듬을 종종 떠올려 보렴. 모두 언젠가는 되돌아가는 그곳의 리듬을.

어려움에 부딪힐 때면 저 큰 나무 곁으로 가렴. 청명한 날 아침나절이 좋겠지? 마음을 가라앉히고 나무둥치에 가만히 손을 대봐. 눈을 감고⋯⋯.

돌고 도는 끝나지 않는 이야기가 순환하고 있었다. 점점 잠이 쏟아졌다. 이야기가 지루해서가 아니다. 아픔이 치유되면서 잠이 쏟아졌고 이어서 깊은 잠에 빠져들었다. 치유는 잠드는 것이고 잠드는 것이 치유였다.

대지로 돌아간다는 말이 있다. 그것은 '죽음'을 의미하지만, 잠드는 것 또한 돌아가는 것이다. 엄마의 목소리에는 사람을 대지로 초대하는 부드러운 힘이 실려 있었다. 가지에서 떨어져 나와 춤을 추며 지상으로 낙하하는 마른 나뭇잎처럼 그렇게 엄마는 그 무렵 틈만 나면 이야기를 해주었다.

엄마는 흥미로운 여자였다.

배우라는 직업이 좀 특이하기도 했지만 무슨 생각을 하는지 도통 파악하기 힘든 부분도 있었다. 대부분의 사람들은 엄마를 온화하고 조용하며 밝은 성격이라고 보았다. 겉보기에도 특별난 곳이 없었고, 쓰레기 분리수거나 집안일도 척척 잘해서 '보통 여자' 같은 인상이었다.

지금 생각해보면 엄마는 의외로 인간을 깊이 혐오했고, 그로 인해 인간에 대해 깊이 절망했던 게 아닐까. 그런 엄마의 속내를 알아차린 사람도 분명히 적지 않았을 것이다.

사람들 속에 섞여 미소 짓는 엄마는 멋지고 아름다웠

다. 나는 그 모습이 엄마가 억지로 애를 쓰며 참는 것처럼 보여 안쓰러웠다. 엄마는 혼자 조용히 있을 때 가장 엄마다웠다.

어려서부터 엄마와 단둘이 살아와서 단순히 엄마라기보다는 동지에 가까웠다. 엄마는 언제나 남에게 오해를 받았다. 그런 엄마의 고독이 가슴 아팠다. 엄마뿐 아니라 인간이라는 존재는 누구나 다 크고 작은 오해를 받는다. 어떤 사람은 자기 자신조차 이해하지 못한 채 죽어간다. 그 사실을 깨달으려면 좀 더 나이를 먹어야겠지.

그럼에도 엄마 주변에는 신기하게도 사람이 많이 모여들었다. 나를 가족 자랑이나 늘어놓는 팔불출이라고 말하는 사람도 있을지 모르겠다. 하지만 확실히 엄마는 사람들에게 신뢰받는 여성이었다. 이 점은 내 자랑거리이기도 했다.

엄마는 무엇보다도 입이 무거워 사람들에게 들은 이야기를 함부로 남에게 전하지 않았다. 어쩌면 말한 사람이 얻으려는 답을 격려로 바꿔서 되돌려주는 사람이었는지도 모른다. 특별한 감응 능력이라고 생각하지만 그 특별한 공감 능력 탓에 그 대가를 많은 고민과 슬픔으로 치르지 않았을까. 좀처럼 자신을 드러내놓고 말하지 않는 엄마여서 나는 엄마에 대해 별로 아는 게 없다. 그런 엄마가 남편, 즉 아빠를 딱 한 번 말한 적이 있다. 그전까지 아빠는 내가 아기였을 때 돌아가신 줄 알고 있었다.

-그는 나무 같은 남자였어. 내면도 느낌도 그랬어. 팔 다리가 길었고 키도 컸거든. 가지를 곧게 뻗은 겨울나무 같았지. 그 남자의 뒤를 따라가면 그대로 그가 꿈꾸는 세상, 그 이야기 속으로 따라 들어갈 것만 같았어. 처음 만났을 때부터 빨려들 듯이 그를 따라다녔지. 네 아빠는 참 멋진 남자였어.-

　상대를 잘 알지 못한 채로 관계를 시작하는 건 나이를 먹어도 달라지지 않는 엄마의 방식이었다. 그런 엄마를 곁에서 지켜보며 그것이 얼마나 위험한 짓인지 수도 없이 생각했다. 멋있었다는 아빠는 엄마와 마찬가지로 무대에 서는 배우였다. 그 이상은 엄마도 말하지 않았고 나도 더는 묻지 않았다. 항상 그렇게 서로의 깊은 내면까지는 알려고 하지 않았던 신기한 모녀였다. 설령 가족 간이라 할지라도 한 사람의 전부를 다 이해하기란 쉽지 않다. '엄마'는 '엄마', '나'는 '나'였다. 하지만 엄마의 배를 빌려 이 세상에 태어났다는 건 기적 같은 인연이자 신비로운 우연이다. 그렇게 생각했던 나와 마찬가지로 엄마도 같은 생각을 하지 않았을까. 엄마는 아이를 낳았고, 아이는 엄마에게서 태어났지만 중요한 점은 낳은 사람과 태어난 사람으로서 우리의 만남은 우연에서 비롯되었다는 사실이다.

– 어느 날 원숭이처럼 생긴 아이가 가랑이 사이에서 미끄덩하고 빠져나왔지. 놀라서 '이게 뭐야?'라고 생각했어. 그게 바로 너야. 예정일이 지났는데도 나오지 않아 모두들 기다리다 지쳤을 때쯤 세상에 나왔어. 태어날 때도 '응애' 하고 바로 울지 않았어. 목에 탯줄이 여러 겹 감겨 있었거든. 잘못되는 줄 알았지. 입술도 얼굴도 새파랗게 질려 있었단다. 넌 이 세상에 나오면서부터 이미 죽음의 문턱까지 갔다가 되살아 온 거야.–

예전에 엄마에게서 내가 태어났을 때의 이야기를 들었다. 되살아났다는 말을 듣자, 나는 어딘가에 부딪힌 듯 큰 충격을 받았다. 숨이 막히고 목 주위로 감겨 있을 리 없는 미끈한 끈의 감촉이 느껴지는 듯했다. 태아 때의 기억은 없지만 왠지 엄마의 말에 깊이 공감이 갔다. 그 이야기를 들은 후로 죽음의 문턱을 밟았다가 되돌아왔다는 불가사의한 느낌이 내 안에 자리 잡았다. 지금 내가 이렇게 살아 있다는 사실이 기적 같았다.

그 때문은 아니겠지만 엄마는 나를 자신의 소유물로 여기지 않았고 언제나 독립적인 인간으로 대했다. 그런 연유로 모녀지간인데도 남처럼 서먹서먹한 데가 있었다.

엄마는 나를 끔찍하게 아끼고 사랑해주었지만 뭔가를

선택해야 할 때는 나 스스로 결정하게 놔뒀다. 손수건 한 장을 선택하더라도 "넌 어떠니?"라고 물었고, "뭐가 필요하니?", "어떻게 생각하니?"라며 내 의견을 존중했다. 그런 식으로 어려서부터 나는 누구의 소유물도 아니라는 존재감을 깨닫게 해주었다.

선택이란 어려운 일이다. 어린 나는 금방 결정할 때도 있었지만 뭘 정해야 할지 몰라 혼란스러울 때도 많았다. 명확하지 않을 때는 솔직하게 잘 모르겠다고 말하면 항상 엄마는 웃으며 다독여주었다. "그래. 엄마도 나 자신을 이해하지 못할 때가 많아. 몰라서 오히려 좋을 때도 있지. 엄마는 더욱이 나 자신이 누군지도 잘 모르는 채 살고 있어." 그건 지금의 나도 마찬가지다.

"어머님께서 낙석 사고를 당하셨습니다."

엄마가 여행하던 지방의 경찰서에서 연락이 온 것은 몇 달 전의 일이다.

"거기가 어딘가요?"

아무 생각 없이 묻고 나서는 금방 바보 같은 질문을 했다고 생각했다. 엄마는 이번에도 어디로 간다고 말하지 않고 여행을 떠났으며 나 또한 묻지 않았다. 그래도 전화 속 상대방이 '신슈(信州, 일본 나가노현長野県의 옛 이름. -옮긴이 주)'라고 말하는 것을 듣고 그렇게 멀지 않은 곳이라 안심했다. 엄마는 곧바로 병원으로 이송되었고, 전화를

13

받았을 때만 해도 살아 있었다. 어떻게 해야 할지 복잡한 심정으로 다음 날 아침 고속철도 신칸센을 타려고 할 때였다. 이번에는 휴대전화가 울렸다.

"좋지 않은 소식을 전하게 되어 유감입니다만 어머님께서 사망하셨습니다."

현지에 도착하여 설명을 들었다. 언제나처럼 그때도 엄마는 혼자서 산길을 걷고 있었다고 했다. 큰 비가 내린 후라 산사태가 일어나기 쉽고 지면은 몹시 미끄러운 상태였다. 엄마는 떨어지는 돌에 맞지는 않았지만 그것을 시작으로 경사면이 무너져 내리는 바람에 미끄러져 절벽 아래로 떨어졌다고 했다.

경찰 관계자에게서 그 이야기를 들었던 날 밤, 나는 기묘한 꿈을 꾸었다. 산 경사면을 굴러떨어지는 사람이 있었다. '아! 엄마다'라고 생각했다. 그 사람은 온몸이 진흙범벅으로 지저분해졌다가 둥글게 변하더니 나중에는 눈과 코가 사라져 작은 돌덩어리로 변했다. 돌덩이로 바뀐 후에는 떨어지는 속도가 빨라지고 순식간에 작아져 계곡 아래로 빨려들어 갔다. 거기서부터 더욱 괴이한 꿈이 이어졌다. 돌덩어리는 아무리 아래로 떨어져도 잘 보였다. 간단히 안착시키지 않겠다는 듯 떨어져도 떨어져도 골짜기 바닥에 닿지 않았다. 그 모습을 보자, 마음속 깊은 곳에 잠겨 있던 슬픔이 터져 나왔다. 게다가 돌덩어리는 떨어지는 도중에 깔깔대며 메마른 웃음소리를 냈다.

잠에서 깨어나서 나는 울었다. 울음소리를 죽이고 어깨를 들썩이며 오열했다. 베개는 눈물범벅이었다. 눈물이 마르자 눈가가 따끔거리며 아파왔다.

혼자 남은 나를 모두 걱정해주었다. 친척과는 전혀 왕래가 없었으니 마음을 써준 사람은 모두 남이었지만, 개중에는 나를 맡아 돌봐주겠다는 사람도 있었다. 고등학교를 갓 졸업한 학생이 어떻게 혼자 살아갈 수 있을까, 누구나 그렇게 예상했겠지만 나는 강했다. 언젠가 이런 날이 오리라는 걸 알고 있었다는 듯. 그리고 엄마도 혼자 남았을 때의 나를 염려해 무엇이든 혼자 하도록 내버려두었고 강하게 키웠다.

오래 전부터 엄마는 나를 혼자 놔두고 여행을 떠나곤 했다. 생각해보면 그때마다 나는 엄마와 조금씩 헤어지고 있었던 것이다. 엄마는 종종 혼자 여행을 떠났다. 그건 엄마의 오랜 습관이어서 그날도 금방 돌아오리라 생각했다. 죽음 같은 건 짐작조차 못했다. 아침에 여행을 떠나기 전 큰 나무에 대해 말했을 때도 문득 생각난 말을 현관 앞에서 잠깐 전했을 뿐이라고 생각했었다. 설마 그 말이 유언이 되리라고는 짐작도 못했다. 오히려 그 말을 들으면서 졸기까지 했다. 그런데도 그때 엄마가 한 말이 묘하게도 머릿속에 선명하게 남아 있다. 지금 생각해보면 불가사의한 일이다.

엄마는 오랫동안 연극 무대를 중심으로 일해왔다. 이

른바 배우였지만 연기뿐만 아니라 의상도 만들고, 소도 구도 준비하고, 배경 그림을 그리기도 했다. 무대에서 풍기는 먼지 냄새마저 좋아했다. 한마디로 무대의 모든 것을 사랑하는 사람이었다. 텔레비전은 별로 보지 않았지만 영화는 이따금 즐기는 편이었다.

일은 별로 바쁘지 않았다. 일을 골라서 했던 탓인지, 원래 일이 적었던 것인지 나는 잘 모른다. 연극이 끝나면 짧으면 삼사일, 길면 한 달 가까이 어디론가 사라졌다. 어디로 가는지도 몰랐다. 어렸을 때는 그로 인해 자주 울었다. 극단의 동료 혹은 스태프였을 여자에게 갑자기 나를 맡기는 경우가 많았다. 엄마는 왜 연극이 끝나면 여행을 떠나는지, 왜 꼭 그렇게 떠나야 했는지 지금도 나는 모른다. 어렸을 때 나는 엄마라는 존재는 여행을 떠나는 사람이라고 여겼다. 그래서 다른 엄마들이 계속 같이 살며 아이를 키운다는 것을 인식하게 되었을 때 큰 충격을 받았고, 그때 처음으로 엄마를 원망했다.

'여행'이라는 말은 어린 나에게는 두렵고도 슬픈 울림을 가진 단어였다. 여행이란 엄마에게 어떤 의미였을까? 내가 알지 못하는 엄마가 여행이라는 테두리 속에 들어 있다. 그래서 나는 언젠가 내가 보지 못한 엄마를 만나러 여행을 떠나리라 마음먹었다.

올봄에 나는 고등학교를 졸업한다. 졸업 후의 진로에 대해 아무것도 정하지 않았다. 대학 진학은 애당초 고려

대상이 아니었다. 대학에 가서 공부하고 싶을 만큼 강하게 끌린 분야도 없었고, 무엇보다 학교라는 곳에는 이제 가고 싶지 않았다.

엄마의 뒤를 이어 배우를 해보지 않겠냐고 권유해온 사람이 있었다. 리허설을 한번 구경 오라고 했지만 별로 흥미가 없다. 연기가 무엇인지 나로서는 상상조차 불가능하다. 대사를 외워 전혀 다른 인간으로 바뀌어야 하는 뻔뻔하고 부끄러운 그 행위를 연극배우들은 잘도 하고 있다고 생각한다. 그 사람들도 늘 그만둬야겠다는 마음을 갖고 있지 않을까.

그보다는 엄마가 마지막으로 말해주었던 의지할 수 있다는 그 큰 나무에 관해 이야기하겠다. 근처 공원에 서 있는 그 큰 은행나무에 엄마뿐 아니라 나도 매료되어 있었다. 꼭대기가 보이지 않을 만큼 그 큰 나무는 몸통이 굉장히 굵어서 세 사람이 팔을 벌려야 손가락 끝이 겨우 맞닿을 정도였다. 사람이라면 나이를 알 수 있지만 나무는 말이 없으니 알지 못한다. 수령을 측정하는 방법도 있겠지만 그에 대해 물어볼 사람도 없었다. 언제부터인가 관리하는 사람도 보이지 않았고 관리사무소는 문이 잠긴 채 폐건물로 방치되었다. 공원은 폐쇄되지 않고 그대로여서 나무들은 더 크게 자라 지금은 숲처럼 변했다.

그 공원을 엄마와 나는 자주 찾았다. 큰 은행나무 아래에 가면 엄마는 내게 말했던 것처럼 가만히 눈을 감고서

가지에 손을 얹고 말없이 생각에 잠겼다. 아니다. 엄마는 나무와 이야기를 나누고 있었다.

어떤 때는 가지에 귀를 기울이고 뭔가를 듣고 있을 때도 있었다. 나도 흉내를 내보았지만 아무 소리도 들리지 않았다. 나무 앞에 가면 엄마는 침묵했다. 내가 말을 하면 쉿! 하고 입을 막았다. 내가 떠들면 나무가 하는 말을 들을 수 없다고 엄마는 말했다. 그 말을 처음 들었을 때는 꽤 멋지게 들렸지만, 엄마가 정말로 그걸 믿고 있는 것 같아 조금 바보 같아 보였다.

나무의 목소리라니. 내 귀에는 아직도 들리지 않는다. 믿지는 않지만 나무를 찾아가 귀를 기울여볼 생각이다. 내 기억 속 큰 은행나무는 가을에 가장 아름다웠다. 햇빛을 받은 노란색이 반짝반짝 하늘을 향해 타오르는 듯했다. 은행이 열리지 않는 걸로 봐서 아마도 큰 나무는 수나무였으리라. 하늘 높이 솟아오른 그 나무를 올려다볼 때마다 가슴이 벅차올랐다. 그럴 때는 엄마에게 주의를 들을 필요도 없이 입을 다물었다.

나무 아래에 서 있으면 편안했다. 엄마를 닮았는지 나도 사람들과 만나는 것을 별로 좋아하지 않는다. 혼자 있어도 충족한 시간을 보낼 수 있다. 사람들과 같이 있는 것보다 나무와 같이 있을 때 훨씬 더 살아 있다는 것을 실감하곤 한다. 나중에는 나 자신이 나무인 것처럼 느껴졌다. 눈을 감고 팔을 벌리면 내가 나무가 된 것 같았고 새가 양팔에 앉아 쉬는 모습마저 떠올랐다. 나무 중에는 쓰러져서 시들고 완전히 썩을 때까지 몇 천 년이 걸리는 나무도 있다. 엄마의 죽음도 그런 나무와 닮았다. 꿈을 꾸고 나서 눈물을 흘렸지만 슬픔과는 다른 감정이었다. '엄마의 죽음'이라는 사실을 분명히 인식한 후에도 '엄마가 없다'라는 사실을 실감하기까지는 아직 시간이 필요하다. 요컨대 엄마가 이 세상에 없다고 생각되지 않았다. 엄마는 분명히 세상을 떠났지만 형태와 흔적이 지상에서 사라질 때까지 수천 년이 걸릴 것 같았다. 아직도 엄마는 계속 여행길에 있는 것은 아닐까?

지금은 추운 겨울이다. 나는 오늘도 큰 은행나무를 만나러 간다. 별 고민은 없지만 매일의 일과가 되었다. 잎은 다 졌지만 나무는 여전히 가지를 펼치고 있다. 나는 겨울나무가 좋다. 가지 사이로 얼비치는 얼어붙은 푸른 하늘을 보는 것도 좋다. 은행나무 밑에 갈색 낙엽이 푹신하게 쌓여 있다. 그 위를 걷는 것도 좋다.

은행나무는 이억 년 이전의 아주 옛날부터 지금까지 지구에 살고 있어서 '살아 있는 화석'이라고 불린다는 말을 어렸을 때 엄마한테서 들었다. 집에 있던 백과사전의 수목 부분을 나는 몽땅 암기할 정도로 반복해서 읽고 또 읽었다. 공룡이 살았던 중생대, 약 이억 년 전부터 일억 년 정도의 먼 옛날에도 은행나무가 이 땅에 잎사귀를 떨어뜨렸다고 생각하면 아득해지면서 가슴이 두근거린다.

새삼스럽게 은행나무를 유심히 살펴보니 은행나무 잎은 펼쳐놓은 부채처럼 신기하게 생겼다. 잎맥은 평행선 같은 섬세한 세로줄이다. 이파리와 달리 늘어진 줄기와 투박한 뿌리는 노파의 가슴을 떠올리게 했다. '젖이 잘 돌게 하는 나무'라고 엄마는 말했다. 모유로 나를 키운 엄마는 젖을 잘 돌게 해달라고 큰 은행나무에 빌었다고 했다. 소원을 들어준 나무의 효과라고 단정할 수는 없지만 어쨌든 엄마의 모유는 풍족하게 잘 나왔다고 한다.

엄마는 원래 건강한 사람이었다. 무대에 서는 사람이라서 항상 자신의 몸을 좋은 상태로 유지하는 것은 일의 일부분이기도 했다. 엄마의 몸은 아름다웠다. 마르지도 않았고 근육이 잘 다듬어져 있어서 엄마가 걸을 때면 나는 종종 고대인을 상상했다. 걸을 때면 두 발을 발뒤꿈치부터 정중하게 대지에 내딛었는데 그 모습은 태초의 인간을 연상시켰다. 소박한 아름다움이었다. 머리가 길어서 사람들은 무녀라고 생각했고, 가끔은 소녀라고 착각했다. 머리를 감을 때면 린스를 사용하지 않았는데, 머리카락이 항상 구불구불한 밧줄처럼 굵게 꼬여 있었다.

숫기가 없었지만 가끔 살며시 미소를 지었다. 나뭇잎을 흔드는 초록빛 바람과도 같은 예쁜 미소였다.

그 미소 하나로 엄마는 남자들을 사로잡지 않았을까. 여성적인 관능의 매력이 느껴지기보다는 오히려 평범해 보였지만 언제나 남자가 곁에 있었다. 마치 나무와 그 나무의 그림자처럼.

엄마의 '그림자'같은 남자들은 차례차례 바뀌었다. 오래 관계를 지속할 만한 남자가 없었던 것일까? 남자관계가 늘 모호해서 언제 관계를 끊었는지 명확하지는 않았다. 하지만 곁에 있다 보면 엄마가 남자와 헤어지고 다시 새로운 남자에게 의지하기 시작했다는 것쯤은 어렴풋이 알 수 있었다. 남자들과 많은 이별이 있었겠지만 신기하게도 헤어질 때 다투는 건 한 번도 본 적이 없었다. 엄마와 그 남자들과의 관계는 소용돌이치는 바닷물 같아서 남자들은 엄마를 중심으로 잠시 휩쓸렸다가 머지않아 멀어져 바다 너머로 조용히 흘러갔다.

최근에는 밤중에 혼자 잠자리에 들 때마다 나는 이상한 꿈을 꾼다. 갑자기 묵직한 것에 눌려 옴짝달싹 못하는 꿈이다. 꿈인데도 감촉이 굉장히 생생해서 그게 꿈이라고 알아차릴 때까지는 한참 시간이 걸린다. 가만히 무거움을 참고 견디면 곧 그것의 정체를 알 수 있다. 커다랗고 검은 나무다. 그런 꿈을 꾸는 건 엄마가 마지막으로 남긴 그 말 때문이라고 생각한다.

커다란 나무는 이파리가 달린 가지를 팔처럼 벌리고 나를 휘감아 온다. 굉장히 기분이 좋다. 그 품에 안기고 싶어질 만큼. 나도 모르게 팔을 내밀어 나무를 껴안는다. 나와 나무는 서로를 품은 상태가 된다. 살랑살랑 불어오는 바람이 잠들어 있는 내 볼을 어루만진다.

커다란 나무는 이윽고 사람의 형상으로 변하여 먼저 줄기에 눈, 코, 입이 생기고 다음에는 귀가 생긴다. 입술이 벌어지고 입안 어둠 속에서 가쓰라코桂子! 가쓰라코! 나를 부르는 소리가 들린다. 유심히 살펴보면 나무는 사람의 형상을 하고 있는 한 명의 남자다. 그 목소리는 나를 사로잡는다. 가슴이 뛴다. 단번에 나는 그 남자를 사랑하게 되고, 그를 껴안은 팔에 더욱 세게 힘을 주어 끌어안는다.

나무의 남자는 아무 말도 하지 않았지만 내 하체에 뜨거운 바람이 불었고 내 아랫도리로 무언가가 쑥 들어온다.

기분이 좋은 것 같기도 하고 나쁜 것 같기도 하다. 아랫도리로 들어와 있는 것은 젖어 있고 말랑말랑하다. 따뜻한 바닷물 같은 감촉이다. 아아! 하고 괴성을 지르며 나는 꿈에서 깨어났다. 아침이었다.

침대 시트가 어린아이의 오줌이 묻은 것처럼 젖어 있다. 소변 같았지만 소변 냄새는 나지 않고 색깔도 없었다. 약간 끈적거렸다. 그렇다면 나무에서 나온 수액일까? 라고 생각하다가 절대로 그럴 리가 없다고 고개를 흔들었다. 하지만 나무와 교합했음을 증명이라도 하듯 침대 시트는 나무에서 나온 수액 같은 것으로 젖어 있었다. 잘게 부순 나뭇잎을 흐트려놓은 것 같기도 했다.

부끄러워서 다른 사람에게는 말하지 못하지만 꿈속에서 깊은 쾌감을 맛본 후로 나는 그 꿈을 다시 꾸기를 기다렸다. 믿음직한 나무의 남자가 현실에도 있다면 얼마나 좋을까 생각했다. 외로울 때마다 나는 꿈속에서 나를 부른 그 남자의 목소리를 종종 떠올렸다.

'가쓰라코! 가쓰라코!'

나를 부르는 그 목소리가 들리지 않으면 그 꿈은 시작되지 않았다. 내가 먼저 불러보아도 재현되지 않았다. 남자의 그 목소리를 떠올리기만 해도 내 안에서 향기로운 냄새가 퍼지는 듯했다.

내 이름에 들어있는 계수나무(가쓰라코桂子의 앞 글자가 계수나무 桂株 자. -옮긴이 주)를 알게 된 것은 집에 있는 수목도감에서다.

'계수나무과의 계수나무속 낙엽 활엽수. 홋카이도부터 동북, 관동 규슈에 걸쳐 일본의 넓은 지역에 분포.'

삼십 미터까지 자라는 나무도 있으며 잎에서는 향내가 난다고 한다. 어떤 향기일까? 그 향기를 맡아보고 싶다. 그 향기를 찾아 나도 엄마처럼 여행을 떠나야 할지도 모르겠다.

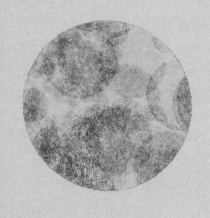

그 남자의 나무

엄마가 죽고 반년쯤 지나자 집에 모셔놓은 불단에 조문을 하겠다며 갑자기 찾아오던 사람들(그들은 남녀노소 불문하고 엄마에 관해 재미있는 이야기를 들려주었다)과 전화를 해오던 사람들도 조용해졌다. 내 일상은 마치 처음부터 엄마가 존재하지 않았다는 듯이 평온해졌다. 센 바람이 불었다. 마루는 흙먼지로 뒤덮였고 집 안 곳곳에 먼지가 앉아 까슬까슬했다. 정신을 차려보니 어느새 3월이었다.

나는 고등학교를 졸업했지만 앞으로 무엇을 할지 불투명하다. 집에 틀어박혀 아무도 만나지 않는 날들이 계속되었다. 몸뿐 아니라 정신도 포동포동한 애벌레처럼 살이 찌고 있었다. 이대로 있다가는 점점 팽창하는 내 몸이 견디지 못하고 언젠가는 터져버릴 것만 같은 공포에 휩싸였다.

두려움 속에 잠든 그날 밤, 꿈속에서 그 나무의 남자가 나타났다. 나는 그와 한 몸이 되어 격렬하게 불타올랐다. 꺼칠꺼칠한 나무껍질은 껴안을 때마다 피부가 쓸려 아팠지만 그 아픔은 바로 내가 살아 있다는 증거였다. 남자의 가지에서 채찍처럼 휘어진 두꺼운 덩굴이 뻗어 나와 나를 몇 겹으로 휘감았고, 내 속에서는 희열인지 고통인지 모를 비명이 터져 나왔다. 그러자 그의 양팔의 잎사귀들이 일제히 몸을 떨었다. 그 움직임에 맞춰 남자가 내 안으로 들어왔다.

아침이면 나는 조각조각 부서지고 흩어져 먼 바다에서 떠밀려 온 나무처럼 잠을 깼다. 며칠 동안 굶주린 내 안의 짐승이 먹이를 해치우듯이 허겁지겁 식욕을 채우고 나면 나는 또 잠이 들었다.

잠에서 깰 때면 외로움이 밀려왔다. 특히 아침이 왜 이리 허전한 걸까, 라며 나는 나이 먹은 여자처럼 생각했다. 일어나지 못하고 힘없이 침대에 누워 있었다.

그러자 엄마가 곁에 없다는 사실이 서서히 나를 힘들게 했다. 엄마의 육체는 이제 이 세상에 없다. 두 번 다시 엄마의 "다녀왔어"라는 말을 듣지 못한다. 다시는 현관문을 열고 들어올 리 없다. 특히 엄마가 쓰던 물건과 마주했을 때는 그 사실을 절감했다. 물건들은 주인 없이도 뻔뻔하게 그 자리를 지키고 있었다. 낡아지고 더러워지고 구겨지는 물건은 있어도 태워버리지 않는 한 엄마처럼 사라지는 일은 없을 것이다. 유품의 그 강렬한 존재감이 엄마의 부재를 더욱 선명하게 만들었다.

엄마의 육체는 타버렸다. 타서 뼛가루가 되었다. 화장장에서 남은 뼈를 두 사람이 한 조로 옮겼을 때 젓가락을 든 내 모습에 당황했다.(일본의 장례풍습에서는 화장을 한 후에 긴 젓가락을 이용해 유골함에 뼈를 담는다. -옮긴이 주) 위화감에 휩싸였던 것을 지금도 기억하고 있다. 엄마를 집어서 먹는 기분이었다.

마지막으로 화장장의 직원이 다가와 흩어진 뼈 중에서 하나를 집어 들고 조문객들에게 보여주며 감탄스러운 목소리로 말했다.

"참으로 아름다운 울대뼈(목의 한가운데에 튀어나온 연골. -옮긴이 주)를 가지고 계셨군요."

누군가가 "배우였으니까"라며 독백처럼 조용히 읊조렸다.

남자 직원이 그 뼈를 유골함의 맨 위에 올리자 뼈가 불거져 나와 뚜껑이 닫히지 않았다. 그러자 그 직원은 어머니의 뼈가 양이 많아 그런 거라며, 서둘러 변명하듯 말하고는 기구를 사용해 뼈를 눌러 으깨어 부수어버렸다.

우드득 빠드득 우드득 빠드득. 뼈가 부수어지는 소리가 그대로 들렸다. 뼈의 높이는 단숨에 낮아졌다. 그렇게 엄마의 뼈는 모래처럼 변했다.

와타루라는 남자에게서 전화가 걸려온 것은 미적지근한 바람이 불어오던 봄날 저녁이었다. 그 자신도 엄마가 살아 있었을 때 친분이 있었다며 갑작스러운 죽음을 깊이 애도해주었다. 나는 오랜만에 현실을 사는 인간 남성의 목소리를 들었다. 귀가 따끈따끈 데워지는 느낌이었다. 차가웠던 내 피가 봄날의 시냇물처럼 흐르기 시작했다.

와타루란 이름일까 성일까. 와타루는 설명해주지 않았지만 나는 이름이라는 생각이 들었다. 이름이라는 느낌이 더 강했다. 게다가 이 세 글자는 왠지 모르게 고아를 지칭하는 울림이 있었다. 그의 어투에서 외톨이 같은 냄새가 났다는 이유도 있다. 외톨이끼리는 서로 알아본다. 이불에 오줌을 싼 아이가 이불에 오줌을 싼 다른 아이를 알아보듯이. 바로 그런 경우다.

처음 전화를 걸어서 성은 빼고 이름만 말하는 남자가 있을까? 이 세상에는 이름만으로 사는 남녀가 있긴 하다. 유흥업소 종사자나 혹은 일부 연예인들이다. 그들은 왜 성을 사용하지 않는 걸까? 왜 이름만으로 세상을 떠도는 걸까? 혹시 떠돌기 위해서 성을 버리는 걸까? 이런저런 생각을 해봤지만 새삼스럽게 성을 버린다는 건 잔인한 선택이라는 결론을 내렸다. 와타루라는 이름에서 왠지 애처로움이 묻어나서 나는 잠자코 그의 말에 귀를 기울였다.

한참 동안 엄마를 추억하는 말을 이어가다가 느닷없이 와타루가 말했다.

"당신은 배우를 해야 합니다."

또 그 말인가……. 연극을 해보라는 권유는 수도 없이 들었다. 답은 이미 나와 있다. 난 배우는 하지 않는다. 가만히 듣고만 있었더니 와타루는 계속 말했다.

"장례식에서 당신을 봤습니다. 돌아가신 어머님을 쏙 빼닮아서 놀랐어요. 이런 말이 실례라는 건 잘 압니다. 어머님을 대신해서 연극을 하라는 말은 아닙니다. 뭐랄까 그때 당신은 물속에서 막 올라온 하얀 공룡 같은 모습이었어요. 어머님은 식물 같은 분이지만 당신은……."

"공룡은 아주 옛날에 멸종했잖아요."

"네. 멸종했죠. 이 세상에 존재하지 않습니다. 공룡이 왜 멸종했는지 여러 학설이 있습니다. 저는 어릴 때부터 공룡을 굉장히 좋아했어요. 공룡이 매력적이라고 생각하지 않나요?"

"글쎄요. 제가 체격이 큰 편이긴 하죠."

"제가 공룡 같다고 한 말은 제 나름의 칭찬입니다. 당신에게서는 부드럽고 끈끈하게 덮인 막이 느껴져요. 말하자면 당신은 파충류죠. 파충류에겐 섹시한 매력이 있어요."

"그렇게 말씀하셔도 저는 배우를 하지 않아요. 애초에

할 마음이 없어요. 한 번도 무대에 서본 적도 없는데다."

"뭔가를 해본 적이 없다는 것은 뭔가를 하겠다는 이유인 거죠. 거절할 이유는 아닙니다."

"그렇다면 바꿔 말하죠. 하고 싶지 않아요."

"하고 싶지 않다는 건 감정의 순간적인 표출이죠. 권유하는 물건을 거절하듯 가볍게 대답해선 안 돼요. 당신은 아이가 아니니까요."

"집요하군요."

"깊이 생각해보세요. 당신의 피부는 사르륵 사르륵 공기에 반응하고 있어요. 나는 그것을 점막 같다고 느꼈습니다. 당신의 몸은 민감해서 동물적이죠."

"추상적인 이야기는 이제 그만하시고, 그렇다면 저에게 뭘 바라는 거죠?"

"오로지 당신이 무대에 서는 걸 원해요."

"그다음은요?"

"그다음이 궁금한가요?"

"네, 알고 싶습니다."

"그렇다면 다음 주 월요일 오후 네시에 센다가야(도쿄 시내 시부야 구에 있는 건물과 주택가가 섞여 있는 지역. -옮긴이 주)에 있는 내 사무실로 오세요."

나는 지금 와타루를 만나기 위해 빌딩 계단을 오르고 있다.

낯선 장소에 갈 때면 나는 언제나 나 자신에게 묻곤 한다. 이곳에 또 올 수 있을까. 질문이라기보다는 내기 같은 것이다. 아니다. 내기라기보다는 일종의 점이라고 할까?

한 번으로 끝나지 않고 인연이 계속될 곳은 첫 방문부터가 처음 같지 않은 정겨움이 있다. 올까 말까라기보다는 오고 싶은가 아닌가의 문제다. 그 의지만이 삶의 문을 열어준다고 생각하는 사람도 많을 것이다. 나 또한 이성적으로는 그 견해에 동의한다. 하지만 오로지 그 의지가 세상을 움직인다는 말에는 동의하기 어렵다.

나보다 훨씬 거대한 것에 자신을 맡기는 태도는 이미 내 안에서 깊숙이 뿌리내렸다. 이제는 내가 살아가는 방식의 원형을 이룰 정도다. 언제부터였을까? 무엇이 나를 그렇게 만든 걸까. 죽은 엄마도 그런 사람이었으니 자연스럽게 나는 엄마에게서 그런 삶의 방식을 물려받았는지 모른다.

다가오는 것을 거부하지도 않지만 자신을 드러내지도 않는 삶의 방식. 철저히 수동적인 삶의 방식. 항상 무언가를 기다리는 태도.

— 내가 원하는 대로 안 될 때가 얼마나 많은지 마음을 비우고 기다려보자.—

언젠가 엄마는 그렇게 말하며 고구마소주를 천천히 마셨다.

– '내가 말이지' 라며 자신을 굳이 알리려 하지 않아도 존재하는 그 자체만으로도 이미 자신을 드러낸 거고, 존재하는 것만으로도 이미 누군가를 밀어낸 거지. 산다는 그 자체가 원래 불쾌한 일이야.–

배우의 삶은 필연적으로 기다림과 친구가 되어야 한다. 의뢰가 들어오고, 배역이 들어오고, 무대에 오를 때에야 비로소 존재한다. 게다가 어떤 배역을 맡게 될지 예상조차 할 수 없다.

수동적 자세로 기다리는 것이 배우의 본질적 자세일지도 모른다. 구체적으로 설명하긴 어렵지만 그런 비어 있는 상태는 '배역'을 소화하기 위한 물리적 형태일 것이다. 다른 무엇이 내면에 자리 잡고 있으면 배역이 들어갈 공간이 부족하다고 엄마는 말했다.

엄마는 언제든 어떤 역할이든 보여주겠다는 자세였다. 자신을 비우고 난 엄마에게는 박력이 있었다. 자기 색깔을 지운 투명한 사람이었다. 마치 그 자리에 없는 사람처럼. 그 모습이 원래 엄마의 존재감이었다.

어렸을 때는 그런 엄마가 굉장히 신기했다.

"왜 엄마는 항상 기다리고 있어? 왜 스스로 먼저 움직이지 않는 거야? 그렇게 수동적이면서 살아간다고 할 수 있어?"

이렇게 말하며 물고 늘어지면 언제나 엄마는 긍정도 부정도 하지 않고 말없이 나를 바라보기만 했다. 그런데 어느새 나도 무언가를 기다리는 인간이 되어 있다.

낡은 건물의 계단을 천천히 오르면서 막연히 다시 이곳에 올 것 같다는 생각이 들었다. 다시 오고 싶을지는 모르겠지만 '한 번'만은 아닐 것 같았다.

문을 열었다. 사무실에는 남자가 출입문을 등지고 앉아 있었다.

"안녕하세요."

남자는 자리에서 일어서며 나를 바라보았다. 그 남자는 나이가 꽤 들어 보였고 한 손에는 지팡이를 짚었으며 짙은 색 선글라스를 쓰고 있었다.

"어서 오세요. 잘 왔어요. 내가 와타루예요."

"가타야마片山입니다."

와타루는 나이를 가늠하기 어려웠다. 피부는 주름투성이였지만 볼과 입술은 장미빛으로 윤이 났다. 귀에는 루비 귀걸이가 흔들리고 있었으나 목소리를 들으면 대번에 남자임을 알 수 있었다. 소년이 하룻밤 사이에 폭삭 늙어버린 것 같은 불가사의한 압축감이 감돌았다.

그런데도 그에게서는 신기하게 유모를 만난 것 같은 정겨움이 일었다. 남자인데도 젖 냄새가 느껴졌다. 내가 아기였을 때 어쩌면 엄마가 그에게도 나를 맡겼을지 모른다. 그렇다면 이 남자도 엄마의 연인 중 한 사람이었을까.

"오늘 함께 연기해줄 남성 한 명이 더 오기로 했습니

다.”

그 말을 듣는 동안 2층에서 3층을 지나 힘차게 계단을 올라오는 소리가 점점 가깝게 들려왔다. 문을 열고 들어온 사람은 기린처럼 산뜻한 느낌의 키가 크고 훤칠한 청년이었다.

“죄송합니다. 아르바이트가 늦게 끝나서 조금 늦었습니다.”

그는 소 혀 구이 전문점에서 일하고 있다고 했다. 눈이 마주치는 순간, 내 몸의 꼬리가 바짝 서는 느낌이었다.

꿰뚫어 보고 있다는 듯 그는 싱긋 웃었다. 상쾌한 인사였다.

“두 사람이 해주기를 바라는 연극은 이미 정해져 있습니다. 바닷가를 배경으로 한 단막극이지요. 푸른 갯메꽃 (학명 Calystegiasoldanella (L.) Roem. &Schultb : 주로 해안가에서 자라는 메꽃과의 덩굴성 여러해살이풀. -옮긴이 주)이 바닷가 한쪽에 피어 있다는 것 외에는 특별한 도구도 없고 이야기의 줄거리도 거의 없습니다. 무대 위에서는 계속 파도 소리만 들립니다. 남녀 둘이서 함께 바닷가를 걷는 겁니다.”

청년은 “음, 음” 하며 고개를 끄덕였다.

어렸을 적에 갔던 바다의 파도 소리가 귓가에 되살아났다.

“연습은 한 달 후에 시작합니다. 네 번쯤 연습을 한 후에 무대에 설 예정입니다. 무대는 단 하루, 오전과 오후

두 차례의 공연으로 끝납니다."

그렇게 말한 다음 와타루는 계획표를 나눠 주었다.

"왜 고작 하루만 공연하는 거죠? 이해가 안 돼요. 왜 그런 거죠?"

"아, 스폰서를 찾기 어려웠군요."

청년은 자문자답을 하고 납득했다는 듯 고개를 끄덕였다.

"다시 연락하죠. 오늘은 이걸로 끝내겠습니다. 이제 돌아가도 좋습니다."

우리는 등 떠밀리듯 와타루의 사무실을 나왔다.

청년을 따라 좁은 계단을 내려가면서 와타루가 이름인지 성인지 깜박 잊고 묻지 않았다는 걸 알아차렸다. 지금 후회하고 있는 일은 그뿐만이 아니었다. 전화가 걸려왔을 때 연극은 하지 않겠다고 강력하게 말했는데, 그 말이 전혀 통하지 않았다는 것이다. 모든 상황이 이미 연극을 향해 휩쓸려가고 있었다.

건물을 나오자 청년이 말했다.

"저기. 너 시간 좀 있어? 어디서 잠깐 얘기하지 않을래?"

"그래. 좋아."

우리 두 사람은 역 반대 방향을 향해 나란히 걸었다. 청년과는 걸음걸이의 리듬이 비슷해서 편했다. 나는 꽤 빨리 걷는 편이다. 청년은 오히려 바퀴를 단 것처럼 빨리 걸었다. 나는 조금 뛰는 걸음으로 따라갔다. 가로수가 이어지는 거리다. 아까 왔을 때는 미처 알아차리지 못했는데 아름다운 가로수 길이다.

"너, 걸음이 빠르구나?"

"미안, 여자로선 빠른 편이지?"

"아냐, 괜찮아. 따라갈 수 있을 정도니까. 그런데 넌 왜 이곳에 온 거야?"

"와타루 씨가 일단 와보라고 해서. 하지만 연극을 하러 온 건 아니야."

"난 할 건데."

"넌 와타루 씨와 원래 아는 사이니?"

"아니, 얼굴 정도만 알고 있었어."

"와타루가 이름이야 성이야?"

"나도 몰라. 어느 쪽이든 무슨 상관이겠어?"

"아니, 난 상관이 있거든."

"너 재밌는 아이구나."

"만약 와타루가 이름이라면 성도 알고 싶어. 이름만 사용하는 남자는 왠지 불안해."

"나는 류노스케竜之介."

"나는 가쓰라코, 근데 너 성은 뭐야?"

"신교지真行寺."

"나는 가타야마. 가타야마 가쓰라코. 이름으로 불러

줘."

"가쓰라코! 우리 연극 해보지 않을래?"

"그래 좋아. 우리 하자."

나도 모르게 흔쾌하게 승낙을 해버렸다. 순간 나는 놀랐다. 나는 조금 전까지 전혀 연극 따위를 할 생각이 없었다. 지금 나는 연극을 하겠다고 약속한 것이다.

"너 배우니?"

"배우이긴 하지만 완전 무명 배우야. 전철 탈 돈도 없을 만큼 가진 것도 없고."

그의 어깨까지 내려오는 머리가 가볍게 흔들렸다.

"넌 뭘 하고 있어?"

"난 아무것도 안 해."

"학교는?"

"고등학교는 졸업했어."

"일은 안 해?"

"내가 뭘 하고 싶은지 정확히 알 수 없어서."

"일하지 않아도 괜찮다면 넌 귀한 집안에서 자란 아가씨구나?"

"엄마가 죽은 후로 나 혼자야."

"그럼 어떻게 생활해?"

"엄마가 남겨준 얼마 안 되는 돈이 있어. 얼마 안 가서 떨어지겠지만."

"그렇구나. 그렇다면 큰일이잖아."

"가로수가 참 아름답다."

싹이 움트기 시작하는 나무들을 보자 갑자기 가슴이
두근거리면서 내 몸도 활짝 피어나는 기분이었다.

"나, 이 나무 잘 알아."

"난 처음 보는데. 어떻게 알아?"

"내가 태어난 집에 이 나무가 많이 자랐으니까."

"넓은 집이었구나."

"시골이었으니까."

"나무 이름이 뭔데?"

"회화나무(槐花, 학명 Sophorajaponica : 낙엽활엽교목으로 한국,
일본, 중국 등 동아시아 지역에 분포. 한국에서는 한자로 괴화槐花나
무라 표기하는데 중국 발음과 유사하여 회화라고 불렀다. 홰나무라고
도 하며, 잡귀를 물리치는 나무라 하여 예로부터 정원수로 많이 심었
다. -옮긴이 주)였었나."

"회화나무? 들어본 적 없는 이름이야."

"콩과에 속하고, 영어로는 파고다나무라고 해."

"파고다나무?"

"파고다를 사전에서 찾아보면 불탑이 나오는 걸로 봐
서 옛날에는 이 나무를 절 마당에 심었던 듯해. 그리고
보니 절에 잘 어울리는 나무야. 우리 집은 옛날에 절집이
었어. 돌아가신 아버지가 스님이셨거든."

"그렇구나. 우리 엄마는 배우셨어."

"우와! 이 나무 이파리 좀 봐. 좌우 대칭에 금화처럼 생

겼어."

"예쁜 모양이다."

"이게 바로 콩과 나무의 특징이야. 회화나무는 원래 중국에서 왔어."

"이 나무에 대해 상세하게 알고 있구나."

"이 나무만 알아. 다른 나무는 잘 몰라. 넌 나무 좋아해?"

"응. 굉장히 좋아해."

도란도란 이야기를 하며 걷다 보니 언제 지나왔는지 모르게 파고다 가로수 길이 끝나 있었다. 길은 계속 이어져 있었지만 아름다운 가로수 길은 뒤로 밀려났다. 나는 갑자기 쓸쓸해져서 류노스케를 바라보았다.

"여기서 내 아파트가 금방이야. 괜찮다면 우리 아파트로 갈까? 아, 미리 말해두지만 놀라지 마. 엄청 낡은 집이니까."

배에서 꼬르륵 소리가 났다. 그러고 보니 오늘은 아침밖에 먹지 않았다.

"집에 뭐 먹을 거 있어?"

"아무것도 없어. 냉장고조차 없으니까."

"그럼 날마다 밥은 어떻게 먹어?"

"일하는 곳에서 소고기와 밥 종류는 얻어올 수 있고, 나머지는 편의점에서 대강 때워."

"아르바이트로 살 수 있어?"

"더 일하고 싶기도 하지만 가능하다면 낮 시간은 비워 두려고. 연극을 하고 싶거든. 낮에는 연습이 있기도 하고. 이번처럼 갑자기 배역이 들어올 때도 있으니까."

"그토록 고생하면서도 연극을 하고 싶은 거야?"

"응, 그래. 한번 무대에 오르면 내려오고 싶지 않을 만큼. 난 연극이 좋아."

엄마는 별다른 직업이 없었다. 연극을 해서 먹고살 돈을 벌었을 리가 없었지만 엄마는 반드시 연극과 관련된 일만 했다. 그런데도 엄마와 나는 사는 데 크게 불편하지 않았다.

그의 아파트로 가는 길에 빵집이 보였다.

"여기서 빵 몇 개 사 가자."

카레 빵 두 개와 샌드위치 두 개, 식빵 한 봉지, 버터롤 한 봉지, 마지막으로 크루아상 두 개를 샀다.

"너무 많이 사지 마. 다 먹을 수 있겠어?"

"네 몫까지 샀어."

물건을 두 개씩 산다는 게 문득 신선하게 느껴졌다.

류노스케가 살고 있는 곳은 근래에는 보기 드문 목조 건물이었다. 건물 입구에 큰 공동 출입구가 있고 문을 열고 들어가자 볕이 잘 들지 않는 어두운 복도가 길게 이어져 있다. 복도 구석에 걸레를 담아 놓은 통이 보였다.

"매주 삼 일씩 아침저녁으로 당번을 정해서 걸레질을

해."

복도 양쪽으로는 세 칸씩 방이 있고 좌측 가장 안쪽이 류노스케의 방이었다.

방문을 열자 가스버너와 주전자가 맨 먼저 눈에 들어 왔다. 류노스케는 주전자에 수돗물을 담아다 가스 불을 켰다. 파란 불꽃 위에서 주전자가 보글보글 외로운 소리를 내기 시작했다.

배 속에서 쪼르륵 소리가 들릴 만큼 몹시 배가 고팠다. 나는 손도 씻지 않고 어린아이처럼 봉지에서 빵을 꺼내 한입 크게 베어 물었다.

"어서 너도 먹어."

이 집에는 식빵에 발라 먹을 버터는커녕 접시, 테이블, 차, 컵 등 생활도구가 하나도 없었다. 팔 등분 된 부드러운 식빵을 입에 넣자, 초등학교 때의 급식이 떠올랐다.

우리는 이제 성인이지만 부모에게 버림받은 오누이 같았다.

오누이는 그날 한 이불 속에서 잠이 들었다. 이불과 요가 딱 하나씩뿐이었다. 게다가 어찌나 얇은지 매미 날개 같았다. 하지만 서로의 체온만으로도 충분히 따뜻했다. 서로 꼭 끌어안고 다리를 가랑이 사이로 넣어서 휘감았다. 혀와 혀를 빨았다. 두 개의 혀는 꼭 파고다 나뭇잎처럼 하나로 겹쳐졌다. 남자와 섹스 하는 건 처음이었다. 처녀였지만 나는 능숙하게 남자를 대했다. 내 몸은 매일 밤 꿈에서 나무 남자와 한 몸이 되었던 기억을 갖고 있었다. 오히려 류노스케가 어색해했다.

그는 다른 것은 원하지 않았고 단 한 가지만 부탁했다.

"좋으면 소리를 내줘. 네 목소리를 들려줘."

절정에 올랐을 때 나는 참지 않고 교성을 질렀다. 느껴지는 대로 솔직하게 표현을 했다. 소리를 지르는 동안 응어리진 가슴이 녹기 시작했다. 다리가 열리고 몸이 열리고 굳었던 긴장이 풀렸다.

그동안 나는 항상 등과 다리를 구부리고 새우처럼 잠이 들었다. 마치 내가 나를 안고 있는 모습이었다. 그런데 류노스케와 함께 보낸 이 밤은 달랐다. 아침에 눈을 떴을 때 벌거벗은 내 몸은 가랑이를 벌리고 온몸을 활짝 펼친 자세였다. 그 모습에 놀랐다. 그리고 남자가 곁에서 잠들어 있는 걸 보고 또 놀랐다.

류노스케는 아직 잠들어 있었다. 나는 그 옆모습을 가만히 들여다보며 목덜미, 손가락, 상체의 생김새 등을 살펴보았다. 이불을 살짝 들어서 하체도 살펴보았다. 이불 속 페니스는 발기해 있었다. 나는 손을 뻗어 페니스를 어루만졌다. 큰 은행나무를 떠올리며 류노스케의 것은 작은 은행나무라고 생각했다.

그런 다음 살그머니 이불에서 빠져나왔다. 옷을 입고 방을 나오려 하자, 류노스케가 이불을 입 위까지 올리고 가쓰라코, 가쓰라코 하고 불렀다.

"돌아가는 거야?"

"응."

"잠깐만 이리와 봐."

나는 류노스케 곁에 웅크리고 앉았다.

"좀 더 가까이 와 봐, 너 정말 굉장한 여자야. 너처럼 반응하고, 연체동물처럼 부드러운 여자는 처음이었어."

류노스케는 얼마나 많은 여자를 아는 걸까. 얼마나 많은 여자와 섹스를 했던 걸까. 그는 내가 절정을 느낀 걸 기뻐했지만, 난 그 점이 오히려 불안했다. 이렇게 어이없는 기쁨이라니.

"돌아갈게."

"그럼 다음에 또 만나."

류노스케도 나에게 담백했지만 나 또한 류노스케에게 미련이 없었다.

"연습은 한 달 후야. 그때까지는 만나지 말자. 이다음에는 연습장에서 봐."

"그래. 알았어."

아파트를 나와 거리로 나섰다. 회화나무가 심어진 가로수 길을 천천히 걸어서 집에 돌아왔다. 배가 몹시 고팠다. 나는 항상 배가 고팠다. 집에 도착하자마자 냉장고 문을 열고 먹을 것을 손에 들고 입에 넣었다. 버릇이 나빠졌다. 엄마가 죽은 후로 나는 야수처럼 변했다. 식욕이 해결되면 침대에 누워 잤고, 잠도 아무 때나 잤다. 배를 채우자마자 바로 잠을 잤다. 눈을 떴을 때는 어스레한 어둠이 깔려 있어서 지금이 몇 시인지 오늘이 며칠인지조차 분간할 수 없었다.

류노스케라는 남자가 있다. 나는 그 남자와 잤다. 그런데 그런 일이 있기나 했나 싶을 만큼 아득하다. 그 남자와 한 번 만나고 관계가 끝난 걸까?

창문을 열고 바람을 쐬었다. 온몸이 끈적끈적해서 뜨거운 물로 샤워를 하고 맨발로 뜰에 나왔다. 속옷도 입지 않고 잔디 위를 알몸으로 걸었다.

하늘이 저리도 넓고 푸른데. 상념의 열쇠가 열리듯 창공의 한 부분이 내 가슴 속으로 밀려들어 왔다.

나는 와타루에게 사무실로 전화를 걸었다. 와타루가 부재중이어서 메시지를 남겼다.

"가쓰라코입니다. 저 연극 하겠습니다."

몸속 세포가 근질근질했다. 봄이었다.

종아리 근육 속에서 부화 직전의 무수한 애벌레가 꿈틀거리고 있다. 그것들을 나비로 만들어야 한다. 자! 어서 달려 나가자.

나는 가방에 속옷 서너 벌을 챙겨 넣었다. 내가 하는 행동을 또 하나의 내가 냉정하게 지켜보고 있다.

― 드디어 여행을 떠나는구나. ―

천장에서 엄마의 목소리가 들려왔다.

곁에 단 한 사람도 없는 자유

여행을 떠나겠다고 결심했을 때 가장 먼저 떠오른 사람은 고등학교 친구 미하루美春였다.

신기하게도 하룻밤을 같이 보낸 류노스케를 떠올렸지만 기억에 남아 있는 게 별로 많지 않았다. 한 달 후에 보자며 깔끔하게 헤어지긴 했지만 처음으로 잤던 남자였다. 그날의 류노스케는 어디로 갔을까? 류노스케와의 추억과 그의 체취는 어디로 사라졌을까?

그와 잤던 그 밤을 샤워 한 번으로 깔끔하게 흘려보냈다고 생각하니 나는 조금 불안해졌다. 남자와 잤지만 무엇 하나 변하지 않았다. 이렇게 간단히 끝나버리는 걸까.

엄마가 있었다면 이런 일을 울고 웃고 하면서 털어놓았을지도 모른다. 아니다. 엄마가 자신에 대해 남에게 말하지 않은 것처럼 나도 뭐든 가슴에 담아놓고 아무에게도 말하지 않았으리라.

어렸을 때도 그랬다. 왕따나 괴롭힘을 당했을 때도 남학생에게 사랑 고백을 받았을 때도 나는 엄마에게 결코 말한 적이 없다. 그러나 엄마는 다 알고 있다는 표정으로 나를 지긋이 바라보며 꼭 끌어안아 주었다.

엄마와 나 사이의 '꼭'이라는 포옹을 나는 종종 그리워하며 추억을 되씹곤 한다. "잘 잤니? 어서 와. 잘 자렴." 엄마는 틈나는 대로 인사말과 함께 나를 꼭 끌어안아 주었다. 엄마에게 안길 때면 쓸쓸함과 괴로움이 순식간에 사그라졌다.

그 기억이 절친한 동성 친구를 사랑하는 형태로 바뀌었는지도 모른다. 지금은 이성이 아닌 동성의 따뜻한 살결이 그립다.

고등학교 때 나는 항상 외톨이로 지냈다. 무리 지어 행동하는 여자아이들이 무서웠다. 여자들은 무리를 만들면 금세 다른 사람의 험담을 했다. 한통속인지 아닌지를 확인하여 누군가를 그 무리에서 몰아냈다. 세상에서 이보다 더 성가신 일은 없다. 나는 여자아이들을 대하는 일이 서툴렀다. 그 반면에 나는 몸속 절반이 남자인지, 신기하게도 남자아이들과는 수월하게 친구가 되었고 친하게 지냈다.

미하루는 천생 여자다. 나처럼 여자들을 싫어하거나 여자들에 대해 비판적이지 않다. 미하루도 어떤 무리에도 속하지 않았지만 혼자 있어도 나처럼 불쌍해 보이지는 않았다. 혼자 있어도 빛나는 그 모습은 흡사 어린아이 같았다. 그 모습이 같은 또래로서 중요한 뭔가가 하나 크게 모자란 듯해서 오히려 위태로워 보였다.

그런 우리 두 사람이 조금씩 가까워졌고, 둘도 없는 친구가 된 것은 자연스러운 일이었다. 그렇다고 늘 붙어 다녔던 것도 아니어서 내가 그녀를 친구로 생각하는 만큼 그녀도 나를 친구로 생각하는지는 확실치 않다.

그녀를 떠올리면 불안해진다. 류노스케와는 아무런 미련이 없다. 오히려 깔끔한 기분이다. 마치 류노스케와는 남자들 간의 관계 같다. 하지만 미하루를 향한 내 불안감에는 애정이 포함되어 있다.

부부라면 호적이 존재한다. 형제자매도 마찬가지로 호적에 들어 있다. 그렇다면 친구와는 왜 인정할 만한 기준이 없을까. 친구라는 관계를 제대로 만들지 못하는 나는 누군가를 친구라고 부르는 것조차 두렵다. 그 두려움에는 동전의 양면처럼 그리워하는 마음이 포함되어 있다.

친구 같은 건 없어도 살아가는 데 불편하지 않다고 줄곧 생각해왔다. 친구는 오히려 귀찮은 존재라고…….

그런 나였지만 지금은 친구라는 단어의 울림만으로도 넋을 잃을 만큼 달콤하고 아름답다.

엄마도 아빠도 없다. 형제자매도 없다. 알고 지내는 친척 하나 없는 천애고아인 지금, 내가 어디를 가든 붙잡을 사람이 없다. 어디로 갈 거니? 라고 물어보는 사람조차 없다. 집에 돌아왔을 때 "어서 와"라고 반겨줄 사람도 없다.

자유! 곁에 단 한 사람도 없는 자유로움에 나는 문득 문득 비명을 지르고 싶어졌다. 하늘을 혼자 나는 새가 미치지 않고 살아갈 수 있는 힘은 어디서 나올까? 저 하늘의 새처럼 자유로웠던 엄마는 그 자유를 어떻게 견뎌왔을까?

지금 나는 보잘것없는 나무가 가지를 뻗듯이 팔을 뻗었다. 그 모습은 마치 사람을 찾는 모습 같았다. 나는 새로워졌고, 누군가를 원하고 있다.

미하루가 사는 곳은 미야코지마(宮古島, 일본 오키나와沖縄의 본섬에서 남서쪽으로 약 300km 떨어진 섬. -옮긴이 주) 섬이다.

3월에 고등학교 졸업식이 끝나고, 아무도 없는 집에 돌아가려는 나를 붙잡고 미하루가 말했다.

"나 미야코지마섬에서 살게 됐어."

도쿄에서 줄곧 살았던 미하루가 무슨 일로 미야코지마라는 낯선 섬으로 떠난다는 걸까?

"그 섬은 어디에 있어?"

"남쪽. 오키나와 본도에서 한참 아래쪽이야."

"왜 가는 거야?"

"남자친구 때문에."

"결혼해?"

"그건 아니고."

"그럼?"

"사랑의 도피랄까, 부모님의 반대가 심해서."

"사랑의 도피?"

지금은 연극의 대사에서조차 쓰지 않는 낡은 단어. 어이없다는 표정으로 미하루를 바라보자, 아무렇지도 않게 "맞아. 사랑의 도피. 말하자면 도망치는 거야"라고 웃으며 태연하게 말하는 게 아닌가.

"그 남자 사랑하는구나."

"응, 정말 사랑해."

"미치도록 사랑하는구나."

남자와 관계를 가졌지만 나는 지금도 사랑을 모른다.

"그 이상이야. 같이 있으면 둘이 하나로 달라붙어 버릴 만큼 몸이 뜨거워져. 헤어지면 죽을 것 같아. 둘이 함께만 있다면 어디라도 갈 수 있어."

미하루의 눈 속에서 불길이 일렁였다.

같은 반에서 가까이 지냈는데도 미하루가 남자를 사랑하고 있다는 것을 전혀 알지 못했다. 친구였지만 정작 중요한 것은 몰랐다. 여자들 사이란 다 그렇지 뭐. 하고 체념했지만, 곧 정말 그럴까? 라고 속으로 되물었다. 나는 버림을 받은 것 같았다. 쓸쓸함이 밀려왔다.

용서하자.

나중에 미하루는 미안하다고 말했다.

"너만이 아니고 아무에게도 말하지 않았어. 용서해 줘."

얼마 지나지 않아 미하루에게서 문자가 왔다.

비취색 바다와 하얀 해변이 찍힌 사진을 첨부한, 집 주소와 전화번호를 적은 문자였다. 사진을 유심히 살펴보니 모래 알갱이처럼 작게 찍힌 미하루가 보였다. 너무 작아서 표정까지 살펴보기는 어려웠지만 잘 지내고 있다는 걸 단박에 알 수 있었다. 사진을 찍어준 사람은 분명 미하루가 사랑하는 그 남자였으리라.

가장 남쪽에 위치한 섬에서부터 여행을 시작하리라. 아니다. 여행은 이미 시작되었다. 내 등에는 너덜너덜한 날개가 돋아나 있다. 그 날개로 쉬지 않고 날갯짓하며 살아가야 한다.

미하루에게 가겠다고 연락을 했더니 이틀이 지나서야 휴대전화로 짧게 답장을 보내왔다.

'어서 와. 기다릴게. 우리 집에서 지내. 비행기표 예약하면 도착 시간 알려줘. 공항에 마중 나갈게.'

사흘 후 나는 오키나와의 작은 공항에 도착했다. 도쿄의 하네다공항에서 직항노선은 이른 아침 한 편뿐이었다. 이륙 후 세 시간이 조금 못 되어 미야코지마공항에 도착했다. 엄마가 여행 다닐 때 사용했던 낡은 황토색 배낭에 꼭 필요한 짐만 챙겼는데도 가방은 터질 듯했다. 마치 기대감으로 가득 찬 내 마음처럼.

한 손에는 하네다공항에서 산 과자 봉투를 들었다. 공항 판매대에서 여자아이가 엄마에게 사 달라고 조르던 과자였다. '별을 먹자'라는 이름의 센베이(밀가루를 반죽하여 얇게 구운 과자. -옮긴이 주)인데 상품명 그대로 별 모양의 작은 센베이가 두 개씩 작은 봉지에 들어 있다. 과자를 먹고 나서도 가지고 놀 수 있도록 봉투 뒤쪽에 가위바위보 마크가 붙어 있고, 종이비행기 접는 법도 그려져 있다.

'별을 먹자'

마음속으로 나도 하늘에 있는 엄마에게 졸랐다. 엄마 사 줘. 응석 한 번 부리지 못했던 내가 엄마를 잃고 처음으로 연극을 하듯 마음속으로 어리광을 부려보았다. 같이 먹어요. 별을 먹어요.

여자아이는 엄마가 사 주지 않자 울음을 터트렸다. 멈추지 않고 계속 울었다. 시끄럽다며 엄마에게 혼이 나자 점점 더 크게 울었다. 내가 울고 있는 듯해서 얼떨결에 '별을 먹자'를 샀다. 여자아이에게는 안에 든 작은 봉지 하나를 주었다. 고맙습니다, 라며 여자아이는 활짝 웃었다. 그 웃는 얼굴이 지금도 마음속에서 따뜻하게 맴돌고 있다.

공항 밖으로 나오자 후덥지근한 공기가 마치 뜨거운 증기로 가득 찬 목욕탕 같았다. 열기에 피부의 모공이 일제히 열리는 느낌이었다.

"가쓰라코!"

부르는 소리에 뒤돌아보니 햇볕에 알맞게 그을려 싱그러운 미하루가 서 있었다.

"미하루!"

서로 달려가 서양인들처럼 끌어안았다. 나는 조금 쑥스러웠지만 미하루는 나를 꽉 안아주었다. 엄마 말고 이렇게 나를 안아준 사람은 미하루 뿐이다.

내 볼에 볼을 비비면서 강아지처럼 나를 반겨주었다.

"오랜만이야!"

"건강해 보여서 다행이다."

"우리 집에 오래 있어도 돼."

"고마워. 네가 그렇게 말해줘서 기뻐. 하지만 조만간 숙소를 잡을 거야. 사랑의 훼방꾼이 되긴 싫으니까."

"훼방 놓을 일이 뭐 있다고. 그이와 내가 사는 모습도 보고, 좋잖아."

고등학생의 모습은 사라진 미하루는 나를 언니나 엄마처럼 대했다. 아무렇게나 묶어 올린 머리카락이 흘러내려 땀이 난 볼에 달라붙어 있었다.

차로 마중을 나왔다고 했다.

빨간색의 작은 자동차였다. 보스턴백 모양의 장난감처럼 생긴 이 차를 도쿄에서는 한 번도 본 적이 없었다.

"면허 땄구나."

"여기서는 금방 딸 수 있어. 여긴 차 없이는 생활할 수 없거든. 너도 여기 있을 때 따는 건 어때?"

"도쿄에서는 별로 차를 쓸 일이 없어."

"도쿄는 대중교통이 더 편리하니까 차를 갖는다는 의미가 이곳과는 좀 다르지."

미하루는 점점 속도를 올리며 달렸다. 운전을 잘했다. 핸들을 다루는 손놀림이 마치 동물을 쓰다듬듯 능숙했다.

주변에는 사탕수수밭이 넓게 펼쳐져 있었다.

한참을 달려 미하루가 사는 곳에 도착했다. 큰 목조로 지은 단층 건물이었다. 집은 넓었지만 낡아 보였다.

"작년에 태풍으로 피해를 입은 집이야. 수리하지 않고 매물로 나와 있던 걸 싼 가격에 샀어."

"다녀왔어"라고 미하루는 집 안의 어두운 곳을 향해 외쳤다. 어둠 속에서 불쑥 한 남자가 모습을 드러냈다. 미하루보다 훨씬 새까맣게 그을린 중년 남자였다. 몸이 다부져 보여서 어부 같았다.

"겐토弦徒 씨야. 인사해."

미하루가 소개했다. 미하루가 이런저런 소개를 하는

동안 남자는 말이 없었다.

"처음 뵙겠습니다. 그런데 겐토 씨 이름의 한자는 어떤 한자를 쓰시나요?"

"시위 겐(弦, 현의 일본어 발음. -옮긴이 주)에 생도生徒의 토(徒, 도의 일본어 발음 -옮긴이 주)입니다. 아버지가 산신(三線 오키나와의 현악기. -옮긴이 주) 연주자였어요."

"아, 그럼 현을 당기는 학생이라는 뜻이군요."

남자는 그 말에 처음으로 미소를 지었다. 평일 낮인데도 두 사람은 한가해 보였다. 이 두 사람은 여기서 어떻게 생활하고 있을까?

"저는 가쓰라코라고 해요."

"미하루의 고등학교 친구라고 들었어요. 미하루에게 친구가 있었다는 걸 알고 마음이 놓였어요."

"저야말로 미하루 같은 친구가 있어서 학창 시절을 즐겁게 보냈어요."

"하하하. 다행입니다. 당신과 미하루는 서로 비슷한 점이 많은 것 같습니다. 편히 쉬다 가세요. 학교 졸업한 지 얼마 안 돼서 술은 아직 못 마실 테니, 오늘 밤은 맛있는 오키나와 전통요리를 만들어드릴게요."

"고맙습니다. 겐토 씨."

구경도 할 겸 안내받아 들어간 집 안쪽 한가운데에는 커다란 거실이 있었다.

"이곳이 이 집의 전부나 마찬가지야. 여기서 셋이 함

께 자자."

방은 거실 한 곳밖에 없는 집 구조였다.

거기에 작은 주방이 돌출된 형태로 붙어 있었고, 뒤뜰에는 욕조가 있었다.

욕조 위에는 취미 삼아 직접 손으로 만들었을 듯한 비닐 지붕이 씌어 있었다.

아래를 내려다보니 개미들의 긴 행렬이 거실 마루까지 이어져 있었다.

"저기 봐. 개미가 집 안으로 들어가고 있어!"

내가 놀라서 외쳤지만 미하루와 겐토 씨는 대수롭지 않은 표정이었다.

"땅과 마루가 이어져 있으니 당연하지. 여기서는 개미가 집 안에 들어가는 것쯤이야 놀랄 일도 아니야. 네가 신경 쓰인다면 번거롭긴 하지만 처리할게. 개미집 입구가 거실의 네 귀퉁이에 있는 것 같으니까."

벌레와 함께 사는 집 같았다. 천장을 올려다보니 거미줄이 늘어져 있었고 그 줄이 마루 곳곳에 펄렁펄렁 매달려 있었다. 왠지 편안하고 기분이 좋았다.

"바다 보러 갈래? 근처에 미야코지마섬과 구리마지마(来間島, 오키나와 본도에서 남서쪽으로 약 300km 떨어진 곳에 위치한 섬. -옮긴이 주)섬을 잇는 긴 다리가 있어. 그 다리를 건널 때 좌우를 바라보면 아주 잠깐이지만 미래가 보인다는 전설이 있어. 네 미래도 보일지 몰라."

우리는 구리마대교의 한가운데쯤에 차를 세웠다. 해가 저무는 시간이었다. 우리 세 사람 외에는 아무도 없었다. 지금 이 자리에 서 있게 된 것을 깊이 감사했다.

　　그때 겐토 씨가 말했다.

　　"계속 이곳에 머물러도 돼요."

　　"그래 우리 함께 지내자"라며 미하루도 합세했다. 꿈속에서 빠져나온 듯 문득 정신이 들었다.

　　"실은 연극 무대에 서게 됐어. 한 달 후면 연습이 시작돼."

　　"우와! 가쓰라코, 너 어머니 뒤를 잇는 거야? 역시 여배우가 되었구나."

　　"여배우나 연극은 아직 잘 모르지만 어쨌든 이번 무대에는 서게 됐어. 무대 위에서 살아보려고…… 암튼 거창하진 않지만 얼마 전 권유를 받았어."

　　그렇게 말하면서 나는 이 긴 다리 위도 또 하나의 무대라는 생각이 들었다. 무대 위에서 세 사람이 석양빛을 배경으로 환하게 빛나고 있었다.

　　바다 너머로 작은 인형이 보인다. 그 인형의 손과 발에는 거미줄 같은 투명한 실이 붙어 있다. 누군가 그 실을 당겼다 풀었다 하며 조작하고 있다. 분라쿠(文樂, 일본의 대표적인 전통 인형극. -옮긴이 주)와 비슷했지만, 다른 점이 있다면 인형과 조작하는 사람 모두 현대인의 복장이다. 진지한 표정을 짓고 있는 인형이 마치 나 자신 같다.

응시하고 있자니 인형의 팔다리에 붙어 있는 실이 바닷물에서 반사된 빛에 의해 반짝반짝 빛났다.

"아름다워서 눈이 부시다."

"가쓰라코 너도 봤어?"

"응. 봤어."

"우린 지금 분명 같은 걸 본 거야."

"그건 환영이었을까?"

"잘 모르겠어."

"그 인형의 모습이 내 미래일까?"

"그럴지도 몰라. 네가 연기를 하고 있었으니까. 너에게 달린 실을 누군가가 당기며 움직이고 있었지만 넌 즐거워 보였어."

"방금 본 그 모습이 미하루 너일 수도 있잖아."

그러자 겐토 씨가 잡아챘던 낚싯줄을 풀어주는 것처럼 편안하게 말했다.

"인형을 미하루이자 가쓰라코 씨라고 생각해보세요."

"그렇다면 조종자는 겐토 씨라는 뜻인가요?"

"그럴지도."

나라고 생각한 인형이 진지한 표정을 짓고 있었다. 그 모습을 떠올리자 비애감이 느껴졌다.

"잘 웃지 않는 인형. 그 점이 나와 닮았어."

그러자 미하루가 말했다.

"줄곧 조종당하는 게 슬프지 않아?"

"자유롭게 살고 싶어."

"그런데 자유가 뭘까?"

"두 사람 다 방향을 조금 틀어서 인형들을 보세요."

겐토 씨가 말한 대로 몸을 조금 틀어서 인형을 바라보았다. 약간만 이동했는데도 투명한 실은 보이지 않았다.

"인간은 누구나 다 보이지 않은 끈으로 조종당하고 있어. 하지만 사람들은 자신의 힘으로 살아가고 있다고 생각하지. 그 점에서는 인형이 훨씬 현명해 보여."

나이기도 하고 미하루이기도 한 그 인형을 나는 불안한 마음으로 응시하고 있었는데, 겐토 씨의 말에 눈앞의 현상이 순식간에 사라졌다. 인형도, 조작하는 사람도, 실도 모두 푸르고 눈부신 바다에 녹아 들었다.

아주 잠깐이었지만 나는 이 다리를 무대 삼아 상상의 날개를 펼치고 있었다.

집으로 돌아가 우리 세 사람은 저녁 식사 전까지 뒤뜰의 의자에 앉아 청량한 저녁 무렵을 만끽했다.

미야코지마섬은 이미 여름이었다.

뜰에는 본 적 없는 신기한 나무가 여러 그루 자라 있었다. 모양이 특이해서 그로테스크해 보였다.

"가쥬마루(榕樹, 학명 Ficus microcarpa : 열대성 뽕나무과의 상록교목. 용수榕樹, 반얀나무banyan tree, 또는 교살목絞殺木이라고도 하며, 한 그루가 숲을 이루는 신비로운 나무. 가지에서 줄기가 뻗어 땅에 닿으면 그대로 뿌리가 되어 퍼져나간다. 바닷바람에 강하여 방풍림, 방조수, 가로수, 생나무담 또는 집 근처에 정자목 등으로 심는다. 목재는 세공품을 만드는 데 이용하며, 오키나와에서는 오키나와 국수의 면 제조에 쓰이기도 한다. 가쥬마루는 오키나와 방언. 옛날에 오키나와에서는 이 나무에 기지무나라는 요정이 산다고 믿었다. −옮긴이 주)나무입니다."

겐토 씨가 알려주었다. 나와 미하루보다 조금 키가 큰 나무였다. 짙푸른 잎이 무성했고 수염 모양의 뿌리가 줄기부터 드리워져 있다.

"저건 땅 위로 드러난 뿌리. 재미있게 생겼죠?"

"저 나무는 처음 봐요."

"나는 저녁 준비를 할게요. 피곤할 테니 여기서 좀 쉬세요."

"괜찮아요."

"도쿄에서 멀리 왔으니 다양한 차이에 신경이 예민해져 있을 겁니다."

"다양한 차이요?"

"온도의 차이, 속도의 차이, 사람들이 가진 너그러움의 차이, 온갖 차이……."

"꼭 도쿄는 빠르고 이곳은 느리다고 단정 지을 순 없지만, 암튼 많이 달라요."

나는 웃으며 겐토 씨를 향해 말했다.

"너 아까 겐토 씨가 운전했을 때를 말하는구나."

미하루가 웃으며 대신 대답했다.

"맞아. 놀랐어"라고 내가 말했다.

"무서웠지?"

구리마대교를 건너 집으로 돌아오는 동안 겐토 씨는 난폭운전이라고 할 만큼 빠른 속도로 차를 몰았다. 난폭 운전하면 위험하다고 주의를 주었지만 겐토 씨는 흐리멍덩한 눈으로, 쭉 뻗어 있는 길을 보면 자신도 모르게 속도를 내고 싶어져서 조절하기 힘들다고 대답했다. 마치 진공 상태 같아서 나와 미하루가 차에 타고 있어도 주위가 보이지 않는다는 것이다.

나와 미하루를 태우고서 모두 함께 죽고 싶었던 걸까?

"가끔 아까처럼 이상해집니다. 이처럼 자연의 품에 살고 있는데도 삶의 리듬이 깨지곤 해서, 죽고 싶을 때가 있어요. 태양 빛과 바다의 반짝임 같은 자연이 나한테는 별로 효과가 없는 것 같아요."

겐토 씨는 그렇게 말하고서 부엌 쪽으로 걸어갔다.

"겐토 씨는 우울증으로 고생하고 있어. 이 아름다운 남국의 섬에 와서 우울증이라니 참 신기하지? 미안해 무섭게 해서. 저 사람은 항상 마음 한구석에 죽음이 도사리고 있는 거 같아."

"하지만 우리까지 끌어당기지 말았으면 좋겠다."

"미안해, 가쓰라코."

"미하루 난 이 세상을 너와 같이 가고 싶어. 엄마가 세상 떠난 지 얼마 지나지 않았는데 너까지 잃고 싶지 않아서 그래. 나만 생각해서 미안하지만 너보다는 나를 위해서야."

나는 격정에 휩싸여 미하루의 어깨를 세게 흔들었다. 예전에 이런 식으로 엄마도 은행나무를 흔들어 은행을 바닥에 떨군 적이 있다.

가능하다면 미하루와 겐토 씨의 몸에서 죽음의 냄새를 품은 열매를 털어내고 싶다.

생명의 기운이 감도는 가쥬마루나무 곁에 살면서 겐토 씨와 미하루가 죽음을 껴안고 사는 모습이 슬프고 가슴 아팠다.

"난 겐토 씨를 변화시킬 만한 힘이 없어. 단지 곁에 있으면서 지켜봐 줄 뿐이지. 종일 웃지를 않아. 가만히 집 안에만 있고. 가끔 그림을 그릴 때가 있어. 저 사람은 그림 그리는 일을 해."

"그랬구나. 그동안 얼마나 힘들었니."

"그림은 주로 가쥬마루나무를 그려. 언제부터인가 전혀 사람은 그리지 않아. 겐토 씨는 도쿄에서 이런저런 일에 휘말렸다가 사람을 아주 싫어하게 됐대."

"그래서 너와 함께 도쿄를 떠난 거였구나."

"나와 함께 떠난 이유는 그 문제와는 별개라고 생각하지만……"

"겐토 씨는 정이 많은 사람 같아."

"네 마음에 들어서 다행이다. 난 겐토 씨를 사랑해."

"잘 알고 있어. 너희 둘이 있으면 주변 공기까지도 뜨거워지던걸."

"그건 말도 안 돼."

"정말이라니까. 사람과 사람이 동등한 힘으로 서로를 강하게 끌어당기면 주변 공기에도 파동이 일어나."

"가쥬마루나무는 말이지, 행복을 가져다 주는 나무래."

"그렇담 너희 둘에게 딱 맞는 나무잖아."

"그런가? 둘이 사랑해서 여기까지 도망쳐 오긴 했지만 겐토는 아직도 많이 어두워. 어둠이 웅어리져 있다고 할까. 웅어리를 풀어주려 해도 별 방법이 없어. 가쓰라코 네가 좀 도와주면 안 될까?"

"알았어. 어떻게 도우면 될까."

"어떤 방법이든 상관없어. 그가 나을 수 있다면 무슨 방법이든 좋아. 설령 두 사람이 좋아한대도 상관없어. 원래의 저 사람으로 돌아올 수만 있다면."

"무슨 말을 하는 거야."

"농담 아냐."

이 남쪽 섬에 행복만을 가슴에 품고 왔건만 미하루의 어두운 눈을 본 순간, 큰 착각이었음을 깨달았다.

"오키나와에서는 이 나무에 기지무나라는 요정이 산

다는 말이 있어."

"기지무나?"

"응. 빨간 털을 가진 기괴한 모습의 요괴야."

"그렇담 그 기지무나에게 겐토를 원래대로 돌려달라고 빌어보자."

"내게 기지무나의 역할을 해줄 사람은 가쓰라코 너뿐인걸."

"내가?"

"왜냐하면 가쓰라코라는 이름도 나무에서 따왔고, 전에 네가 들려준 너의 어머님의 유언 같았던 그 마지막 말씀을 떠올리면 왠지……."

"아! 큰 은행나무에 대한 말이구나."

"너는 나무와 교감을 하잖아."

"같은 나무지만 은행나무와 가쥬마루는 다르잖아."

"그렇지 않아. 나무는 땅 밑으로 뿌리를 뻗고 있다는 점에서 똑같아. 그 사람의 병의 뿌리가 더는 깊게 자리잡지 못하도록 어떤 방식으로든 도와주었으면 해."

"왜 네가 직접 나서서 겐토 씨를 도와주려 하지 않는 거야. 넌 그가 사랑하는 사람인데."

이야기가 이상한 방향으로 흐르기 시작했다.

그때 집 앞에서 자동차 경적 소리가 울렸다.

"아, 겐토 씨 제자들이 왔나 보다. 그가 그림을 가르치는 미술학원의 남학생들이야. 다들 열성적인데다 재미

있는 그림을 그려. 오늘 너도 함께 술을 마셔보지 않을래?"

나는 불안했다. 전에 엄마의 와인을 마시고 화장실에 토한 적이 있었다.

엄마는 술 없이는 살 수 없는 사람이었지만 술주정은 하지 않았고 술 마시는 모습이 참 아름다웠다. 추억 속의 엄마는 술을 마시면 언제나 뺨이 불그스레해져서 기분 좋게 웃었다. 엄마는 술의 종류를 가리지 않았다. 와인, 맥주, 소주, 위스키 등 술이라면 뭐든 마셨다. 엄마는 언젠가 나와 함께 술잔 기울일 날을 기대했는데⋯⋯. 엄마는 왜 그리도 일찍 저 세상으로 가버렸을까.

"이곳 아와모리(오키나와의 육백 년 역사를 가진 고급 전통주. 인디카 쌀을 원료로 해서 쌀누룩의 일종인 검은 누룩으로 발효시킨 술 지게미를 증류한 소주. -옮긴이 주)술은 맛이 괜찮아, 기분 좋게 취할 수 있어. 시쿠와사(오키나와에서 재배되는 감귤류의 한 종류. -옮긴이 주)즙을 듬뿍 넣어서 마시자. 오늘밤은 기분 좋게 취해보자. 오랜만에 작은 행복이라도 찾아오기를 기대하면서."

"그렇담 조금만 마셔볼게."

"고마워. 하지만 겐토 씨는 많이 마시면 안 돼. 그 다음을 감당하지 못하거든. 한없이 우울해지곤 해서. 자살할지도 모른다는 두려움에 떨어야 해."

미하루는 그렇게 말하고 미술학원 남학생들을 맞으러

집 안으로 들어갔다.

　남학생들은 신기하게도 가쥬마루나무와 닮아 있었다. 키는 크지 않았지만 다부져 보이는 팔과 다리는 매달리고 싶을 만큼 단단해 보였다. 듬성듬성 수염이 나 있는 학생도 있었다. 자연이 만든 나무와 남자.

　나는 나무와 닮은 그들, 남자 같은 나무들에 안기고 싶었다. 나도 그들을 꼭 안아주고 싶었다.

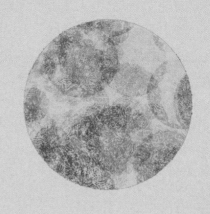

사는 거야, 살아남는 거야

"어이! 자네들 이리 와서 좀 도와줘."

겐토의 목소리가 부엌에서 들려왔다.

미술학원 학생들은 총 다섯 명이었다. 모두 네에! 라고 유쾌하게 대답하며 익숙하다는 듯 부엌으로 들어갔다. 여름이 시작되어 짧은 바지 자락 아래로 원시인 같은 털북숭이 다리가 살짝 드러나 보였다.

'너희들' 속에 나도 포함되었으면 하는 마음으로 "저도 도울게요!"라며 나는 그들을 뒤따라 들어갔다.

부엌에 들어서자 놀랐다. 내가 다섯 살쯤까지 살았던 낡은 집의 부엌과 아주 비슷했다. 북향이라 춥고 어두침침한 부엌이었다. 좁은 공간에 온갖 살림이 뒤죽박죽으로 놓여 있어서 어수선하고 구질구질했다. 하지만 그곳은 매일매일 따뜻하고 맛있는 음식이 만들어지는 공간이었다.

졸임 음식을 만드는지 부엌에선 달짝지근한 냄새가 났다. 엄마의 요리하는 뒷모습이 떠올랐다.

창밖에는 어느새 저녁 어스름이 깔렸다. 등불을 켜지 않아 부엌이 어두웠다. 마치 태곳적 공룡의 위 속에 들어가 있는 느낌이다.

조리대 위에 수북이 쌓인 채소가 보였다. 내가 가장 좋아하는 고야(떫은 맛이 강한 오키나와의 대표적인 채소. -옮긴이 주)도 있다. 창가에 나란히 놓인 여러 개의 병에는 조미료인지 술인지 오래 묵어서 호박색으로 변한 액체가 찰랑댔다.

겐토는 가스레인지 앞에 서서 커다란 냄비에서 끓고 있는 걸쭉한 요리를 휘젓고 있다. 그가 돌아보지도 않고 나직한 목소리로 말했다.

"넌 도착한지 얼마 안 됐으니 미하루와 함께 거실에서 쉬지 그래."

'너'라는 말은 나를 두고 하는 말이다. 가슴 한쪽이 따뜻해진다.

다섯 명의 남학생들은 척척 움직였다. 채소를 씻고 나서 물을 버리고, 도마 위에서는 식칼이 '탁탁탁' 소리를 내며 춤을 춘다. 김이 피어오르는 정겨운 이 공간에 계속 있고 싶었다.

이윽고 커다란 접시에 담긴 요리가 차례차례 테이블 위로 옮겨졌다. 조리대 위의 고야도 순식간에 찬푸루(고기, 채소, 두부 등을 넣어서 볶은 오키나와의 전통 요리. -옮긴이 주)로 바뀌었다.

　"자, 따뜻할 때 많이들 먹어 두라고."

　겐토 씨가 술병을 꺼내 놓자, 그를 도왔던 학생들이 테이블에 모여들었다. 드디어 술자리가 시작되었다.

　"이건 밀기울(밀을 빻은 뒤 체로 쳐서 남은 찌꺼기. -옮긴이 주) 찬푸루."

　찬푸루가 여러 종류인 듯했다.

　"난 이 찬푸루가 제일 맛있더라."

　미하루가 말했다. 미술학원 학생들과 둘러앉은 미하루는 마치 여관집 안주인 같았다. 말투도 시원시원했다.

　"자 자, 어서 먹으라고. 가쓰라코 너도."

　미하루의 재촉에 조금 먹어보았다.

　"우와 정말 맛있다."

　"찬푸루는 섞어야 제 맛이지."

　"맞아, 섞어서 먹자."

　"이것저것 다 털어 넣고 섞어서."

　"섞어서 볶아."

　"맛있나?"

　"그럼 맛있지?"

　"자, 어서 부지런히 먹자."

"한꺼번에 많이 먹진 못하지."

"야 너, 어디 출신이냐?"

"어디든 무슨 상관이겠어."

"맞아 맞아 오늘부터 넌 미야코지마 출신이다!"

떠들썩한 분위기 속에 누구라도 말만 꺼내면 단번에 다섯 배나 되는 야유가 날아들었다. 마치 남자 고등학교 합숙훈련이라도 떠난 듯 다들 신이 나 있었다. 끼어들 틈 도 없이 술을 마시며 흥에 취해 있었다. 겐토 씨는 그런 남학생들을 조용히 바라보며 혼자서 술을 마셨다.

"너도 아와모리 술 마셔볼래?"

미하루의 권유에 받아 들었지만 독특한 냄새가 코를 찔렀고 술을 넘긴 목구멍이 불에 덴 듯 화끈거렸다.

미하루는 아와모리를 자주 마시는지 멀쩡했다. 남학 생들이 차례차례 몸을 가누지 못하고 휘청거렸지만 미 하루만은 흐트러지지 않고 반듯하게 앉아 술을 마셨다.

그 사이에 겐토 씨는 꾸벅꾸벅 졸기 시작하더니 그 자 리에 벌러덩하고 누워 금방 코를 골았다.

미하루가 자리에서 일어나 이불을 들고 와서 잠든 겐 토 씨에게 살며시 덮어주었다. 그녀의 행동에 나는 놀랐 다. 상냥하고 요염한 몸짓이었다.

나는 아버지를 모른 채 자라서 여자가 남자에게, 혹은 남자가 여자에게 잘해주는 모습을 볼 기회가 없었다. 오 늘 미하루의 행동을 보고 놀랐다.

그녀는 겐토 씨가 이불의 무게를 느끼지 못하도록 마치 새털로 짠 옷을 덮어주듯 살짝 이불을 덮어주었다. 이불이라기보다 미하루의 마음이었다. 잠든 겐토 씨의 얼굴에는 지독한 피로감과 고독이 떠올라 있다. 눈을 감았는데도 여전히 양미간에는 굵은 주름이 선명하게 잡혀 있다. 고뇌의 흔적은 영원히 그에게서 사라지지 않을 것 같았다.

"요리는 힘이 많이 들잖아. 다들 도와주지만 양이 많은 날에는 항상 이 사람이 가장 먼저 쓰러져. 잠들면 더는 마시지 않으니 나도 편하고 이 사람한테도 좋지만."

미하루가 목소리를 낮춰서 말했다.

활짝 열린 미닫이문 너머에서 뜨뜻미지근한 바람이 불어온다.

대장인 겐토 씨가 깊이 잠들자 미술학원 학생들도 조용해졌다.

"가쥬마루나무 아래로 자리를 옮기자. 돗자리 펴놓고 밤바람을 쐬면서 얘기하자."

미하루의 제안에 모두 고개를 끄덕이며 자리에서 일어났다. 그녀는 겐토 씨 혼자서 조용히 자게 하려는 모양이었다.

뜰로 나가자 나눌 이야기가 없다는 듯 조용해졌다. 다들 말없이 밤하늘을 올려다보았다.

미하루는 야외용 램프를 들고 나왔다. 하늘에는 둥근

달이 떠 있고 무수히 많은 별들이 반짝였다. 아와모리를 마시고 팽창한 머릿속이 별이 빛나는 밤하늘과 하나로 이어지는 기분이었다.

"다섯 분 다 그림을 그리세요?"

침묵을 깬 내 질문에 한 명씩 돌아가며 대답했다.

"맞아. 하지만 낮에는 렌터카 회사에서 일하고 있어."

"나는 찻집."

"나는 정비소."

"나는 자동차 판매점. 차를 팔고 있어."

"지금은 일이 없어 무직 상태야."

중얼거리듯 마지막 사람이 말했다.

"저도 지금은 하는 일이 없어요. 고등학교를 졸업한 지 얼마 안 됐고요. 엄마가 연극배우셨는데, 그 인연으로 저도 이번에 무대에 서게 됐어요."

"대단한데"라고 누군가 말했다.

"하지만 그 무대는 한 번으로 끝나요. 배우는 말이죠, 배역을 잡지 못하면 이름을 알릴 수 없어요. 배역이 계속해서 들어온다는 건 꿈 같은 일이죠. 아직 연기 공부를 한 적도 없어요. 직업이라는 게 참 신기해요. 사람들 대부분은 뭔가의 전문가인데 그렇다면 배우는 사람에 대한 전문가일까요? 나 또한 수많은 사람들 가운데 한 사람일 뿐인데, 어떻게 해야 다른 사람이 될 수 있는지 잘 모르겠어요."

"정비 일이 끝나면 몸을 가누지 못할 만큼 지쳐 있곤 해. 아무리 피곤해도 난 일요일 밤이면 꼭 그림을 그려. 그림을 그만둘 수가 없어."

가장 눈빛이 강렬한 남자가 말했다. 입 주변이 수염으로 덮여 있어 몇 살인지 짐작이 가지 않았다.

"한번 그리기 시작하면 빠져들어서 계속 그림만 그려. 정신을 차리면 날이 환히 밝아오곤 해. 내가 뭘 하는 거지? 라며 가끔은 나 자신에게 묻곤 하지. 돈도 안 되는 일을 잠자는 시간까지 줄여가며 말이지. 내 삶에는 출구가 없어. 그림이 내 유일한 돌파구야. 그림을 그리지 않았다면 난 살인을 저질렀을지도 몰라."

남자는 신음하듯 낮은 목소리로 말했다. 마치 날개 소리를 내며 저항하는 파리처럼 느껴졌다.

한 사람의 말이 끝나면 번갈아가며 또 다른 사람이 말을 이었다.

"나는 색깔을 좋아해서 그림을 그릴 때면 될수록 많은 색을 사용해. 색은 하나로는 의미가 없어. 여러 색이 서로 어우러져야 그림이 반짝이고 생명력이 생기지. 너무 거창하게 말했나. 많은 색을 쓰면 눈이 굉장히 즐거워져. 이상한 표현이지만 내 눈에 기쁨을 주고 싶어서 그림을 그린다고나 할까."

"나는 마음이 내킬 때마다 그림을 그려. 어릴 때부터 그림 그리기를 좋아했지. 지금 진행 중인 작업은 초등학교 여름방학 그림일기 같은 거야. 꽤 재밌어."

"난 특히 파란색을 좋아해서 주로 바다와 하늘만 그리는데, 하늘과 바다의 경계를 표현하기가 어려워. 사실 경계라는 건 없지만."

"나는 돈이 없어서 종이에는 안 그려. 조개껍데기나 돌에만 그리지."

나도 어렸을 때 길가에 굴러다니는 돌을 주워 와 하나하나 사람의 눈과 코를 그려 넣은 적이 있다. 사람 얼굴 모양의 돌멩이가 굴러가다가 언젠가는 입을 벌리고 말을 할 것만 같았다. 엄마는 내가 주워 온 돌에다 곧잘 색을 입혀주곤 했다. 나를 위해서라기보다는 엄마 자신이 돌에 그림 그리기를 즐겼던 듯하다. 엄마는 그림을 굉장히 잘 그렸다. 엄마가 그린 돌멩이는 생명체 같았다. 고양이를 그리면 단단한 돌이 당장에라도 부드러운 고양이로 변신할 것 같았고, 새를 그린 돌을 하늘 위로 내던지면 돌에 날개가 돋아날 것 같았다.

엄마가 지금 이 자리에 함께했다면 분명 자신과 같은 영혼의 소유자들이라며 기뻐했겠지. 엄마는 하늘 가득 떠 있는 별 가운데 하나가 되어 우리를 내려다보는 것 같았다.

"밤에 풀 냄새를 맡으면 온몸으로 느껴져."

누군가 말했다.

짙은 풀 냄새가 풍겨왔다.

야생동물이 된 것 같았다. 오랜만에 맡아보는 냄새였다.

"아아, 좋다!"

"아아, 풀 냄새!"

모두 어둠 속에서 코를 킁킁거리며 눈을 감았다. 몸속 깊은 곳이 달아올랐다. 아직도 아와모리의 취기가 남아 있는 걸까.

"모아시비라고 알아?"

미하루가 뜬금없이 모두에게 물었다.

"으음, 모아시비."

"모아시비?"

안다 모른다 대답도 없이 저마다 그 단어를 중얼거렸다.

"이웃집 할머니께 들었는데 모아시비라는 풍습이 옛날 오키나와에 있었대. '모'는 '들판'이고, '아시비'는 '놀이'. 지금으로 말하면 야외에서 만나는 단체 미팅 같은 거지. 미혼의 젊은 남녀들이 들판에서 어울려 놀았대. 서로 마음이 맞으면 좋아하는 사람과 자유롭게 하룻밤을 같이 보낼 수도 있고. 옛날 옛적 이야기지. 할머니는 지금 백 살이 넘으셨으니까. 그런데 지금도 밤에 풀 냄새를 맡으면 모아시비에서 만난 남자가 떠올라 몸 안쪽이 뜨거워지신대. 그 풍습은 할머니 때가 마지막이었나 봐. 지금은 옛날이야기지만. 신기한 건 모아시비를 전혀 모르는 나도 풀 냄새를 맡고 있으면 기억 한쪽이 자극을 받는 느낌이야. 한 마리 짐승이 되어 누군가를 찾아 정처 없이 어슬렁거리며 떠돌고 싶어져."

정말 그랬다. 아마도 풀 냄새 속에는 사람을 그렇게 만드는 독특한 성분이 들어 있는지도 모른다. 먼 옛날, 이 부근에서도 모아시비가 왕성하게 행해졌으리라. 그렇게 생각하자, 여러 젊은 남녀들이 와글와글 모여들어 이곳 가쥬마루의 뜰에서 서로 뒤엉켜서 꿈틀대는 모습이 머릿속에 그려졌다.

지면 위로 뿌리를 드러낸 가쥬마루나무가 램프 불빛을 받아 마치 괴기한 유령처럼 보였다. 남자들은 그 앞에 둘러앉아 있다. 표정이 잘 보이지 않고 별로 말을 하지 않아서 그들은 한 그루 한 그루의 가쥬마루나무 같아 보였다.

이처럼 환상에 빠지는 건 이 나무에 산다는 기지무나 요정 때문일까.

"바닷가를 걷지 않을래?"

미하루가 일어나며 말했다. 그러자고 대답하며 일어서려고 했을 때, 발아래가 크게 흔들렸다. 나는 비틀거리며 돗자리 위로 고꾸라졌다.

"괜찮아?"

"조금 취했나 봐."

"잠시 누워 있어. 덮을 거 가져올게."

"고마워. 모두 느긋하게 다녀오세요. 저는 여기서 좀 쉴게요."

"혼자 있으면 위험해."

"오히려 한 사람이라도 남는 게 더 위험하지."

"어쨌든 걱정되니 난 남아 있을게."

정비 일을 한다는 수염 기른 남자가 단호하게 말했다. 미하루는 연신 뒤돌아보면서 일행을 데리고 바다로 향하는 비탈길을 내려갔다.

"부엌에서 설거지하고 있을 테니 쉬고 있어."

"미안해요. 그럼……."

미하루가 가져다 놓은 얇은 이불을 덮고 혼자 돗자리에 누워 눈을 감았다. 미하루는 바다로 나가기 전에 모기향을 피워 놓았다. 모기향의 강한 향내가 풀 냄새 위로 퍼져 나갔다.

"가쓰라코, 가쓰라코."

나를 부르는 소리가 어렴풋이 귓가에 들려왔다.

대답을 하고 싶은데도 입이 벌어지지 않았다. 미하루 일행은 해안으로 갔을 테고, 수염 기른 남자는 부엌에 있다. 겐토 씨는 거실에서 코를 골며 깊이 잠들었다. 누구지?

눈을 뜨고 싶다. 하지만 자물쇠가 채워진 듯 눈이 떠지지 않는다. 몸도 단단히 묶여 있는 것 같다. 나는 죽을힘을 다해 마음속으로 외쳤다.

'몸이 움직이지 않아!'

발이 차다. 물이다. 물이 발끝을 적셨다.

─ 괜찮아, 괜찮아, 힘을 빼. 힘을 빼. 난 네가 좋아. 나를 받아들여. 나를 받아들여 줘. 받아들이기만 하면 돼. 자 괜찮아. 힘을 빼. 힘을 빼. 어서 힘을 빼.─

노래 부르듯 달콤한 목소리가 되풀이되며 내 몸을 훑고 지나갔다. 눈을 감고 소리를 내지 않은 채 말을 나누는 게 신기했다.

'알았어.'

몸에서 힘을 빼자 차가운 물이 발밑에서 다리 허벅지까지 찰랑찰랑 흘러들어 가슴에 차올라 목을 적셨다.

'넌 누구야? 파도가 목구멍을 가득 채우는걸.'

─파도가 아니야. 난 가쥬마루, 가쥬마루나무야. 널 적시는 것은 물이 아니라 달빛이지. 아까부터 달빛이 줄곧 너를 적시고 있었어. 힘을 빼. 힘을 빼. 어서 너를 나에게 맡겨. ─

그 순간 목 부근까지 들어찬 물이 단숨에 빠져나가는가 싶더니 이번엔 채찍 같은 것이 자라나 내 몸을 부드럽게 묶었다. 그것은 탄력 있게 조였다 풀었다를 반복했다. 갑자기 숨이 멎을 듯한 쾌감이 온몸을 감쌌다.

아아! 나는 깊은숨을 내쉬었다. 그 숨소리가 더욱 내 관능을 자극했다. 몸의 모든 매듭이 풀리고 내 안에서 눈부신 욕망이 가득 차서 흘러넘쳤다. 나도 가쥬마루의 줄기에 가만히 손을 뻗었다. 나무껍질의 표면은 몹시 거칠었고 군데군데 울퉁불퉁한 혹이 있었다. 그 혹에 손끝이 닿을 때마다 내 안으로 가쥬마루의 슬픔이 흘러들어 왔다. 나는 가쥬마루의 줄기에 팔을 두르고 힘껏 껴안았다.

툭, 투두둑. 가쥬마루 줄기의 껍질이 떨어져 나갔다. 뼈가 부서지는 소리가 들렸다. 부서지는 건 가쥬마루가 아니라 나일지도 모른다. 아아, 팔에 힘이 세게 들어갔다. 좀 더 좀 더 세게 껴안고 싶어. 좀 더 좀 더 부서지고 싶어. 부서져서 먼지처럼 될 때까지. 먼지가 되어 저 드넓은 밤하늘 위로 흩어지고 싶어.

"가쓰라코! 가쓰라코!"

누군가 나를 부르는 소리가 들렸다. 눈을 떠 보니 수염을 기른 남자가 나를 내려다보고 있었다.

"괜찮아? 꿈이라도 꾼 건가?"

"아아, 꿈이었나 봐요. 가쥬마루나무가 나를 안았어요."

일어나려고 했지만 몸이 꼼짝도 하지 않았다.

"아하하하, 가쥬마루나무. 괜찮아 당황하지 마. 아와모리를 마셔서 이상한 꿈을 꿨구나. 정신이 들 때까지 좀 더 누워 있어."

"당신은……."

"아직 내 이름을 말하지 않았군. 난 요스케洋介라고 해.

아마도 기지무나가 장난친 걸 거야. 꽤 시달렸는지 마구 몸부림을 치던데. 맞아. 여름이 오기 전 이런 밤에는 기지무나 녀석이 활발하게 움직이지."

"정말인가요? 미하루가 기지무나 얘기를 해줬어요. 빨간 머리털이 난 요괴라면서."

"글쎄, 빨간 머리털을 지녔는지 어떤지는 본 적이 없으니 잘 모르지만. 분간하기 힘들 만큼 인간과 똑같다는 사람도 있고. 꼬맹이 때부터 듣고 자라서인지 난 기지무나가 형제인 것처럼 친밀감이 있어. 종종 나쁜 장난을 치기도 하지만 녀석을 미워할 수가 없어. 그건 그렇고, 너 아까 자면서 몸을 심하게 꼬던데."

"아이 창피해라. 보고 있었단 말예요?"

"미안해. 잠자는 네가 아름다워서 그만. 달빛에 몸이 빛나고 있더라. 가쥬마루나무는 말이지, 상당히 무서운 나무야. 다른 나무에 기생해서 사는데 뿌리로 양분을 흡수해서 말려 죽이지. 가쥬마루는 그렇게 생명을 유지하며 거대한 나무로 자라나. 목 졸라 죽이는 나무라고 부르는 사람도 있어."

"이상한 말 하지 마세요. 저 무서워서 못 잔단 말이에요."

나는 무서워져서 다른 사람의 몸처럼 내 몸을 만지며 확인했다. 부끄러워 얼굴이 붉어질 만큼 짜릿한 쾌감 말고는 아무런 흔적도 남아 있지 않았다.

"두렵다면 거꾸로 네가 가쥬마루의 목을 졸라 죽이면 되잖아."

"어떻게 그런 말을……."

"하지만 극소수의 특별한 인간만이 나무와 관계를 맺을 수 있지. 영적으로. 너는 아마도 그런 영적 능력을 가진 특별한 사람 중 하나일 거야. 그런데 상대가 너라면 나도 지금 당장 가쥬마루나무로 변하고 싶은걸."

그렇게 말하며 요스케는 활짝 웃었다.

"바다에 간 일행들은 아직 돌아오지 않았군요."

"들판에 나가면 인간은 고삐가 풀리지. 모아시비 의식이 부활했을지도."

"미하루에게는 겐토 씨가 있어요."

"그딴 건 별로 중요하지 않아. 결혼한 것도 아니고. 남녀 관계는 1대1이 원칙이라고 고집하면 그건 지옥이나 다름없어. 관계라기보다는 계약이나 마찬가지지."

"지옥이든 계약이든 행복의 절정에는 아무도 방해할 수 없는 완전한 1대1 관계가 있지 않겠어요?"

"글쎄 그럴까?"

"당신은 중요한 문제는 모른다고 하는군요."

"나, 네 옆에 누워도 될까?"

거절했어도 됐을 텐데 나도 모르게 요스케의 자유의사에 맡겼다. 그가 가까이 다가와 나란히 누웠다. 타인과 함께, 그것도 오늘 처음 만난 남자와 둘이서 하늘을 바라보고 있으니 기분이 묘했다.

알몸으로 드러내 놓고 섹스를 하는 것보다 관계하지 않고서 곁에 누워 있는 것이 훨씬 더 부끄럽고 음란하게 느껴졌다.

"두려워하지 마. 넌 마음속에 뒤얽혀 있는 뿌리를 가졌구나. 내가 풀어줄게. 손 잡아도 괜찮아?"

대답도 하기 전에 요스케는 단단한 손으로 내 손을 꽉 움켜잡았다.

"그래, 그대로 있는 거야. 넌 슬픔과 고통이 뿌리가 되어 마음속에 드리워져 있어. 이번엔 네가 가쥬마루나무가 될 차례야. 나에게 기생해서 내 양분을 빨아들여. 자, 사는 거야. 살아남는 거야."

"당신의 양분을 빨아들이라니요?"

"행동을 하자는 게 아니야. 이대로 가만히 있기만 하면 돼. 너라면 할 수 있어. 우리는 육체를 초월하여 상상 속에서 서로의 몸속으로 들어가는 거야. 그렇게 하나가 되는 거야. 어떻게 그게 가능하냐고 물으면 대답하긴 어렵지만."

"다시 모른다는 건가요?"

"맞아. 설명하긴 어렵지만 내 말을 믿어주었음 해. 그러려면 집중력이 필요해. 이것도 섹스의 일종이야."

"아무것도 안 하는데 어떻게 섹스라 할 수 있어요?"

섹스라고 말할 때 혀가 꼬였다. 이제까지 나는 이 단어를 한 번도 말로 해본 적이 없었다.

"기氣로써 관계를 갖는 거야. 단순한 육체관계보다 더 힘들지도 몰라. 하지만 엄청난 쾌감이 있을 거야."

눈을 감고 요스케의 몸을 떠올렸다. 상상 속에서 나는 그에게 팔을 뻗어 그의 몸을 휘감았다.

그것만으로도 요스케에게 무언가 전해진 것 같았다.

"넌 참 솔직하구나. 그래 바로 이 느낌이야."

내 안에서 점점 힘이 빠져나가는 느낌이 들었다. 요스케의 손바닥 온기만이 우리들의 유일한 접점이었다. 손에서 손으로 어떤 기운이 내 안으로 조금씩 흘러들어왔다. 가느다란 흐름이지만 힘이 넘쳤다. 나에게서 그에게로도 흘러갔다. 단지 손을 잡고 누워 있을 뿐인데.

얼마 지나지 않아 눈을 떴다. 별로 시간이 걸리지 않고 일어났다.

"아아, 좋았어!"

요스케도 자리에서 일어났다. 우리는 자연스럽게 서로 마주 보는 자세가 되었다.

"두 번 다시 기지무나가 장난치지 않도록."

그러더니 갑자기 요스케는 입술을 내 입술에 포갰다.

달콤한 키스였다. 상상했던 대로 따뜻한 액체가 입안으로 흘러들어 왔다. 그 순간 내 안의 뒤얽힌 것이 풀리고 분해되기 시작했다.

뿌리가 풀린다.

뿌리가 풀린다.

뿌리가 풀린다.

내 안에서 지독하게 뒤얽혀 있던 뿌리가.

길고 긴 키스였다.

"모두 돌아온 것 같아."

그렇게 말하며 요스케가 나를 떼어놓기 전까지 우리는 한 쌍의 나무였다.

가쥬마루나무 그림자 너머로 와자지껄 웃고 떠드는 소리가 들리고 곧 미하루와 미술학원 학생들이 뜰에 나타났다.

미하루가 들고양이처럼 눈을 반짝이며 밤의 어둠 속에서 나와 요스케를 바라보았다.

예쁜 꽃이 필 테니까

하늘 끝이 하얗게 밝아 오고 있었다. 미술학원 학생들은 하나둘씩 집으로 돌아갔다. 요스케는 뒤돌아서 나를 향해 미소 지었다. 햇볕에 그을렸는지 원래 검은 피부인지 새까만 얼굴에서 짐승처럼 눈이 빛났다. 웃는 얼굴이 멋졌다. 아아, 저런 남자였던가, 라며 나는 요스케를 다시 한 번 유심히 바라보았다.

어둠 속을 빠져나온 그가 아침 햇살을 받으며 서 있다. 그런 요스케를 보고 있으니 내 하체가 뜨겁게 달아올랐다. 용광로처럼. 이런 걸 욕정이라 하는 걸까. 내 몸이 낯설게 느껴졌다. 요스케를 원하지도, 그를 사랑하지도 않았다. 그저 어젯밤의 키스를 떠올렸을 뿐인데 아랫도리에서 끓어오른 쾌감이 머리끝까지 솟아올랐다. 지금 내 몸에서 일어나는 변화를 나 말고는 아무도 모른다. 누구도 알아선 안 된다.

처음 만나 손을 잡고 키스를 나눴다. 그뿐이었다. 하지만 나는 물을 듬뿍 빨아 먹은 나무처럼 되살아났다. 요스케도 다시 태어난 표정을 지어 보였다.

날 어떻게 한 거야? 내가 당신에게 흘려보낸 건 뭐지? 우리 둘이서 뭘 한 거지?

밤새 한숨도 자지 못했다. 온몸이 하얀 돛단배로 변신한 듯한 기분이었다. 언덕 아래로 푸른 바다가 보였다. 미하루는 낌새를 눈치챈 듯했지만 아무 말도 하지 않았다.

"아침이 밝아 오네."

그 말만 던지고 바다를 바라보았다. 목소리에 무심함이 배어 있다. 등 뒤에서 안녕! 하는 소리가 나서 돌아보니 겐토 씨가 어젯밤의 피곤이 아직도 풀리지 않은 듯 힘없이 서 있었다.

"안녕하세요."

몽롱한 내 머릿속은 아직도 절반은 밤 속에 잠겨 있다. 그의 아침 인사에 나도 습관적으로 인사를 건넸다. 인사를 잘해야 한다고 돌아가신 엄마는 가르쳐주었다.

엄마는 자유로운 여자였지만 그 자유 안에 단단한 매듭이 있었다. 예를 들어 그중 하나가 인사였다. 아침은 '안녕하세요', 저녁은 '안녕히 주무세요', 사람에게 무언가를 부탁할 때는 '부탁합니다', '미안합니다', '실례합니

예쁜 꽃이 필 테니까

다', '먼저 실례하겠습니다', '드시겠습니까', '어떠신가
요'…….

엄마는 온갖 인사말과 예의 바른 말투를 어려서부터
철저하게 가르쳤다. 습관이 몸에 밴 나는 어린애가 지나
치게 공손하다, 너무 예의가 발라 위선적이다. 인사는 잘
하지만 생판 모르는 사람처럼 서먹서먹하다 등의 말을
주위에서 종종 들었다. 또한 말투로 인해 내 또래보다
훨씬 나이를 위로 보았다.

겐토 씨는 아침부터 너덜너덜한 걸레 같다. 쥐어짜면
까만 물이 뚝뚝 떨어질 것 같았지만 오히려 그 점이 묘
하게 매력 있다.

"커피 끓일게."

미하루가 겐토 씨에게 말했다.

"고마워. 너희 꽤 늦게까지 놀던데?"

"시끄럽게 굴어서 죄송합니다."

"그건 아니고. 잠결에 웃음소리가 들려서…….”

"우린 모두 같은 또래잖아. 모이면 학교에서 합숙하는
것처럼 신이 나. 오랜만에 즐거웠어. 가쓰라코의 인기도
굉장했고. 도쿄에서 온 공주님이니까. 남자애들 얼굴 봤
어? 넋이 나가 있잖아. 가쓰라코 그렇지?"

미하루가 놀리며 나를 쳐다봤다. 나는 고개를 저었다.
같은 또래. 겐토 씨에게는 심한 말이 아닐까? 미하루는
심술궂은 아이 같다.

오전 일곱시. 우리는 간단한 아침 식사를 준비했다. 미하루는 커피를 끓이고, 겐토는 프렌치토스트를 만들고, 나는 접시나 포크를 뒤뜰에 있는 테이블로 옮겼다. 프렌치토스트는 시간 여유가 있는 휴일 아침에 엄마가 자주 만들어 주던 음식 중 하나다. 엄마의 토스트는 벌꿀과 연유가 듬뿍 들어가 달콤하고 맛있었지만 식사라기보다는 간식에 가까웠다. 겐토 씨가 만든 토스트는 엄마의 토스트와는 전혀 달랐다. 조금 먹어보고는 그 맛에 깜짝 놀랐다.

"달지 않은 걸 보니, 혹시 소금을 넣었어요? 이런 프렌치토스트는 처음 먹어봐요."

"어때?"

"마, 맛있어요!"

"그렇지? 꽤 먹을 만하지?"

"겐토 씨가 만든 프렌치토스트가 얼마나 인기 있는데. 나는 여기에 달콤한 벌꿀을 듬뿍 발라서 먹는 게 좋아. 가쓰라코 너도 나처럼 먹어봐. 이 벌꿀 귀한 거다."

"알았어."

미하루가 내민 유리병 라벨에는 라벤더가 그려져 있었다. 라벤더 꿀은 굳어서 흘러내리지 않았다. 숟가락으로 퍼내어 토스트에 발랐다. 한입 먹어보니 단맛보다는 사랑스러운 향기가 먼저 코를 자극했다.

찌륵찌륵 찌르르르.

꼬리가 기다란 낯선 새가 가까이에 있는 가쥬마루나무 위로 날아와 지저귀었다. 새는 가지에 앉아 잠시 친구를 부르더니 아무도 오지 않는다는 걸 알았는지 순식간에 날아가 버렸다. 새가 사라진 가지가 흔들렸다. 바닷바람이 테이블보 밑단을 들추며 지나가고 우리는 조용히 바다를 바라보았다.

불현듯 나는 소리 내어 울고 싶어졌다. 물론 소리 내어 울지도 않았고 표정도 그대로였다. 다만 바닷바람에 눈을 가늘게 뜨고 있었다.

누군가와 함께하는 식사는 정말 오랜만이다. 엄마가 살아 있던 어린 시절에도 나는 자주 혼자서 밥을 먹었다. 혼자 텔레비전을 보거나 책을 읽거나 무언가를 하면서 음식을 입에 넣었다. 그렇게 하면 식사 시간이 조금은 덜 외로웠다. 올바른 태도가 아니라는 건 알았지만 그게 습관이 되었다. 다른 사람과 함께 밥을 먹는 편이 오히려 번거롭고 서툴렀다. 게다가 나는 젓가락 쥐는 법이 조금 이상했다. 사람들에게 주의를 받을 때마다 고쳐보려 했지만 결국 버릇을 버리지 못하고 여기까지 왔다. 그런 콤플렉스도 있어서 혼자 하는 식사가 나에게는 가장 편하고 좋았다.

그런데 지금 아침 한 때의 식사에서 이처럼 충격을 받다니.

행복을 아는 사람에게 행복은 달콤한 설탕과 같다. 그

러나 행복을 모르는 사람에게는 극약 처방처럼 너무 강한 효력을 발휘한다. 달콤한 행복 안에 있다 보니 나는 벌거숭이가 된 것 같아 처량한 기분이 들었다.

그건 그렇고 겐토 씨는 왜 이토록 상냥한 걸까. 미하루의 연인이지만 마치 친오빠 같다.

"그렇지? 그렇지?"

몇 번이나 내 얼굴을 들여다보며 자신이 만든 프렌치 토스트 맛을 확인했다. 아이 같은 그의 모습에 나는 큰 소리로 웃고 말았다. 미하루도 웃었다. 겐토 씨도 따라 웃었다. 정말 켄토 씨는 우울증인 걸까.

아침 식사 후 우리는 겐토 씨를 혼자 남겨두고, 미하루가 운전하여 어항에서 열리는 아침시장에 갔다. 해산물이며 채소, 된장과 간장, 과자와 반찬거리 등 무엇이든 풍부했다. 게다가 가격까지 저렴했다. 대부분이 백 엔(한국 돈으로 약 천 원. -옮긴이 주) 정도였다. 그 돈을 주고 사기가 미안할 정도였다. 시장 변두리에 화원이 있었는데 다양한 화분과 함께 비닐봉지에 나무줄기를 넣어 팔았다.

"이건 뭐예요?"

점원 여자에게 물었다.

"하이비스커스(Hibiscus, 학명 Hibiscusrosa-sinensis : 아욱목 아욱과의 상록 관목. 북반구의 열대, 아열대, 온대에 걸쳐 두루 분포하며, 종류는 이백여 종으로 일년초, 이년초, 다년초, 키 낮은 나무, 상록 관목 등 다양하다. 식용, 섬유용, 관상용 등으로 재배하고, 붉은 꽃잎이나 열매를 말려 차로 사용하는데, 루비색의 매혹적인 색깔과 향이 독특한 낭만적인 차다. 색이 선명하여 소스나 젤리 등을 만들 때 이용하기도 한다. 오키나와현沖繩縣의 현화縣花로서 오키나와의 대표적인 꽃 중 하나이다. -옮긴이 주)예요. 물을 담은 컵에 꽂아 두세요. 잎이 나면 옮겨 심으세요. 예쁜 꽃이 필 거예요."

뒤따라 들어온 미하루가 내 곁으로 다가왔다.

"친구인가요?"

여자 점원이 미하루를 향해 물었다.

"네, 제 친구예요."

미하루가 대답했다.

"가쓰라코라고 해요."

"전 마쓰오카라고 합니다."

"케차는요?"

미하루가 마쓰오카 씨에게 물었다.

"휴우, 조금 전 겨우 학교에 갔어요."

"다행이에요. 학교에 가게 되어서."

"외아들이에요. 제멋대로에다 요즘은 아침마다 울어요."

마쓰오카 씨는 투명한 목소리로 내게 말했다.

"케첩을 좋아하는 사내아이랍니다."

"아, 그래서 케차."

"겐토 씨 미술학원에서 가장 어린 학생인데, 천재야."

"무슨 소리, 그 정도까지는 아니에요."

"가쓰라코 너도 케차를 한번 만나 보면 좋을 거야. 그 애가 그림 그릴 땐 대단해."

"어떤 느낌인데?"

"보면 알아. 보는 사람마저 그림이 그리고 싶어져."

"그런데 케차가 왜 아침마다 우나요?"

"조금 엄하신 남자 선생님께서 새로 오셨거든요. 그전까지는 아주 상냥한 여자 선생님이었어요. 케차는 아직 새로 오신 선생님이 익숙하지 않은가 봐요. 그뿐이에요. 그 선생님이 무섭대요. 케차가 원래 예민해요. 도깨비나 유령도 자주 보고."

"맞아. 케차는 기지무나랑 친구니까."

"아, 기지무나."

나는 반가운 마음에 그 이름을 따라 말했다. 이제 기지무나와 잘 아는 사이인 것 같았다. 내 안에서 이미 한 마리가 자리해 살고 있는지도 모른다.

"다음 주 학원에 보낼게요. 잘 부탁합니다. 그림을 그릴 때만큼은 열심이에요."

"겐토 씨 미술학원에는 그런 사람들만 모였다니까. 가쓰라코 너도 봤지?"

나는 문득 요스케가 떠올라 부끄러웠다.

마쓰오카 씨는 나이 어린 우리에게도 공손한 말투를 썼다. 나는 마쓰오카 씨에게서 투박한 하이비스커스 줄기를 대여섯 개 샀다. 도쿄의 우리 집에서 꽃을 피운다면 집 안이 환해져서 조금 외롭지 않겠지. 아니, 외로움 따위 생각해본 적 없는데……. 나는 변명하듯 속으로 중얼거렸다.

미하루가 아침시장에서 식료품을 많이 사서 자동차 트렁크가 가득 찼다. 나는 그 비용을 전부 내 돈으로 지불하고 싶었다. 신세 지고 있는데다 맨손으로 왔으니 그 정도는 당연하다고 생각했다. 그러나 미하루는 한사코 거절했다.

"넌 정말 남처럼 군다니까. 그러지 않아도 돼. 그보다 겐토 씨랑 둘이서 답답했는데 네가 와서 난 살았다. 겐토 씨의 웃는 얼굴은 오랜만이야."

그런 말을 들어도 마음이 편치 않았다. 아무리 생각해도 미술학원의 수입은 충분치 않아 보였다. 미하루와 겐토 씨의 미야코지마섬의 생활은 힘겨울지도 모른다.

돌아가신 엄마가 인사와 함께 나에게 가르친 것이 또 하나 있다. 구분을 명확히 하라는 것이었다. 그 안에는 필요 이상으로 타인에게 의지하지 말 것, 폐 끼치지 말 것, 부담 주지 말 것, 무엇보다 절대로 남에게 돈을 빌리지 말 것 등의 몇 가지 규칙이 있었다.

엄마는 이해관계로 가까워진 사이를 친구라고 부르는 걸 싫어했다. 하지만 사람과 사람이 친해지기 위해서는 어느 정도 서로 신세질 필요도 있지 않을까. 그런 점에서 엄마는 사람들과의 관계가 너무 깔끔해서 오히려 타인에게 차가운 인상을 주었을지도 모른다. 엄마는 그렇게 거리를 유지하면서, 많다고는 할 수 없는 친구들과 소박하고도 오랜 교제를 나눴다.

엄마는 돈에 있어서도 엄격했다. 의미가 분명치 않은 돈은 일절 받아서는 안 된다고 자주 말하곤 했다. 하지만 정작 엄마는 사람들이 건네는 지원금은 사양하지 않고 받았으므로 돈에 관한 엄마의 말엔 의문이 들기도 한다. 특히 연극을 할 때는 본인이 선거에 나가는 사람인 양 주변에 머리를 숙이며 금품을 거절하지 않고 받았다. 연극을 위해 몸을 팔았던 적은 없었을까? 그랬어도 이상하지 않을 정도로 엄마는 인기가 많았고 요염했다. 무엇보다 연극을 위해서라면 어떠한 수단도 마다하지 않았을 거라는 생각이 들 만큼 연극에 미쳐 있었다.

실제로 어땠는지는 모른다. 알고 싶지도 않다. 그래도 엄마의 여행은 어딘가 자금 마련을 위한 여행이란 기분이 들었다.

이런저런 옛날 일들을 떠올리면서 결국은 내가 식료품 비용을 내기로 했다.

"너 참 고집 세구나"라며 나는 지갑을 꺼냈다.

미하루가 단념한 듯 말했다.

"너도 만만치 않거든."

미하루가 나를 '너'라고 부르는 건 처음이었다. 왠지 모르게 기뻤다.

"예쁜 사람이더라."

차 안에서 나는 마쓰오카 씨에 대한 인상을 미하루에게 얘기했다.

"맞아. 멋진 사람이지."

미하루가 자신의 일인 양 얘기했다.

"혼자서 케차를 키우고 계셔."

"혹시 도쿄 사람 아니야?"

"어떻게 알았어?"

"남쪽 지방 사람이라는 느낌이 별로 안 들어서. 무슨 일이라도 있었나."

"글쎄, 여기 온 지도 삼, 사 년은 되어가는 거 같던데. 겐토 씨는 마쓰오카 씨를 무척 좋아해. 동급생 같은 느낌이 든대."

"교실의 마돈나네, 마쓰오카 씨는."

"맞아. 우등생이지만 뒤에서 노는."

"무슨 뜻이야?"

"왜 있잖아, 불량 서클의 짱 같은. 나쁜 일은 다 꿰고 있으면서도 겉모습은 청초한 아가씨 같아. 겐토 씨는 그런 타입의 여자에 약한 것 같아. 입 밖으론 꺼내지 않지만."

나는 머릿속에서 겐토 씨와 마쓰오카 씨를 나란히 놓

았다. 둘에게는 같은 성격이 느껴진다. 조용하지만 고집이 있어 보인다.

"케차는 겐토 씨의 아이가 아닐까 의심이 들 만큼 겐토를 잘 따라. 사실 굉장히 질투 나."

"정말? 화원에서 미하루 넌 멋있었어. 전혀 그렇게 보이지 않던데."

"그래? 그야 그렇지, 옛날부터 불속으로 뛰어드는 성미인걸. 마쓰오카 씨에게 질투가 나서 따지기라도 하면 되레 사이가 좋아져 버리는 거야. 보이는 대로 질투한들 뭐하겠어, 나만 지치는걸. 그러다 마쓰오카 씨랑 겐토 씨가 어떻게 되기라도 하면……. 뭐, 그때는 그때고, 오히려 기쁠지도 모르지."

"강한 척하는 거지?"

"아니, 그걸로 겐토 씨가 남자가 된다면."

미하루는 왠지 야쿠자 영화에 나오는 누님 같다.

이런 말을 하면 나를 외계인 보듯 하겠지만 나는 인간의 감정 가운데 유일하게 질투라는 감정을 모른다. 이제까지 누군가를 부러워해 괴로움을 느꼈던 적은 단 한 번도 없었다. 다른 사람보다 내가 뛰어나다는 말이 아니다. 애초에 나에게는 타인과 자신을 비교할 만한 여유가 없었다.

어쩌면 질투를 할 만큼 타인을 사랑한 적이 없었는지도 모른다. 어쩌면 나는 굉장히 차가운 성격의 사람인지도 모른다. 내 능력이나 용모에 자신이 있어서 그런 건 더더욱 아니다. 난 무엇인가 결여되어 있다. 도쿄에서는 류노스케와 하룻밤을 함께했고 미야코지마에 와서는 요스케와 키스를 나눴다. 둘 다 처음 만난 날에 일어난 일이었다. 스스로 판단하기도 전에, 마치 식물이 서로 자연스럽게 얽히듯 그들과는 순간적으로 관계를 가졌다. 거기에는 야릇한 쾌감이 있었지만, 그들이 나에게 절대적이고 유일한 존재라는 생각은 들지 않았다.

　나는 누구라도 어떠한 것이라도 받아들이는 여자인 걸까? 그러고 보면 능동적인지 수동적인지 물을 때 나는 언제나 수동적인 쪽이었다. 상대가 남자건 여자건 사람이건 나무이건 감정이 작용하면 언제라도 그것을 받아들일 자리를 비워두었다. 때때로 자신이 아무것도 담겨 있지 않은 하얀 접시처럼 느껴질 때가 있다. 나는 다시 그런 접시가 되어 미하루 옆에 앉아 있다.

　"있잖아, 가쓰라코."

　미하루가 말했다.

　"왜?"

　"나, 오키나와 본도에 가볼까 해."

　"무슨 말이야?"

　"일하고 싶어. 이 섬에선 돈을 모으기 어려워. 게다가 나, 앞날을 생각하면 미칠 것 같아."

　"좋아하는 사람과 있고 싶어 둘이 이곳에 온 거 아니

었어? 행복하다고 했었잖아. 일이라니 도대체 무슨 일을
하겠다는 거야?"

"자세히는 말 못 해."

"나를 두고 가려는 거야?"

"겐토 씨도."

"둘만 남겨두고?"

"가쓰라코 넌 걱정되겠지만 겐토 씨가 너를 여자로 본
다 해도 나는 괜찮아. 이젠 겐토 씨 안에서 그런 감정이
일어나지 않는걸."

"……."

"모레 떠나."

"그렇게 갑자기?"

"그럼 너도 따라올래?"

"어떡하지. 난 이 주 안에 도쿄로 돌아가야 해. 근데 겐
토 씨를 혼자 두고 떠나도 괜찮은 거야?"

"응. 그 사람은 바위처럼 한곳에 머무는 사람이니까."

"그럼, 무슨 일을 할 예정인지 그것만이라도 알려줘."

"지금은 말할 수 없다고 했잖아. 걱정하지 마."

"혹시 너……."

"가쓰라코 너도 참 끈질기다. 단순히 데이트하는 거야.
고급 데이트 클럽에서 남자를 만나는 일. 그래도 이상한
곳은 아니니까 안심해."

말할 수 없다고 했으면서 미하루는 자포자기한 듯 털

어놓았다.

"안심해도 된다니, 그걸 어떻게 믿어? 도대체 어디서 그런 일을 알게 된 거야?"

"마쓰오카 씨한테 소개받았어. 마쓰오카 씨 그래 봬도 나에게는 힘이 돼주는 사람이야. 너보다도 훨씬."

"마쓰오카 씨가?"

"그러니까 괜찮아. 데이트하는 것뿐이야. 팔짱 끼고 걷는 정도. 뭐, 더러는 보기만 할 때도 있고."

"남자들이 너를 보는 거잖아. 관둬."

"아이, 아니라니까. 보는 쪽은 나야. 그냥 가만히 봐주기만 해도 돈벌이가 되는 세계가 있어. 싫으면 그 자리에서 거절해도 돼. 게다가 상대는 모두 사회적으로 안정되고 지위도 높은 사람들이래."

"안심이든 안정이든 아까부터 미하루 네가 하는 말은 하나도 못 믿겠어."

"얼마를 벌 수 있을 거라 생각해? 이 주일만 일해도 몇 개월은 생활이 가능한데. 엄마라도 된 듯 말하지 마. 솔직히 나도 무서워. 그래도 할 거야. 결정했으니까."

"그럼 나도 갈래. 다른 방법이 있을지도 몰라. 같이 생각해보자."

"가스라코 넌 정말 순진하구나. 그럼 이렇게 말할게. 나는 두렵지만 흥미가 있어. 남자들 말이야. 어떤 남자가 그런 고급 데이트 클럽 같은 데를 오는지."

"처음 만나는 사람과 뭘 하든 아무렇지도 않아? 각오는 한 거야?"

"깨끗한 척하려거든 관둬. 너야말로 그 술자리에서 미술학원 남학생들을 유혹했잖아. 어젯밤, 나랑 다른 친구들이 바닷가에 갔을 때 요스케와 뭔가 있었지? 분위기가 심상치 않았어. 그거랑 같은 거야. 우리는 같은 일을 하는 거라고. 아니, 내 쪽이 훨씬 더 나아. 나에겐 자각이 있고 목적이 있어. 너는 어느 것도 없잖아. 어느 정도만 일을 하고 겐토 씨에게 돌아올 거야. 너는 어때? 누구라도 상관없는 거 아니야?"

"......"

"자신을 시험해서 돈을 버는 게 뭐가 나빠? 도쿄에서는 누구나 쉽게 하는 일이야. 학생이건 유부녀건, 너도 알잖아. 시부야를 하루 걸어봐. 고수입의 구인 정보가 넘쳐나. 하루 삼만, 오만 엔은 예사야. 한 달이면 팔십오만, 구십만, 백만 엔을 버는 세계라고."

돈에 관해 말할 때, 미하루의 얼굴은 마치 일그러진 괴물의 얼굴과도 같았다. 나도 언젠가 구인 정보지를 받은 적이 있다. 여성을 모집한다는 구인 정보지는 언뜻 보면 만화잡지 따위로 보였다. 내용을 들여다보면 패션 헬스(여성 종업원이 개인실에서 성적인 서비스를 제공하는 일본의 유흥업소. -옮긴이 주)나 이미지 클럽(여성 종업원이 학생복이나 간호사복 등의 옷을 입고 성적인 서비스를 제공하는 일본의 유흥업소. -옮긴이 주), 단란주점 따위의 광고로 넘쳐났고 유흥업소와 관련된 구인 정보가 가득했다. 그리고 그 일에 만족한다는 여자들의 코멘트가 작문집을 방불케할 만큼 빼곡히 실려 있었다. '방세 구만 엔, 생활비는 이십만 엔, 용돈 이십만 엔은 전부 화장품과 옷 구매에 사용. 남은 팔십만 엔은 저축해요.' 그런 생활상만 소개되어 있었다.

어느새 나는 그런 정보지를 열심히 읽고 있었다. 그런 일을 할 생각은 눈곱만큼도 없었다. 그런데도 무심코 전화를 걸게 될까 봐 두려웠다. 쉬운 일이다. 다들 하고 있다. 어쩌면 주위에 흔히 보이는 평범한 여자애들도 하고 있을지 모른다. 평범하다는 것이 무엇인지 잊어버린 세계에서.

지금의 도쿄와 시부야는 그녀들의 소비 없이는 유지가 안 될 정도다. 화장품 회사도 의류 회사도 구두를 파는 상점도 그럴싸한 광고의 뒤편에서 '여자들이여, 어서 몸을 파세요!'라고 저마다 속삭인다. 모든 상품이 그녀들을 목표로, 그녀들에게 매달려 그녀들이 번 돈을 겨냥하고 있다. 그렇지 않은가?

스트랩 없이 발꿈치가 훤히 드러난 뮬(Mule, 슬리퍼 형태의 구두. -옮긴이 주)의 위태로움. 신고 벗기 쉬운 뮬이야말로 길모퉁이에 서서 몸뚱이 하나로 먹고사는 창녀들을 위한 구두의 대명사였다. 그녀들은 벗기 위해서 옷을 입고, 입고 나서는 벗는다. 지금도 몸이 훤히 드러나 보이

는 얇은 옷을 걸친 채 시부야의 거리를 서성인다. 시부야
는 하나의 극장이다. 나를 봐. 나를. 나를. 내 몸을…….

집에 돌아오니 겐토 씨가 혼자 뒤뜰 의자에 앉아 멍하
니 바다를 응시하고 있었다. 외출하기 전과 조금도 달라
진 게 없는 그 모습 그대로였다.

"다녀왔어요."

등 뒤에서 미하루가 속삭이듯 말했다. 겐토 씨는 고개
를 뒤로 돌려 그리웠다는 듯 우리를 바라보았다. 나는 긴
여행에서 방금 돌아온 것 같은 착각이 들었다.

"어서 와. 수확은 있었어?"

"가쓰라코는 마쓰오카 씨 가게에서 하이비스커스 줄
기를 샀어."

"물에 꽂아 두면 잎이 난다고 해서요."

"아, 마쓰오카 씨 가게. 하이비스커스구나. 그건 무서
운 꽃이야. 가쓰라코 넌 그 꽃 좋아해?"

"좋아한다고 할까, 그야말로 남쪽 지방이 느껴지는 꽃
이잖아요. 도쿄에서 키워보고 싶어서요."

"그 꽃이 도쿄에서 잘 자랄까? 나는 그 꽃을 보다가 이
렇게 돼버렸어."

"식물 탓으로 돌리는 거야!"

미하루가 꾸중하듯 말하며 웃었다.

"하이비스커스를 잘 들여다봐. 아니다. 꽃술 같은 건

자세히 보지 않는 편이 좋겠다. 나는 그림을 그리다 보니 뭐든지 그만 열심히 들여다보게 돼. 하이비스커스는 수술이 중심에서 쑥 하고 고개를 내밀고 있지. 꽃잎보다 앞으로 나와 있어. 그 존재감이 낯 뜨거울 정도야. 암술은 그 수술 끝에 다섯 개의 하얗고 둥근 형태로 퍼져 있어. 그 부분, 온통 그런 식으로 생식기를 드러내놓고 수정을 위해 기다리고 있지."

복나무가 늘어선 외딴집

미하루가 떠나기 전날 밤, 나는 신기한 경험을 했다. 현실 같기도 하고 꿈 같기도 했다.

한밤중에 잠에서 일어나 보니 미하루와 겐토 씨가 보이지 않았다. 귀를 기울이자 부엌 안쪽에서 미하루의 흐느끼는 소리가 들려왔다.

둘은 그곳에 있었다. 가슴이 심하게 고동치며 문득 그들에게 미안한 마음이 들었다.

이미 두 사람의 관계가 단조로워졌다고는 해도 둘은 사랑에 빠져 도피까지 한 연인 사이다. 둘 사이에 내가 끼어들어 함께 지낸 지도 이 주일이 지났다. 더구나 내일은 미하루가 떠나는 날이다. 이럴 때일수록 세심하게 신경을 썼어야 했다. 둘이서 지내도록 내가 호텔을 이용하는 편이 나았다.

나는 비교적 예민한 사람이라고 생각했는데, 그 몇 배나 둔감한 면이 있었다. 불편한 마음을 안고 가만히 눈을 감고 누워 있었다. 미하루의 목소리가 길게 꼬리를 끌며 어둠 속에 녹아들었다.

그 목소리는 깊숙한 곳에서 울려 나오는 달콤함을 품은 슬픔과 환희의 소리였다. 그것은 점차 미하루의 목소리에서 얼굴 없는 여자의 목소리가 되어 어둠 속에 있는 내 온몸을 적셨다. 그 목소리는 내 목소리가 되어 들려왔다. 내가 그 목소리 안에 있었다. 나는 몸에서 빠져나와 허공을 가로질러 소리가 들리는 곳으로 향했다.

이것도 가쥬마루나무의 정령 기지무나의 장난일까?

나는 마루를 지나 부엌으로 들어갔다. 둘은 벌거벗은 채 의자에 걸터앉아 있었다. 미하루가 겐토 씨의 무릎 위에 올라타 파도처럼 완만하게 위아래로 움직였다. 목을 뒤로 젖히고 겐토 씨를 향해 좀 더! 좀 더! 라며 소리를 높였다.

나는 조용히 그들 곁으로 다가갔다. 잠시 뒤 겐토 씨는 내가 온 걸 알아차리고 이름을 불렀다.

가쓰라코, 가쓰라코, 너도 이쪽으로 와…….

미하루의 목소리도 들렸다.

가쓰라코, 가쓰라코, 뒤에서 가만히 겐토 씨를 안아줘.

어디선가 음악 소리가 들려왔다.

아주 오래전에 들었던 음악이다. 맞아, 저 곡은 아마도

복나무가 늘어선 외딴집

핑크플로이드, 영국의 록밴드였다. 집에 CD가 많았다. 엄마가 그들의 음악을 좋아했다. 나는 모든 앨범의 맨 첫 트랙인 연주곡을 좋아했다. 어느 곡이나 회색빛의 두터운 구름으로 덮혀 있는 하늘이 느껴져, 틀림없이 그것은 영국의 하늘이리라 생각했다. 영국에는 가 본 적도 없으면서.

저 곡은 어떤 앨범이었더라. 앨범 표지에 들어간 여러 장의 사진을 지금도 뚜렷이 기억하고 있다.

해변에는 무수히 많은 철제 침대가 놓여 있고 그 아래로 그림자가 짙게 드리워져 있었다. 가사집을 넘기다 마지막 장에 실린 사진을 보았다. 침대의 그림자는 파도가 밀려와 바닷물이 차오른 것이었다. 남자 둘이 각자 침대에 반듯하게 누워 있다. 나머지 침대는 비어 있다. 흡사 야전병원 같아 보였다. 그에 비해 침대를 정돈하는 여자는 사랑스럽다⋯⋯. 이런저런 상상을 하게 만드는, 언제 봐도 질리지 않는 앨범 표지 사진이었다.

지금 눈앞의 현실에 오래전에 보았던 해변의 침대가 겹쳐졌다. 미하루와 겐토 씨가 앉아 있는 의자가 달리 (Salvador Dalí, 초현실주의를 대표하는 스페인 출신의 화가. ―옮긴이 주)의 그림처럼 구부러지며 늘어나더니 큰 침대로 변했다. 새하얀 시트가 바닷바람에 날리며 침대 위로 펼쳐졌다.

끄트머리에 걸터앉자 발이 젖어들었다. 물은 이미 들

어와 있었다. 바닷물이다. 부엌 바닥 한쪽으로 계속해서 밀려들어 왔다. 물은 깊지 않았지만 출렁거려서 얕은 바다 위에 있는 것 같았다.

침대는 무거워 꿈적도 하지 않았다. 그 위에서 겐토 씨와 미하루가 서로를 꽉 끌어안고 천천히 위아래로 움직이고 있어서 매트리스에서 삐걱삐걱 소리가 났다.

축축한 부엌 어디에선가 썩는 냄새가 났다.

가쓰라코, 얼른 침대 위로 올라와. 침대가 벌써 잠기기 시작했어. 어서 빨리…….

미하루의 재촉에 나는 침대 위로 올라갔다. 바닷물에 흠뻑 젖은 발끝이 시트를 적시지는 않을까 신경이 쓰였다.

겐토 씨를 사이에 두고 나는 그의 벌거벗은 등에 매미처럼 바싹 달라붙었다. 땀 냄새가 코를 찔렀다. 겐토 씨를 껴안은 팔이 건너편에 있는 미하루에게 닿았다.

미하루와 나는 서로의 손가락을 깍지 끼워 둘이서 겐토 씨를 껴안았다. 그리고 두 눈을 꼭 감은 채 어둠 속에 잠겼다. 침대가 흔들렸다. 침대는 물에 떠 있는 배였다. 겐토 씨가 내 쪽으로 몸을 돌려 이번에는 나를 안았다. 우리 셋은 한 몸이 되어 어디론가 흘러갔다.

아침이 되어 눈을 뜨자 미하루와 겐토 씨는 거실에 없었다. 나는 언제나처럼 휑한 거실 구석에서 혼자 눈을 떴다.

뒤뜰을 들여다보니 둘은 아침 식사 중이었다.

"미하루, 너 오늘 오키나와로 떠나지?"

"응."

"미안해요. 둘이서 천천히 얘기 나눠요. 나는 잠시 해안을 산책하고 올게요."

"무슨 소리야, 가쓰라코. 이리로 와! 같이 먹자. 이거 겐토 씨가 방금 구운 빵인데 정말 맛있어."

어젯밤에 있었던 일은 정말 꿈이었을까?

"자, 어서. 여기에 앉아."

겐토 씨는 오늘 아침 미하루를 위해서 정성껏 빵을 구웠겠지. 미하루의 재촉으로 의자에 앉았다. 겐토 씨가 만든 식빵은 말랑말랑하고 따뜻했다. 마치 부드러운 아기의 살결 같았다. 그런 빵을 먹는 자신이 악마처럼 느껴졌다. 빵은 저지른 죄만큼 맛있었다.

프렌치토스트에 소금을 넣을 정도이니, 겐토 씨는 단맛에 인색한 요리사가 아닐까 생각했다. 그런데 빵에서 조금 단맛이 돌았다. 나는 그 맛에 감격해서 탄성을 질렀다.

"굉장히 맛있어! 이렇게 맛있는 빵은 생전 처음이야!"

겐토 씨가 웃었다.

"갓 만든 빵도 좋지만, 너야말로 갓난아기 같은 얼굴을 하고 있어. 참 예뻐, 가쓰라코."

"이제 곧 미하루를 공항에 데려다 줘야 해. 가쓰라코, 잠시 집을 좀 봐줘."

물론이라고 대답하며 겐토 씨를 쳐다보니 눈 아래가 거뭇했다.

"결국엔 가는구나."

"응."

"도착하면 연락 줘. 나도 뒤따라갈게."

미하루를 혼자 보내자니 걱정도 됐고, 연극 연습도 이 주 뒤면 시작된다. 겐토 씨와 단둘이 지내야 한다는 점도 나를 불안하게 했다. 하지만 미하루가 담담하게 떠나서 그 일에는 필요 이상 신경 쓰지 않기로 했다. 모든 일은 순리에 맡기자. 미야코지마에 온 뒤 파도 소리에 모든 것을 맡길 자세가 되어 있었다.

미하루는 순식간에 사라졌다.

남겨진 나는 그날 밤도 여느 때와 마찬가지로 겐토 씨와 저녁을 먹었다. 처음에는 역시 어색했다. 떠난 사람의 빈자리를 어떻게 채워야 좋을지 몰라 둘 다 당황스러웠다.

나는 이성의 감정은 아니었지만 겐토 씨가 진심으로 좋아졌다. 겐토 씨가 만드는 요리는 뭐든 다 맛있었고 내 몸에 기분 좋게 스며드는 듯해서, 그저 단순히 이 장소에서 그와 함께 밥을 먹으며 이야기를 나누고 싶었다.

"제가 너무 오래 머물러서 방해된 건 아닌지 모르겠어요. 미하루가 떠나기 전 이상한 꿈을 꿨어요. 둘이 부엌에서, 그러니까, 그게 사랑을 나누는⋯⋯."

"아, 그거. 떠나기 전날 밤에. 꿈이 아니야. 역시 깨웠구나. 미안."

"사과할 사람은 저예요. 아, 그때 제가 잠들어 있었나요?"

"무슨 뜻이야?"

더는 물을 수 없었다.

그날 밤의 일은 반쯤은 현실이고 반쯤은 꿈이었다.

"우리, 그런 거 한 지 오래됐거든. 미하루하고는 오빠와 여동생 같은 느낌이야. 나는 이렇게 우울증도 있고. 부끄럽지만 애초 그런 기분이 안 들어. 그런데⋯⋯."

"그런데?"

"그날 밤은 미하루가 간절히 원했어. 참기 힘들어하기에 둘이서 거실을 가만히 빠져나갔지. 그런 일은 지금까지 없었는데."

"그런가. 꿈이 아니었군요. 아, 그러면 의자가 늘어나서 침대가 되는 건⋯⋯."

"의자가 침대로? 무슨 말이야?"

"아, 아니에요. 아무것도 아니에요. 그래도 어쨌든 다행이다."

"정말 좋았어. 미하루는 굉장한 아이야. 그날 밤의 미하루는 처음 만났을 무렵의 미하루였어. 굉장했어. 생명력이 흘러넘쳤지. 아니, 생명 그 자체였어. 누구도 그녀를 멈추지 못해. 쉼 없이 용솟음쳤어. 큰 파도가 밀려오는 것 같았지. 압도당했어. 요즘의 내 몸은 그녀를 제대로 받아들이지 못하는 상태였지만 그날 밤은 달랐어."

"그 애 혼자 오키나와에 가게 내버려 둬도 괜찮은 거예요?"

"괜찮건 안 괜찮건, 여하튼 일하고 싶다고 하니까. 나에겐 말릴 이유가 없어. 지금 생활은 불안정하니까. 미하루도 마음이 안 놓였을 거야. 아니, 미하루는 스스로 무언가를 붙잡고 싶었겠지. 그녀 등 뒤에 날개가 보이지 않아? 날개는 아름답다 할 게 못 돼. 욕망 덩어리처럼 살아 있어. 활짝 펴고 날아가 남자 한두 명을 낚아채 먹어버리지. 그걸 위한 날개야. 좀 더 자유롭게 날기 위해 미하루는 오키나와로 갔어. 자유를 위해서는 돈이 필요하니까."

"오키나와에는 얼마나 머물까요?"

"글쎄, 우선 일주일. 어쩌면 계속."

순간 눈앞의 겐토 씨가 자그맣고 노쇠한 노인처럼 보였다.

겐토 씨는 충분히 매력 넘치는 어른이지만 어쩌면 나와 미하루가 지켜줘야 하는 연약한 인간일지도 모른다. 귀 언저리는 희끗희끗하고 말할 때마다 입 주변에 주름이 깊게 파인다. 겐토 씨의 옆모습은 누가 보더라도 피곤해 보였다.

나는 문득 엄마를 떠올렸다. 겐토 씨는 남자이면서 엄마 같았다. 그만큼 우리에게 음식을 배불리 먹였다.

저녁 식사를 마친 뒤에도 겐토 씨와 나는 여전히 미하루의 빈자리를 느끼며 뒤뜰 의자에 앉아 있었다.

시간이 잠시 흐른 뒤 나는 겐토 씨 곁으로 옮겨 앉았다. 그리고는 그의 팔을 감싸며 꼭 끌어안았다. 겐토 씨도 내 허리에 팔을 둘렀지만, 그것은 오랜만에 만난 동성 친구끼리 말없이 나누는 포옹의 느낌이었다.

"넌 이상한 아이야. 이렇게 있어도 묘한 감정이 생기지 않으니."

"미하루가 있잖아요. 여기에 없어도 미하루는 함께해요."

"미하루에게 미안하다는 뜻인가?"

"아니요, 그런 게 아니라, 나와 겐토 씨 사이에는 미하루가 있어서 얇은 막이 쳐져 있어요. 그렇다고 해서 겐토 씨와의 관계가 희미하다는 말은 아니에요."

"무슨 말인지 이해해."

"미하루를 느끼면서 이렇게 겐토 씨와 내가 하나로 이어지는 기분이 저로서는 훨씬 자연스러워요. 무슨 일이 일어나도 무섭지 않다고 할까."

이런 말을 해도 괜찮은 걸까, 마치 유혹하는 말투 같아나 자신이 조금 부끄러웠다.

"응. 미하루는 뭐랄까, 몸 전체가 항상 남자를 원하는 발정 난 여자처럼 뜨거워. 어리지만 성숙하지. 뜨거운 열기로 가득해. 넌 미하루와 달라. 좀 더 차갑고 침착하지. 남자를 원해도 온몸으로 원하는 게 아니야. 그런 척 연기를 하고 있어. 그렇지 않아? 자신을 보는 또 다른 자신이 있어. 너는 물처럼 어디라도 흘러가. 어떤 남자의 내부로도 깊숙이 들어가 남자가 탐하고 싶은 형체가 되지. 그 안에서 너는 물기를 빨아 먹어. 더없이 만족스러운 기분이 되면 그 이상은 아무것도 필요 없어지겠지."

"겐토 씨, 인간은 몸과 몸이 밀착되면 말이 없어도 무언가 서로의 몸을 오가잖아요. 겐토 씨의 몸안에 있는 나쁜 것을 제게 보내 주세요. 건강해지세요. 그래서 한시바삐 미하루를 데리러 가요."

"건강해지고 싶지만……. 도쿄에 있을 때 너무 일을 많이 했어. 무리를 했지. 그때는 앞만 보고 달렸으니까. 그런데 어느 날 갑자기 아무것도 못 하게 됐어."

그리고 겐토 씨는 미하루와 만나기 전, 결혼 생활을 했을 때의 일들을 조용히 얘기해주었다. 도쿄에 있을 때 겐토 씨는 제법 큰 광고 기획사의 디자인부에서 일했다고 했다.

"새벽까지 일하다 회사에서 쪽잠을 자는, 일밖에 모르

는 나날들이었어. 사람의 욕구에 부응하고, 맞추고, 바꾸고, 고치고 그런 생활에 삶의 의미를 잃어버렸지.

내가 만든 디자인 따위 아무런 의미가 없었어. 그러던 중에 크레용과 연필로 여름방학 숙제 같은 그림을 그리고 싶어졌지. 하지만 그렇게 말해봤자 감상적이라고 무시당했겠지. 완전 패배자였어. 그때 미하루를 만난 거야. 열정이 솟아났지. 마음이었나, 몸이었나. 아마 몸이 먼저 느꼈을 거야. 그래 내 육체를 돌아보게 됐어. 페니스가 단단해지는 걸 느꼈지. 어느 날 아침 동료가 회사 옥상에서 뛰어내려 자살했어. 연거푸 두 사람이나. 회사에선 지금까지도 산재 보상 재판이 진행 중이야. 그런 일은 최근에 일어난 게 아니야. 예전부터 있었던 일들이야. 나는 완전히 지쳐버렸지. 그래서 이 섬으로 오게 됐어. 진부한 그림 같은 이야기지?"

"아니요. 그렇게 생각하는 쪽이 오히려 진부한데요?"

겐토 씨는 웃었지만 나는 웃을 수 없었다. 겐토 씨가 필사적이었다는 생각이 들었다.

오랫동안 켜놓은 등불 아래로 작은 벌레들이 떼 지어 모여 있었다.

파도 소리가 들렸다. 밀려갔다 다시 밀려온다. 그 리듬에 나를 맡기자 온몸에서 힘이 빠지더니 자연스럽게 겐토 씨에게 몸을 기대게 되었다.

"어렵게 휴가를 얻어 이곳에 한 번 다녀갔던 적이 있

었어. 그때 만났던 이곳 할머니 얼굴이 머릿속에서 떠나질 않았지. 얼굴뿐만 아니라 주름진 까만 손도 기억에 남아 있었어. 손등에는 문신이 있었지."

"이 섬에는 오갈 때마다 쳐다보게 되는, 인상에 남는 얼굴들이 있어요."

"뭐라고 할까, 오래된 나무처럼 자연스럽게 늙어가는 방법이 여기에는 아직 남아 있어. 할머니들은 바짝 조린 가다랑어 위로 놀랄 만큼 많은 파리가 꾀어도 그것을 아무렇지 않게 먹지."

"그렇네요. 어렸을 때 여름방학이 되면 뭘 먹어야 할까 하는 고민으로 머리가 꽉 찼어요. 엄마는 여름방학엔 지방을 돌며 일을 했어요. 연극을 하셨거든요. 어렸을 적엔 누군가 곁에 있어줬지만, 초등학교 고학년 때부터는 혼자 남겨졌어요. 무더운 한낮의 식탁에서 남은 음식 위로 모여드는 파리를 쫓아내며 혼자 국수를 삶아 먹었어요. 물론 국물은 가다랑어로 제대로 우려내서요."

"훌륭한데!"

"여기에 온 뒤로 어렸을 적 기억이 계속 떠올라요. 기억을 넣어 둔 상자 뚜껑이 열린 것 같아요. 기억뿐만 아니라 욕망의 뚜껑도. 저는 요즘에 꿈인지 현실인지 분간하기 어려운 일들을 자주 경험해요."

"그건 가쓰라코 너의 체질이지 않을까?"

"그럴지도 모르죠. 엄마도 그랬거든요. 엄마도 남자가

찾아오면 이 사람과 잤는지 안 잤는지 모르겠다는 말을
자주 하셨어요."

"어머니는 자유분방하셨구나!"

"네, 재밌는 분이셨어요. 매춘부 같죠? 그래도 엄마를
보고 있으면 오히려 속이 시원해져서 오이가 된 기분이
들곤 했어요."

"오이라!"

"네, 한여름의 오이처럼 상큼했어요!"

겐토 씨가 이상하다는 듯 웃었다. 그 얼굴이 굉장히 매
력적이어서 나는 웃음을 멈추고 겐토 씨의 얼굴을 가만
히 바라보았다.

겐토 씨가 내 입술을 훔치듯 살짝 키스했다. 새가 모이
를 쪼듯 가벼운 동작이 나는 조금 불만스러웠다.

"넌 참 귀여워!"

"저는 겐토 씨의 웃는 얼굴이 좋아요."

겐토 씨가 웃었다. 마른 바위에서 조금씩 물이 배어 나
오는 듯한 웃음이었다. 왜 이런 사람이 마음을 다친 걸
까? 이번엔 내가 먼저 겐토 씨의 목에 팔을 두르고 입을
맞췄다. 스스로도 뜻밖의 행동이었다.

의자가 부드럽게 뒤로 넘어지면서 우리는 그대로 풀
밭으로 쓰러졌다. 한여름 밤의 풀 냄새가 풍겨왔다.

겐토 씨 안으로 깨끗한 물길을 흘려 넣듯 더욱 세게 입
을 맞췄다.

"겐토 씨를 행복하게 해줘."

미하루의 목소리가 들려왔다.

이제는 멈출 수 없었다. 그날 밤, 간절히 희열을 원했던 미하루의 모습에 내가 겹쳐져 보였다.

그대로 우리는 풀밭에서 몸을 섞었다. 겐토 씨의 땀 냄새가 내 기억 속에 남아 있다. 그때 분명히 겐토 씨의 벌거벗은 등에 코를 묻고, 나와 미하루는 겐토 씨를 끌어안고 있었다. 겐토 씨에게 안긴 것이 아니었다.

의자는 구부러지며 풀빛의 침대가 되었다. 우리는 풀빛의 시트가 엉망이 되도록 서로의 육체를 나누고 풀빛의 이불에 싸여 잠이 들었다. 강한 모기향을 두 개나 피운 덕분에 장딴지만 모기에 조금 물렸다.

수많은 별이 우리 둘을 내려다보았다. 별들이 보내는 차가운 시선에 마음이 아팠다.

내가 비틀거리며 일어났다. 나는 그런 나를 풀빛의 침대 안에서 바라보았다.

나는 어디로 가는 걸까. 벌거벗은 내가 가벼운 발걸음으로 뒤뜰의 계단을 내려가 바다로 향한다.

기다려! 나도 갈래! 나는 잠에 빠져들었다. 시간이 얼마나 흘렀을까. 겐토 씨가 나를 깨웠다. 나는 어린아이처럼 눈을 비비며 집 안의 침실로 자리를 옮겼다. 방에는 불이 환히 켜져 있었다. 부끄럽다는 생각이 들어 나는 구석으로 가서 작은 동물처럼 몸을 둥글게 말았다. 몸을 숨길 방법이 없었다.

풀밭 위라면 무슨 짓을 해도 괜찮을 것 같았다. 하지만 이불 속에서는 내키지 않았다. 말도 안 되는 이유였지만 나는 겐토 씨의 잠자리에서 꽤 떨어진 곳에 이불을 펴고 잠이 들었다.

누워 있는 겐토 씨와 나 사이에는 미하루가 있다. 떠난 미하루가 잠들어 있다.

나와 겐토 씨, 겐토 씨와 미하루, 나와 미하루, 1대 1의 관계가 나란히 세 개 놓여 있다.

뒤섞이면 곤란하다. 우리는 고대인들이 아니다. 그 시대처럼 자유롭다면 얼마나 행복할까. 의식은 세 사람을 깨끗하게 나눠 놓았다. 1대 1. 우리가 어떤 상황에 놓이더라도 그 주술의 속박에서 벗어나지는 못하겠지.

오키나와에 있는 미하루에게서 엽서를 받은 건 그녀가 떠나고 며칠 지난 후였다.

엽서의 수신인으로 겐토 씨와 내 이름이 나란히 쓰여 있었다. 나는 눈이 부신 듯 수신 란을 바라보았다. 내가 속한 세계가 전부 변하는 느낌이 들었다. 나는 겐토 씨와 함께 계속 이곳에 살았고 미하루가 여기저기를 홀로 방랑하며 보냈던 게 아닐까?

건강한가요? 일은 일단 순조롭습니다. 당분간 계속하

려 합니다. 걱정하지 마세요. 방을 구했어요. 단독주택으로 2층에 있는 보통 크기의 방이 내가 머무는 공간입니다. 집주인인 할머니는 무뚝뚝하고 무섭게 보이지만 때때로 식사를 챙겨주며 – 다 먹지는 못해요 – 따스한 마음을 건네기도 합니다. 집 주변에는 나무가 무성해요. 숲속에 사는 기분이 들어요. 할머니 말씀으로는 오키나와 어디에서나 볼 수 있는 복나무(福木, 학명 Garcinia subelliptica : 물레나물과의 상록 고목. 오키나와, 대만 등 주로 아열대성 지역에서 잘 자라며, 나무는 황색 염료의 재료로 쓰이고, 방풍림, 방조림防潮林, 방화림防火林으로 식재한다. 일본에서는 후쿠키라고 한다. –옮긴이 주)라는 나무래요. 잎이 두툼해서 여러 그루가 함께 있으면 방음 효과를 낸대요. 덕분에 이곳은 무척 조용합니다. 가쓰라코 너도 한번 와 보면 이곳이 마음에 들 거야.

미하루

"아, 줄기가 검은 나무."

겐토 씨가 말했다.

"키가 아주 큰 나무야. 오래전 오키나와에서 복나무 가로수 길을 본 적이 있어. 늘어서 있으면 무게감이 느껴지거든. 남국의 나무는 가련한 느낌이 별로 없어. 식물이라도 묘하게 육감적이야. 복나무도 그래. 듬직한 모습이 어떻게든 인간을 지켜줄 것 같아. 그렇구나. 미하루는 복나무 옆에 있구나. 그럼 안심이야."

나는 그 나무를 알지 못했지만 겐토 씨의 말처럼 복나무에게 보호받는 미하루가 느껴졌다.

관계를 맺은 뒤에도 겐토 씨와는 어딘지 모르게 조심스러운 부분이 있었다.

"너는 너 자신이 아름답다는 걸 잘 알아. 나도 너의 그런 매력에 끌렸지. 네 육체로 나는 행복을 느꼈어. 고마워. 하지만 그때 한 번 관계를 가졌다고 해서 네가 나에게 묶여 있다는 생각은 하지 마. 네가 가고 싶은 곳이라면 어디라도 가. 가쓰라고 넌 커다란 날개를 가지고 있어. 그것을 접은 채로 살아가긴 힘들어. 연극도 마음껏 했으면 좋겠어. 기대할게."

나를 밀쳐내는 겐토 씨의 말에 눈물이 나올 것만 같았다. 겐토 씨는 감상적으로 행동하는 나를 받아주지 않았다.

"곧 있으면 연극 연습이지? 그전에 잠시라도 좋으니까 오키나와에 가서 미하루를 만나보지 않을래?"

떠나기 전날 겐토의 미술학원이 문을 열었다. 나를 위해 일부러 그런 건가 생각했지만 착각이었다.

술자리 이후로 한 번도 만나지 못했던 멤버들을 다시 보게 되었다. 그 안에는 요스케도 있었다.

아침시장에서 만났던 마쓰오카 씨의 아이, 천재 소년 케차도 왔다.

간단한 의자와 이젤을 들고 온 사람이 있는가 하면, 둥글게 말아놓은 도화지를 바닥에 펼치고 수채화 도구를 늘어놓은 사람도 있다. 넓은 방은 금세 활기로 가득 찼다.

케차는 연필 하나를 쥐고 날카로운 눈빛으로 하얀 도화지 앞에 앉았다.

요스케와 눈이 마주쳤다. 사냥꾼에게 붙잡힌 토끼가 된 기분이었다. 나를 쳐다보는 요스케의 눈은 사냥꾼의 눈처럼 탐욕스러웠다. 요스케와 여기 미야코지마에서 계속 관계를 이어가는 건 불가능하다.

사람을 사랑한다는 게 정확히 무엇인지도 모르면서, 나는 어느새 남자의 내부에 물처럼 스며들었다. 내 몸이 거추장스러웠다. 투명했으면 좋았을 텐데, 라고 생각했다. 이 세상에 몸을 가지고 존재한다는 사실이 더없이 부끄러웠다. 벌을 내린다면 그 벌을 전부 받겠다고 마음먹었지만, 이내 그런 오만한 생각을 하는 자신이 혐오스러워졌다.

나는 방을 나와 들고양이처럼 몰래 뒤뜰로 빠져나갔다. 모습을 감추고 싶었다.

그러자 겐토 씨가 도화지와 연필을 들고 나왔다.

"너도 그림을 그려봐. 다 그리면 모두 모여 비평을 할 거야."

새하얀 도화지를 골똘히 바라보았다. 어차피 유치한

그림밖에 못 그리지만, 나 자신을 드러내어 창피를 당하는 것으로 속죄될지도 모른다. 나는 반쯤은 도망치는 기분으로 연필을 쥐었다.

무엇을 그릴까.

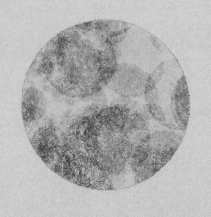

혼자 떠나는 여행

돌아가신 엄마는 그림 그리기를 좋아했다. 연극 무대에 필요한 그림도 직접 그렸다. 실제로도 실력이 좋아 고민을 거듭해 그린 엄마의 무대 배경은 관객의 눈을 즐겁게 했다. 이미 공연했던 연극을 다시 무대에 올릴 때도 똑같은 배경을 쓰는 일이 없었다. 조금이라도 고쳐 그려 엄마의 그림은 해가 갈수록 진화했다. 풀 하나, 창문 하나까지도 무대의 리얼리티와 현실의 리얼리티 간의 차이를 보여주며 엄마는 보람을 느꼈다. 무대 위에서는 철저히 허구를 만들어냈다. 허구로 현실을 표현하는 게 즐거워 어쩔 줄 모르겠다며 눈을 반짝이던 엄마는 엄마라기보다 꼭 여자아이 같았다.

오랜 연극배우의 길을 걸어왔어도 금전적으로는 항상 고달파서 무슨 일이든 가리지 않고 생계를 꾸려나갔다.

그것이 엄마의 현실이었다. 그럼에도 엄마는 이런 모든 상황을 확실히 즐기는 사람이었다.

엄마는 시간 여유가 생길 때면 종종 연필이나 크레파스로 그림을 그렸다. "그림을 그릴 때만큼은 어린 시절로 되돌아가"라고 자주 말하곤 했다. 자기 자랑 따위는 입에 담지 않는 엄마가 유일하게 나에게 곧잘 자랑삼아 한 이야기가 있었다. 그 이야기는 엄마가 초등학교에 막 입학했을 무렵, 학교 복도에 걸리게 된 크레파스로 그린 귤 그림에 대해서였다.

한 개의 귤을 노란색과 주황색 크레파스로 야무지게 그렸어. 말랑말랑한 크레파스를 종이에 빈틈없이 칠해서 색이 녹아든 것처럼 보였어. 그 그림으로 금상을 받았어. 잘했다고 칭찬받은 건 그때가 내 인생에서 처음이자 마지막이었어.

엄마한테는 가장 기쁜 기억인 것 같았다. 엄마가 그린 귤 그림을 나는 본 적이 없지만 지금 내 눈에는 그 귤이 생생하게 보였다. 기억 속 관념에 불과했던 귤이 여러 번 이야기를 듣다 보니 결정체가 되어 형체를 갖추었다. 이는 긴 시간을 거치며 귤은 엄마에게 있어, 아니 나에게 있어서도 더 이상 귤이 아니라 굉장히 고귀하고 소중한 하나의 존재가 된 느낌이다.

겐토 씨가 그림을 그리라고 말했을 때 문득 그 귤이 떠올랐다.

마음속에 그 귤을 넣어 둔 채 하얀 도화지를 주시한다. 지금부터 무엇을 그리면 좋을지 도무지 모르겠다. 6B 연필로 느닷없이 확 선을 그린다. 이 선은 뭐지? 지면인가 아니면 수평선? 선 위에는 원을 그린다. 이건 귤? 아니면 태양? 종이의 끄트머리에 가쥬마루나무를 스케치한다. 그 옆에는 나무의 정령인 기지무나를 그린다. 빨간 머리와 작은 몸집 말고는 기지무나에 대해 아는 게 없다. 머릿속에 떠오르는 대로 눈과 코를 그려나간다. 눈초리가 길게 찢어진 눈, 통통한 입술, 그리고 귀여운 뺨. 머리카락까지 한 올 한 올 그려나가자, 기지무나가 조금씩 윤곽을 드러낸다. 다 그리고 나면 생명을 얻어 그림 안에서 사라져버리지는 않을까? 이런 생각이 들 정도로 정밀하게 그려나간다.

처음 그린 선은 수평선이다. 그림의 남은 여백에는 온통 바다를 그려야지. 파도를 그려야지, 부서지는 파도를 그려야지.

그렇게 푹 빠져서 그림을 그리다 보니, 주위에 어스레한 어둠이 깔리기 시작한다. 와아, 재밌다. 그림 그리기가 이렇게 즐거운 일이었다니! 엄마의 말처럼 어린 시절이 되살아난다.

어린 시절 나는 그림을 그리기보다 책 읽기를 즐겼다. 책에 코를 박고 정신없이 읽다가 활자가 잘 보이지 않아 얼굴을 들면 방 안에는 온통 어둠만이 가득하고 방에는 나 혼자뿐이라는 것을 알아차리곤 했다. 그럴 때면 내가 그 자리에 있다는 사실이 신기했고 감정이 벅차올랐다. 그때와 같은 감각이 지금의 나를 휘감는다.

"오, 다 그렸어? 보여줘. 어디 보자."

방 안에 들어가니 내 그림을 보고 겐토 씨가 눈을 반짝이며 말한다. 미술학원 학생들도 우르르 달려든다.

"호오, 네 그림 재밌어 보이는데? 이 아이는 누구야? 케차랑 닮았어."

겐토의 말을 듣고 다시 눈앞에 있는 소년과 그림의 기지무나를 비교해 봤다.

확실히 분위기가 비슷했다.

"케차가 그린 그림도 보여줘."

소년은 머뭇머뭇하며 모두에게 자신의 그림을 꺼내보였다.

엉망진창으로 그린 추상화였지만 재미난 그림이었다. 모두 그 그림을 보고 박장대소했다.

나도 웃었다. 아이를 놀리려는 웃음이 아니었다. 그림의 엉뚱한 발상에 웃음이 터져 나왔다. 어떻게 하면 이런 그림을 그릴 수 있을까. 케차는 사람들의 웃는 의미를 전혀 모르고 울상을 지으며 자신의 그림을 쏘아보았다.

"잘 그렸어. 참 흥미로운 그림이야. 많이 그려라."

겐토 씨의 조언은 그 말뿐이었다. 나는 그 말이 별나게 느껴져 웃음이 나왔다.

요스케의 그림에는 옷을 걸친 여자의 상반신 상이 그려져 있었다.

말은 하지 않았지만 나와 닮았다고 생각했다.

다른 사람들도 그 말을 꺼내지 않았다.

일곱 명이나 되는 미술학원 학생들의 열기로 방 안은 후덥지근했다.

"이 아이가 내일 여기를 떠나게 됐어. 오늘 다 같이 그림을 그리며 함께 시간을 보내는 걸로 작별 인사를 하자."

겐토 씨는 그렇게 말하고는 모두를 둘러봤다.

"선생님 딸이야?"

케차는 나에게 진지한 얼굴로 물었다.

"아니, 겐토 씨 딸이 아니야. 반가워. 케차. 나는 가쓰라코라고 해."

"가쓰라코라 재미있는 이름이네."

"나 케차 어머니 만난 적이 있어."

"정말? 어디서?"

"아침시장에서. 하이비스커스 줄기를 샀거든."

"으응, 그런데 내일 어디 가는 거야?"

"오키나와에 가."

"아, 알았다. 미하루 누나 만나러 가?"

"응. 맞아."

"다시 만나게 되겠구나."

"응? 그게 무슨 말인데?"

"그러니까 나 케차랑 가쓰라코 누나가 다시."

"내가 케차랑?"

만난다가 아니라 만나게 된다는 식의 미묘한 뉘앙스로 케차는 말했다.

"언젠가, 만날 때를 위해."

"응. 그때를 위해."

송별회는 간단했다. 겐토가 사람 수 대로 테이블에 산핑차(재스민 차와 맛이 비슷한 오키나와의 차. -옮긴이 주) 병을 가지런히 놓아 각자 건배하고 마시는 정도였다. 아직 그리다 만 그림도 있었지만 서로의 그림을 훑어보고 이야기하는 사이 땅거미가 내려앉았다. 겐토는 그림에 대해 설명해보라고 하지 않았다. 이렇게만 물었다.

"이 중에 자기 방에 걸어 놓고 싶은 그림은 누구 그림?"

나는 케차가 그린 그림을 갖고 싶었다. 요스케가 그린 여자 그림은 욕심나지 않았다. 그 여자가 만약 나라면 나는 나를 소유하고 싶지 않다. 나를 그려줬다고 해서 황홀한 마음이 드는 것도 아니다. 오히려 억지스럽게 느껴진다. 만약 그림의 여자가 내가 아니라고 해도, 그건 또 그런 이유로 요스케의 그림을 가까이 걸어 놓고 싶지 않다.

혼자 떠나는 여행

이기적이고 잔혹하지만 나 자신을 향한 생리적인 혐오
감은 어쩔 도리가 없었다. 서로 뜨거운 키스를 나눈 상대
임에도 불구하고 이렇게 내 마음이 쉽사리 변할 줄이야.
나도 나를 잘 모르겠다.

"앞으로 힘든 날도 있겠지만 살아 있어. 가쓰라코 너
에게만 말하는 게 아니야. 모두에게 하는 말이야. 그림을
봐줄 테니 언제라도 와. 당분간은 혼자 사니까 와서 묵어
도 돼. 어찌 됐건 죽지 마. 이 말만 할게."

독특한 겐토 씨.

모두가 집에 갈 즈음 요스케가 살며시 속삭였다.

"잠깐 같이 이야기하고 싶은데."

"그러죠."

"그럼 바닷가로 갈까?"

요스케가 그린 그림을 보고 모두 뭔가를 눈치챘는지
벌레가 달아나듯 순식간에 흩어져버렸다. 겐토 씨는 조
금 미심쩍은 눈으로 우리 두 사람을 바라보았지만 이내
집 안으로 들어갔다. 케차만이 뒤돌아보고 또 뒤돌아보
며 계속 나에게 손을 흔들어주었다. 그 동작을 언제 어디
서 그만두어야 할지 전혀 모르는 사람같이.

요스케가 날 재촉했지만 나도 덩달아서 케차에게 손
을 흔들었다.

여행에 나서는 엄마를 얼마나 많이 이렇게 보냈던가.
엄마는 한두 번쯤 뒤돌아보고는 앞만 보고 갔다. 무언가

를 거절하고 있는 엄마의 무표정한 등을 나는 기억한다.

바닷바람이 달콤한 여름 냄새를 실어왔다. 해질 무렵
의 바다는 투명한 푸른빛과 희미한 그림자를 드리웠고
파도는 반복해서 흰 모래를 부수었다. 밀려왔다 빠지고
빠졌다 다시 밀려온다.

바다는 왜 이리도 애틋할까.

"너를 그린 그림이었어. 눈치챘지?"

"네."

"이제 널 다시 볼 일이 없겠구나."

"그런가요?"

"네가 나오는 연극을 보러 가고 싶지만 나는 여기서
계속 일을 해야 해. 작은 섬이잖아. 내가 자리를 비우면
다른 사람이 불편해하니까."

"이해해요."

"너는 연기를 계속해. 나는 여기서 일을 하며 그림을
그릴 테니. 멀리 있어도 네가 살아 있어만 준다면 기쁠
거야."

나는 그 말에 대답하지 않고 말했다.

"미야코지마는 굉장한 곳이에요. 뭔가를 끊임없이 생
각나게 하는 장소예요. 태어나기 전에 여기서 산 적이 있
었던 것만 같아요. 밝지만 어딘가 모르게 어둡고 그 어두
운 면이 향수를 불러일으켜요. 난 어쩌면 사람으로 태어

나기 전에 물고기가 아니었을까요."

"안고 싶다"

"뭘요?"

"너를. 그렇게 말하는 너를 말이야. 지금 바로 여기서 안고 싶지만 나는 여자를 안지 못해. 팔로 안는 걸 말하는 게 아니야. 그러니까……. 난 성행위를 못 해. 그…… 고환에 문제가 있어 성욕은 있지만 서지를 않아."

갑작스러운 고백이었지만 요스케의 표정과 목소리는 담담했다.

"그래서 너를 처음 만났을 때도 네 손을 잡고 같이 누워서 키스까지만 했던 거야."

"잘은 모르겠지만, 남녀가 육체관계를 끝까지 유지하는 게 뭐 그리 대단한 일인가요?"

"내겐 그게 안 된다는 열등감이 계속 자리 잡고 있어. 지금도 그래. 너는 이해하기 어려울 거야."

"그래서 요스케 씨는 손만 잡아도 상대방 마음을 알아내는 능력을 지니고 있잖아요?"

"그게 능력일까? 내 성욕이나 바람이 그런 착각을 만들어냈는지도 모르지."

"하지만 상상 속에서 전 당신 안으로 들어갔어요. 당신도 내 안에 들어왔고요. 그걸로 충분해요. 관념 속에서 충분히 만족했어요. 이렇게 말해서 미안하지만 전 여자가 절정에 다다른다는 의미를 아직도 잘 모르겠어요. 만져주면 기분이 좋아요. 하지만 현실에서는 이물질이 내 몸에 침투해 들어온다는 게 너무나 무서워요. 그렇게까지 해서 함께 절정에 도달한다고 느끼는 거야말로 착각 아닐까요? 착각이 아니라고 해도 연기를 하고 있다는 생각이 들어요."

"그래? 그런 건가? 모르겠다. 나는 남자지만 그걸 해본 경험이 없으니까 말이야. 그래도……."

"그래도?"

"좋아하는 상대와 같이 희열을 느낀다는 건 기쁜 일이지 않을까? 너 재미있는 애구나. 머릿속이 온갖 생각들로 가득한걸."

"저를 대신해 생각해주는 사람이 없으니까요. 엄마도 돌아가시고 없고."

"그래? 혼자 남았어?"

"네."

"저기 이 그림 받아주지 않을래?"

"고맙습니다. 하지만 사양할래요."

"왜? 이 그림 마음에 들지 않아?"

"전 저를 보는 게 싫어요. 목소리를 녹음해서 들으면 그게 내 목소리가 아닌 듯 낯설잖아요. 그런 거랑 똑같아요. 앞날을 살아가는 게 제게 있어서는 중요하니까 남에게 이게 너야, 라는 말을 듣는 것도 싫고, 그게 바로 조금 전 일이었다고 해도 거슬러 올라가 과거의 나와 만나고 싫지 않아요."

"또 그럴듯하게 말하네. 넌 정말 독특한 애야. 그렇게 많은 생각을 하다니. 그럼 사진도 싫어해?"

"네. 싫어요. 사진은 언제나 예전의 나인 거잖아요. 어렸을 때부터 기념사진을 왜 찍는지 이해가 안 갔어요. 풍경 사진도 뭐 하러 찍는 걸까 싶어요. 모조리 기억 속에 넣는 게 제 성격에 맞아요. 기억을 담아 두는 뇌라는 존재는 틀림없이 굉장한 보존 용량을 지녔다고 봐요."

"그렇지. 무한대지."

"아마도 우주만큼은 되겠죠."

"하하. 우주까지 빗대네. 알았어, 그렇다고 해두자. 그럼 건강히 지내."

그렇게 말한 후 요스케는 내 머리 위에 손을 올리고 어린아이를 어르듯이 머리를 쓰다듬어 주었다. 따뜻한 기운이 머리 위에서 몸을 통해 발가락까지 내려왔다. 나는 요스케가 남녀 간이 아니라 가족처럼 느껴졌다.

그날 밤 겐토 씨와는 이불을 나눠 거리를 두고 잠을 청했다. 그 하룻밤 사이에 일어난 일을 우리는 결코 잊지 못하리라. 적어도 나는 그렇게 생각했다. 허나 지금 우리는 그 일이 아주 옛날 일인 듯 치부하며 오랫동안 함께 살아온 부부 또는 오누이 사이처럼 천장을 바라보며 오순도순 이야기를 나누고 있다.

"요스케는 너에게 반했어. 너는 요스케에 대해 어떻게 생각해?"

겐토는 아니나 다를까 요스케와 내가 단둘이 바닷가에 갔던 일을 마음에 두고 있었다. 요스케와의 일은 둘만의 비밀이다. 더욱이 요스케의 민감한 사정을 겐토 씨에게 털어놓을 수는 없다. 입을 닫고 있으니 겐토 씨가 말했다.

"요스케는 순수하지만 편협한 남자야."

편협이라는 단어에는 가시가 있다. 아무리 겐토 씨가 요스케의 선생님이라 할지라도 겐토 씨에게 요스케의 험담을 듣고 싶지 않았다.

"멋진 그림을 그릴 줄도 알고 괜찮은 녀석이지만 그 눈빛이 신경 쓰여. 처음 보았을 때부터 패배자인 양 눈을 번뜩거리고 있어. 네가 그 녀석이 좋다면 할 말이 없지만 말이야."

"좋은 감정이 있긴 해요. 그 사람 따뜻하고 좋은 사람이에요."

"그 녀석은 신비로운 것에 지나치게 의존해. 현실을 직시해야 해."

"이제 여기서 살아가겠다고 결심을 한 것 같아요. 현실을 제대로 직시하고 있지 않나요? 우리 모두 여기서 만나고 헤어질 뿐이에요. 만나서 참 다행이라고 생각하고 있어요. 언젠가 요스케 씨나 겐토 씨 모두 다시 만날 수 있다면 좋겠어요."

"너의 그런 수동적인 태도가 마음에 걸려. 귀로 듣기는 좋은 말이야. 누군가와 만나고 싶다면 어떻게 해서라도 만나려 들지 않나? 만날 수 있을지도 모른다고? 기다린다고? 넌 흠뻑 빠질 만한 남자를 빨리 만나는 게 좋아. 사랑을 해. 마구 연애를 해. 무대에 선다며? 네가 하는 온갖 경험이 네 모든 연기의 기반이 될 거야. 연기는 실로 무서운 비즈니스야. 자신의 경험도 남의 경험도 모조리 먹어 치워서 네 살과 피로 만드는 거야. 장사하는 거지. 이를테면 너는 남을 잡아먹는 거야. 사는 건 그런 거니까.

오키나와에 가면 미하루의 근황을 내게 좀 알려줘. 그 녀석은 정신력이 많이 약해. 귀가 얇지. 자기 생각이라는 게 없어. 고독에 약해. 그런 점이 너보다 한참 부족하지. 미하루는 가족과 연락을 안 하고 살지만 남한테 내세울 만한 꽤 괜찮은 가족이 있어. 미하루의 부모님은 우리의 관계를 펄펄 뛰며 반대하셨지만 아직도 금전적인 도움을 주고 있어. 그걸로 어떻게 해서 여차저차 지금까지 살아왔지."

겐토 씨도 그 경제적인 원조에 의지했던 건가. 사랑의 도피, 헤매다 종착한 현실에 나는 조금 씁쓸한 기분이 들었다.

"겐토 씨는 미하루가 오키나와에 간 것에 대해 어떻게

생각해요?"

"이렇다 할 이유 없이 갑자기 오키나와에 간다고 해서 좀 의아했지."

"미하루는 일하러 간 거예요. 경제적으로 부모님에게서 자립하고 싶었을 거예요. 어쩌면 겐토 씨와의 생활에 불안을 느끼고 있지 않았을까요?"

"그건 다 내 탓이야. 내가 이 병 때문에 밥벌이를 제대로 못 해서 이렇게 됐어."

"어찌 됐건 만나러 갈게요. 미하루가 뭘 하고 지내는지."

이 말이 끝나기가 무섭게, 겐토 씨는 사이를 두었던 이불 속에서 손을 뻗어 내 오른손을 붙들었다.

"가쓰라코, 이리로 와!"

엄청난 힘으로 나를 끌어당겼다. 나는 순간 그 손을 뿌리쳤다. 뿌리치고 방구석에 웅크려 앉았다.

미하루 생각으로 마음이 무겁다. 이제 겐토 씨와는 끝이라고 마음 한구석에서 누군가가 속삭이고 있었다.

정적이 흐르고 잠시 후 겐토 씨는 이불을 걷어내고 일어나 아무 말도 없이 부엌문을 열고 나갔다. 쾅하고 문이 세차게 닫히는 소리가 났다. 오누이 사이라는 말은 역시 입으로는 뱉기 쉬운 말이었다. 겐토 씨 안에서 무엇이 저리 요동치고 있는 걸까.

솔직히 말해서 두려웠다. 팔에는 아직 겐토 씨가 세게

날 잡았던 거친 감촉이 남아 있었다. 그 힘, 평소의 겐토 씨와는 사뭇 다른 사내의 힘이었다. 겐토 씨의 얼굴에서 이내 눈과 코가 사라지더니 낯선 남자의 얼굴이 내 앞에 고개를 들었다. 밋밋한 공간 한가운데에서 봉같이 기다 란 손이 쑥 나와 나를 어둠 속으로 끌고 가려고 있었 다.

미야코지마섬의 밤이 갑자기 깊은 어둠에 잠기고 나 는 처음으로 무력하고 안이한 나를 느꼈다.

엄마!

겐토 씨는 돌아오지 않을까.

내일 공항에는 어떻게 가야 할까.

혼란스러운 머리로 예전에도 이런 일이 있었던 사실 을 기억해냈다.

그래. 그건 아직 엄마가 살아 있었을 적이다.

깊은 밤 현관문이 세게 열렸다. 이어서 꽝 하고 닫힌 현관문 안쪽에 엄마가 거친 숨을 몰아쉬고 있었다. 급히 현관으로 달려가자 평소에는 침착한 엄마가 힘없이 그 자리에 주저앉았다. 남자에게 겁탈당할 뻔했어. 모르는 사람? 아니, 아는 사람. 아는 사람이야? 스태프 중 한 명 이야. 그건 범죄잖아. 생판 모르는 사람보다 더 심한 악 질이야! 경찰에 신고하자! 아냐. 안 돼. 침착해.

엄마는 흐트러진 머리칼을 매만지며 가쓰라코 물 좀 갖다 줘, 라고 말했다.

"남자란 말이야. 남자의 충동은 종종 생각지도 못한 방식으로 드러나곤 해. 내가 안이했어. 나는 연극배우야. 겁탈당하면 그걸로 겁탈당하는 연기가 된다고 생각하지만, 목숨을 잃으면 모든 게 끝나. 나에게는 네가 있어. 딸이 있어. 아직 죽을 순 없어. 있잖아. 가쓰라코 넌 나보다 먼저 죽어서는 안 돼. 죽는 순서란 정해져 있는 거야. 부모 그다음은 자식. 그리고는 그 자식. 그다음이 그 자식의 자식. 겁탈당해도 죽는 거보다는 나아. 알겠니? 잘 알아 둬. 그런 상황에서는 네 몸을 줘버려. 주는 걸로 살기만 한다면 주는 거야. 상처 입어도 죽는 거보다 나아. 그냥 줘버리는 거야."

달빛이 집 안을 비추고 있었고 엄마는 아직도 무대 화장을 한 채였다. 검고 굵은 아이라인을 그린 눈이 피곤한 엄마의 얼굴을 장렬한 마녀처럼 만들어 보였다.

그렇게 말하는 엄마는 어땠을까. 그렇게 몸을 던져가며 생을 이어왔던 걸까. 사람과 사람이 성교를 한다는 말은 대체 어떤 의미가 있는 걸까. 성교를 했다고 해서 구체적인 흔적이 남는 건 아니다. 그렇다면 뭐가 어떻게 변화하는 걸까.

물어봐도 아무도 대답 없는 어둠 속에서 나는 눈을 감고 고독을 견뎠다.

정신이 들었을 때는 아침이었다. 이불은 허물처럼 형

크러져 있었다. 겐토 씨는 예상대로 돌아오지 않았다. 비틀비틀 일어나서 두 채의 이불을 개어 놓고 외출 준비를 하고 있자 창문을 두드리는 소리가 들렸다.

"나예요. 마쓰오카."

케차의 엄마였다.

"겐토 씨가 가쓰라코 씨를 공항에 데려다주라고 어제 우리 집에 찾아왔었어."

아무것도 묻지 않는 마쓰오카 씨의 얼굴이 희고 자비로워 보였다.

긴 머리를 뒤로 하나로 묶고 청순한 진주 귀걸이를 하고 있었다. 예쁘다. 마음이 놓였다. "자, 갈까? 가쓰라코 씨, 겐토 씨 일은 걱정하지 마."

색을 감춘 나무

길 양쪽에는 온통 사탕수수밭이 펼쳐져 있다. 마쓰오카 씨가 운전하는 차로 나는 지금 공항으로 향하는 중이다. 활짝 열어놓은 차창으로 초여름의 후덥지근한 바람이 들어온다. 운전대를 잡고 앞을 주시한 채 마쓰오카 씨는 아까부터 계속 침묵을 지키고 있다. 나도 미하루와 겐토 씨 그리고 케차에 대해 이것저것 물어보고 싶은 마음은 굴뚝같았지만 입이 떨어지지 않았다. 마쓰오카 씨가 CD 버튼을 눌렀다. 침묵 속에서 흘러나온 곡은 '자와와, 자와와' 라는 노랫말로 유명한 포크송이었다.

바람이 불어오는 아무도 없는 사탕수수밭. 밝지만 허무함이 깃든 노래다. 가사에는 과거 오키나와 전투沖縄戦의 기억이 자연스럽게 녹아 있었다. 노래를 부르는 가수는 음이 높고 투명한 목소리를 가진 여가수다. '자와와, 자와

와' 듣고 있자니 시작도 끝도 없는 무한대의 시간 속에 떨어진 기분이 든다.

"이 노래 아니?"

마쓰오카 씨가 물었다. 그 질문은 한순간 적막한 공기를 흔들었다. 잔잔한 호수에 돌멩이가 일으킨 파문처럼.

'이 노래 아니?'라는 물음에는 중요한 내용은 어느 것 하나도 들어 있지 않았지만 나는 그렇게 묻는 마쓰오카 씨가 용기 있는 사람이라고 생각했다.

"네. 물론이죠. 학교 수업시간에 배웠어요."

"아, 학교 수업에서?"

"네. 오키나와 전투에 대해서 수업을 할 때요. 이 노래 선생님이 들려줬었거든요."

"그랬구나. 오키나와라고만 하면 항상 이 노래를 틀지."

"어! 마쓰오카 씨 이제 이 노래 싫증났어요?"

"아니. 곡 자체에 불만은 없어. 가사도 억지스럽지 않아서 괜찮은데. 반전 노래라 강한 메시지를 담고 있잖아? 이런 노래일수록 한층 가볍게 불러야 하는데 말이야."

마쓰오카 씨는 지금 부르는 가수의 가창법이 석연치 않은 모양이다.

"의도를 한가득 넣어서 힘을 주고 부르는 노래를 좋아하지 않으시나 봐요."

"난 이기적인 청중인가 봐."

"무슨 말씀이신지 알 것 같아요."

"어려운 곡이야. 부르는 가수에 따라서 집요하게 들리기도 해."

"아, 우리 엄마랑 똑같다."

"가쓰라코의 어머님?"

"이미 이 세상을 뜨고 없지만, 생전에 같은 말을 하신 적이 있었어요. 엄마는 치아키 나오미(가수와 배우로 활동하다 1992년 연예계 활동을 전면 중단함. -옮긴이 주)를 좋아했었죠. 치아키 나오미도 이 노래를 부른 적이 있어요. 엄마가 선호하는 산뜻한 가창법. 어렸을 때부터 자주 엄마와 같이 들었어요. 이 노래뿐만 아니라 치아키 나오미의 다른 노래도요."

마쓰오카 씨가 눈을 가늘게 떴다.

"치아키 나오미라 훌륭한 가수지. 왜 이제 노래를 안 부르는 걸까? 나뭇가지를 부러뜨리듯 뚝 하고 노래를 그만둬 버렸어. 참 궁금해. 그런 식으로 갑자기 시 쓰기를 그만둔 시인도 있잖아."

"랭보(Jean-Arthur Rimbaud, 프랑스 상징주의의 대표 시인 -옮긴이 주)요?"

"그래 맞아. 랭보도 그랬지. 시를 못 써 고뇌하느라 그런 것도 아니고, 그냥 쓰는 것을 멈춰버렸어. 가수도 마찬가지야. 얼마든지 노래를 부를 수 있는데도 그냥 관둬

버리는 거야. 그들은 왜 침묵을 선택하는 걸까?"

"침묵도 그들에게 있어서는 노래의 한 부분일지도 몰라요. 그런 부류의 사람들은 침묵을 노래나 시의 한 부분이라 생각하고 자연스럽게 그 길을 택한 게 아닐까요?"

"그럴까? 정말로 그게 자연스러운 일이라면 굉장히 용감한 삶의 방식이지."

그렇게 말하고 또 마쓰오카 씨는 입을 다물었다. 마치 그녀 자신이 무언가를 그만두려고 하였지만 쉽사리 그만두지 못하고 있는 사람처럼.

"미야코지마섬은 어땠어? 즐거웠니?"

"즐거워할 여유도 없었어요. 그렇지만 어떻게 이 섬을 잊겠어요. 이렇게 말하면 이제 두 번 다신 이곳에 오지 않을 사람처럼 보이겠지만요."

"어리면서 산전수전 다 겪은 얼굴을 하고 있네."

"네? 제가요?"

"응. 가쓰라코 씨는 여기에 단지 관광하러 온 거 아니지? 사람들을 만나고 싶어 떠난 여행, 그런 거 아니었어?"

그랬다. 사람과 만나기 위해 왔다. 만남뿐만이 아니라 농밀한 관계를 맺었다.

"이곳 땅은 태양이 밝게 비춰주고 있지만, 뿌리 속까지 새카만 땅이야. 죽은 자들과 생을 같이하고 있다는 표현이 맞을 거야. 이 섬의 감각이 그래. 오키나와 본도만

색을 감춘 나무

이 아니라 이 섬도 과거 끔찍한 전쟁터였어. 전쟁은 나와 먼 이야기라고 생각했었지만, 여기에 터를 잡은 후로는 전쟁이란 단어가 피부를 통과해 내 안으로 스며든 느낌이야. 이 섬에는 전쟁을 경험한 연장자도 많아. 그런 사람들이 전쟁 이야기를 해줄 때도 있어."

"아직도 전쟁이 끝나지 않은 것 같아요."

"맞아. 전쟁이란 한 번 일어나면 끝이 없어. 종결 선언을 했다 해도 상처가 오래 남아. 그렇게 끔찍한 짓을 인간은 왜 계속하는지 몰라. 나라를 지키기 위해서라는 모순된 말을 앞세워서 말이지."

그 당시 나는 여름방학을 앞두고 있었다. 고등학교 시절 세계사 선생님이 〈오키나와 전투에 관하여〉라고 쓰여진 얇고 작은 팸플릿을 나눠 준 적이 있었다. 희미하지만 아직도 기억에 남아 있다.

1944년 10월 10일.

이른 아침부터 저녁까지 이어지는 미군의 5회에 걸친 공격으로 나하(那覇, 오키나와현의 현청 소재지. 오키나와섬의 중심지. ─옮김이 주)는 붕괴 직전이었다. 이 공격이 바로 오키나와 전투를 종결시켰으며 역사에 남게 된 대공습이다. 오키나와섬은 물론이거니와 이 미야코지마섬을 비롯하여 많은 섬들이 전쟁터로 변했다. 실제 전투에 휩쓸려 목숨을 잃은 사람, 피난길에 배가 침몰당해 죽은 사람, 굶어 죽거나 말라리아 같은 역병에 걸려 사망한 사람도 있다. 전쟁에 찌들어 심신에 장애가 온 사람이 그대로 방치되어 목숨을 잃었다는 기록도 있다. 종전 후에도 오키나와에는 군 기지가 존재하며 아직도 산더미 같은 전쟁의 후유증과 해결되지 않은 문제가 남아 있다.

마쓰오카 씨의 말처럼 전쟁은 한번 시작하면 끝나지 않는다. 인간은 왜 뻔히 알고 있으면서 똑같은 실수를 반복하는 걸까.

"나는 말이야. 도쿄의 시타마치(下町, 평지에 있는 상업 지역. 도쿄의 일반 서민들이 사는 지역을 말함. ―옮긴이 주)에서 태어났어. 오키나와에서 대공습이 있던 이듬해 3월에는 도쿄 시타마치에도 거대한 폭탄이 떨어졌지."

마쓰오카 씨는 깊고 조용한 목소리로 말했다.

도쿄 대공습은 수업에서도 배웠지만, 그 당시 나는 아무런 감흥을 갖지 못한 이야기라서 한 귀로 듣고 한 귀로 흘려버렸다. 부모를 어린 나이에 잃은 엄마는 전쟁에 대해서든 뭐든 옛날이야기 자체를 별로 들려주지 않았다. 그런 탓인지 나는 사람들이 말하는 경험담에 흥미를 느끼고 귀를 쫑긋 세웠다. 그럴 때 나는 투명한 콘센트가 되어 과거에 접속을 한다. 특정 개인을 넘어 이름 없는 기억은 마치 전류처럼 내 몸을 타고 흘러간다. 이 흐름을 통해 생을 유지하고 있는 생명체들은 다양한 방법으로 운동을 한다. 단지 현재를 사는 것만이 아니다.

"좀 더 이야기를 들려주시겠어요?"

"그래. 아버지는 그때 어렸지만 지금도 전쟁의 기억은 뚜렷이 남아 있다고 했어. 평화로운 시대에 일어나는 전쟁이란 비일상적인 지옥으로 보여. 지옥이긴 지옥인데 당시에는 이상하다고 느끼기 전에 그게 '일상'이었던 거지. 폭탄이 비처럼 쏟아지고 굶주린 배를 움켜쥐고 사는 일상.

내 아버지는 아버지의 아버지 그러니까 할아버지와 같이 위험을 피해서 재빠르게 강에 뛰어들었어. 그때 강에 떠 있는 통나무를 붙잡고서 수면 위로 겨우 얼굴을 내밀고 있었어. 거기서 아버지는 지옥과 다름없는 세상을 목격했다고 말했어. 강 속에서는 불에 타 괴로워하는 많은 사람이 헐떡이고 있었대. 아버지와 할아버지는 숨이 차오르고 연기와 재로 눈조차 뜰 수 없었을 때, 눈앞에 나무로 만든 불상이 하나 흘러오더래. 주저할 틈도 없이 그걸 낚아챘다고 했어. 이 이야기는 아버지가 거듭해서 내게 들려준 이야기야. 꾸며낸 이야기 같지? 정말로 인생에는 그런 일이 벌어지기도 하잖아. 아버지와 할아버지는 어쨌든 불상을 뗏목 삼아 살아남았어. 결국 부처님이 도운 거지. 피난길에 일행을 놓친 어머니와 여동생은 등에 총탄을 맞고 죽었더래. 아버지는 그 둘을 길에서 발견했대. 아침에 입고 있던 옷과 똑같은 바지 조각을 확인하고는 다리가 부들부들 떨려서 땅에 주저앉아 버렸다고 했어."

"그 심정 알 것 같아요."

나는 장롱에 쌓여 있는 돌아가신 엄마의 수북한 옷가지들을 떠올렸다. 나는 엄마가 입던 옷을 볼 때마다 그 옷을 입고 있던 육체가 이제 그곳에는 없다는 사실을 깨닫고 소스라치게 놀라곤 한다. 처분해버릴까 여러 번 생각했지만 엄마의 유품은 좀처럼 버리기 힘들다. 훗날 엄마가 입고 있던 모든 옷가지를 하나하나 아주 작은 조각들로 잘라 그것들을 이어 붙여서 한 권의 노트로 만들고 싶다. 옷 한 벌 통째가 아니어도 좋다. 자투리 천 조각이면 충분하다. 이 일련의 작업을 끝낸 후에는 진정한 의미의 혼자가 되어 엄마를 극복하련다.

옷을 보며 사람을 떠올린다. 상황은 전혀 다르지만 나는 마쓰오카 씨 아버지의 슬픔이 너무나도 생생하게 느껴졌다. 나는 미하루, 겐토 씨, 요스케의 일도 잠시 잊고 사탕수수밭 안의 흔들거리는 검은 환영을 망연히 쳐다보고 있었다.

마쓰오카 씨가 말했다. "도쿄에서 이곳으로 거처를 옮긴 무렵, 자주 가위에 눌렸었어. 땅 밑에서 죽은 사람 손이 튀어나와 나를 땅 밑 깊숙한 곳으로 끌고 가는 거야. 머리 위에는 태양이 쨍쨍 비추고 있어. 그 태양은 내가 범죄자라며 내려다보고 있어. '난 아무 짓도 안 했어요.

정말 아무 짓도 안 했어요'라고 외치지만 용서해주지 않아. 그리고는 '아무 일도 하지 않은 것이 죄악이야'라는 목소리가 들려와. 땅을 보면 내가 죽은 자의 뼈를 짓밟고 있는 거야. '우지끈' 소리를 내며 부러지는 소리가 나. 그 소리가 얼마나 섬뜩하고 무서운지."

거기까지 말하고 나서 마쓰오카 씨는 돌연 밝은 표정이 되었다.

"미안해. 이런 이야기만 들려줘서. 하지만 가쓰라코 씨와 서로의 이야기를 털어놓을 수 있어서 기뻐."

"저도 그래요. 어제 미술학원에서 처음 케차를 만났어요."

"그랬구나. 어제 처음 만났구나. 집중력은 있지만 멍한 구석이 있어 보이지?"

"그림에 굉장한 재능이 있어요. 케차 그림은 탐이 나요. 훔치고 싶을 만큼 매력이 있어요."

"그렇게 말해주니 고마워. 케차는 틈만 나면 그림을 그려. 도화지가 남아나질 않아. 그림을 그릴 대상 말고는 관심이 없어. 그림이 점점 쌓여가. 활화산처럼 그림을 쏟아내지."

"그렇군요. 한 장 받아도 될까요?"

"가쓰라코 씨에게 나중에 케차가 그린 그림을 보낼게. 이따가 도쿄 집 주소를 알려 줄래?"

"네. 고맙습니다!"

"케차가 오늘 웬일인지 고분고분 학교에 갔어."

"다행이에요."

"응. 나도 부모인가 봐, 한시름 놓이더라."

"저도요."

"그 애 안에 뭐가 어떻게 소용돌이치고 있는지 부모인 나도 감이 안 잡혀. 학교가 전부라고는 생각하지 않지만 그래도 보통 애들만큼만 자라준다면 고마울 텐데. 나도 학교를 무진장 싫어했지만 말이야."

"아 그래요. 저도 그랬어요."

"우스운 일이야. 많이들 학교를 싫어해. 그래도 참고 다니는 거야. 인내를 가르치려고 학교를 만들었나 싶을 정도야. 학교를 거부했던 여자가 이렇게 부모가 되면 자기 자식에게는 학교에 가라고 등을 떠밀지. 엄청난 모순이야. 실없는 말이지만."

"그래도 케차에겐 그림이 있잖아요."

"그래. 요즈음은 케차를 그냥 내버려 두고 있어. 외동 아들이라서 아주 어렸을 때는 나하고 떨어질 생각을 안 해서 힘들었어. 그림에 빠지고 나서는 오히려 서운할 정도로 곁에 오지 않지만. 이기적인 엄마지?"

"그 애는 독립을 한 거로군요. 저희 엄마도 자주 저를 나 몰라라 했어요. 연극배우라서 지방 순회 공연이 많았거든요. 외로웠던 적도 있었지만."

"그래도 어머님에 대한 추억이 많아 보이는데?"

"예, 맞아요. 아빠는 제가 아기였을 때 세상을 떠났어요. 늘 엄마와 저 단둘이서 시간을 보냈으니까요. 지금은 엄마를 찾아 이곳저곳을 여행하고 있는 느낌이 들어요."

"가쓰라코 씨 눈앞에는 보이지 않아도 돌아가신 어머님은 분명히 곁에 계셔. 가쓰라코 씨는 사람을 끌어당기는 광장한 뭔가를 가지고 있어. 그 흡인력은 어쩌면 돌아가신 어머니가 근원이 되어 솟아오르고 있을 거야. 단순히 부모자식 간이라서가 아니라. 잘 표현하긴 어렵지만 말이야. 가쓰라코 씨 주위가 소용돌이치고 있어. 남자들은 피하려고 하면 할수록 어찌 된 영문인지 점점 휘말려 들어가. 내가 남자였다 해도 마찬가지였을 테지만."

마쓰오카 씨가 너무 민망하다는 듯 빙글빙글 미소를 지으며 말했다. 나도 남 이야기인 양 그 말을 들으며 웃었다.

"미하루 씨 일 걱정되지? 미안해. 소중한 친구를 오키나와로 내쫓아 버려서. 그렇게 여길 만하지."

"아. 역시나 미하루는 마쓰오카 씨의 소개로 오키나와에 간 거였군요."

"그래 맞아."

마쓰오카 씨의 옆얼굴이 산맥처럼 야무져 보였다.

"미하루는 어디서 일하나요? 마쓰오카 씨가 주선해주신 곳이면 안전한 곳일 테지요?"

"글쎄. 미하루 씨가 하도 필사적이어서 아는 사람을

소개해줬어. 일을 할지 말지 결정을 내리는 건 결국 본인이니까. 여자는 자유를 손에 넣기 위해서 돈이 필요할 때가 있어. 나도 한때는 거기서 일한 적이 있었거든."

마쓰오카 씨는 선선히 자신의 과거를 털어놓았다.

하늘은 구름 한 점 없고 새파랬다. 저 하늘만 올려다보고 있으면 나는 무엇이든 할 수 있겠다는 생각이 들었다.

공항 건물이 눈에 들어왔다.

"몸 조심해서 잘 다녀와. 또 언젠가 만날 수 있겠지."

"예. 꼭 다시 봬요."

마쓰오카 씨는 겐토와 어떤 일이 있었는지 아무것도 묻지 않았다. 마쓰오카 씨는 이 남국에 정착해 살아가기에는 아직 어딘가 불안정해 보였다. 그녀가 나에게 묻지는 않았지만 나는 그녀가 이미 모든 걸 눈치채고 있다는 느낌이 들었다. 그녀의 흰 뺨을 보며 그렇게 생각했다.

"이걸로 케차에게 뭐라도 사다 주세요. 미술 도구라든지 도화지를요."

어떻게든 감사의 마음을 전하고 싶어 나는 난생처음으로 돈을 봉투에 넣지도 않고 현금 그대로 마쓰오카 씨의 손에 쥐어주려고 했다. 실례일까 하는 생각도 했지만 순수한 마음이었다. 마쓰오카 씨는 손사레를 치며 말했다.

"고마워. 하지만 가쓰라코 씨가 준 돈은 받을 수 없어. 가쓰라코 씨에게 해준 거라곤 아무것도 없는걸. 내가 덥

석 받는다면 내가 가쓰라코 씨에게 더 빚을 지게 되는 거야. 가쓰라코 씨는 모르지? 당신은 당신의 자리에서 열심히 살아가는 모습을 나에게 보여주었어. 그런 젊은 사람은 보기만 해도 기분이 좋아. 이마를 반짝이며 그 지혜를 보여주고 있으니까."

"네? 저에게 지혜라곤 없어요."

"지식에서 나오는 지혜가 아니야. 살아가는 동안에 생겨나는 자연스러운 지혜지. 가쓰라코 씨는 나를 행복하게 해주었어. 미하루 씨를 잘 지켜봐 줘. 그리고 가쓰라코 씨는 이제부터 자신의 길을 가야 해."

그렇게 해서 나는 오키나와의 본도를 향해 출발했다.

나하 시내에 있는 어느 고가에 이르렀을 때, 날은 어둑어둑해지고 있었다. 정원이라기보다는 넓은 공터 같았다. 그 안에는 풀과 나무가 무성히 자라 있었다. 그 사이에 무성한 수풀을 갈라놓듯 오래된 집 한 채가 우뚝 서 있다. 꽃 한송이 보이지 않는 풍경 속에서 그 집은 마치 숲속 외딴 집 같은 인상이었다. 미하루가 보낸 엽서에서처럼 집 주위에는 크고 울창한 복나무가 빽빽이 늘어서 있다. 검은 나무껍질은 두툼하고 진녹색을 띠었다. 둥그렇게 집을 둘러싼 풍경은 마치 과묵한 경호원들이 지키고 있는 듯했다. 그 풍경이 믿음직스러웠다.

"안녕하세요. 실례합니다."

대강 문 앞에 서서 집안을 향해 사람을 불렀지만 아무런 응답이 없다. 문을 당겨보니 문 사이가 매끄럽지 못한지 삐걱거리는 소리가 난다. 그제야 안에서 사람이 나왔다.

뚱뚱해서 발걸음마저 불안한 살집 있는 할머니다.

"저, 저는 가타야마 가쓰라코라고 하는데요. 여기에 요코야마 씨, 요코야마 미하루 씨가 묵고 있다고 들었습니다만."

"아아 미하루 씨는 잠깐 근처에 장을 보러 갔다우. 여기 앉아서 기다려. 기다리고 있으면 곧 돌아올 거야."

'기다리고 있으면'이란 어느 정도의 시간을 말하는 걸까. 할머니의 말투에는 파도와도 같은 느긋한 억양이 배어 있다.

할머니는 안채로 들어가더니 한가득 차를 부은 잔을 쟁반 위에 담아 와 내 앞에 내밀었다.

"자 쭉 들이켜 봐."

"아! 고맙습니다."

시원하고 맛있다. 한숨에 다 마셨다. 조금 아련한 단내가 난다.

어렸을 적에 이웃에 살던 할머니는 보리차에 설탕을 넣어 주곤 했다. 그 당시 나는 달콤한 보리차를 좋아하지 않았지만 그 할머니의 보리차만은 굉장히 좋아했다. 그 맛과 비슷했다. 피로를 날아가게 하는 달콤함. 나는 마음의 짐을 내려놓은 듯 편안해졌다. 할머니는 조금 전부터 반짝반짝 빛나는 검은색 행랑채에 가만히 앉아 있다.

미하루가 돌아오기를 나와 함께 기다려줄 생각인 듯 했다.

"집 주위에 자란 나무는 복나무지요?"

"응 그래. 복나무야."

"이 나무 오키나와에서 흔한가요?"

"응. 어딜 가도 있지. 이 나무는 집을 불이나 바람으로 부터 지켜줘. 이 나무 껍데기는 빈가타(紅型, 오키나와의 전통적인 무늬염색. - 옮긴이 주) 염료가 된다우."

오키나와 빈가타의 색채는 신비스러움을 간직하고 있다. 빈가타는 강한 태양빛이 느껴지는 강렬한 색으로 새나 꽃, 나무들을 표현하는 데 쓰인다.

염료는 화려한 색깔을 가진 꽃에서 채취하는 게 아니다. 이렇듯 소박한 색의 나무 껍데기를 푹 삶아서 얻어진다고 염료에 관한 책에서 읽은 적이 있다. 색이란 생명의 출현이다.

"복나무의 껍질에서는 어떤 색이 나오죠?"

"황색. 이것 봐. 이 색이야."

할머니는 자신이 입고 있는 옷의 소매를 잡고 안쪽 색을 뒤집어서 보여주었다.

깊은 멋을 은은하게 품고 있는, 다정하면서도 선명하고 강렬한 황금빛이 눈에 들어왔다. 고흐 그림의 황색과

159

는 조금 다르다. 오키나와의 대지가 낳은 황색이다.

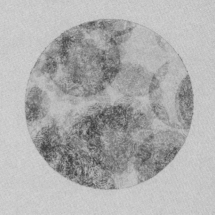

하안
꽃

여닫이가 시원찮은 문을 열고 미하루가 조용히 돌아왔다. 도둑고양이처럼 딱 달라붙는 검정 여름 드레스를 입고 있다. 근사했다. 드러난 어깨가 까무잡잡하게 탔다.

"미하루!"라고 들어오자마자 큰 소리로 불렀다.

"어. 가쓰라코! 어떻게 여기까지 왔어. 기다리게 해서 미안."

마트의 하얀 비닐봉지 안에서 큰 페트병이 머리를 내밀고 있다. 미하루 얼굴을 보니 조금 야위어 보였지만 우선 마음이 놓였다.

"차 잘 마셨습니다. 굉장히 맛있었어요"라며 인사를 했다.

집주인 할머니는 빙그레 웃으며 몸을 일으키려 했지만 중심을 잃고 몸을 비틀거렸다. 미하루가 살며시 다가

가 손을 내밀었다.

"무릎 상태가 좋지 않으신가 봐."

"고마우이."

"할머니 이 애 내 친구야. 가쓰라코라고 해."

"응. 아까 들었어."

"이 애 잠시 여기서 지낼 건데."

미하루는 두서없이 말했다.

"길어도 이삼 일 정도예요."

나는 얼른 미하루를 대신해서 설명했다.

"아, 그래?"

"도쿄에서 연극 연습을 곧 시작하거든."

"그렇다면 곧 돌아가야겠구나."

미하루가 왜 그리 서두르는지 모르지만 나는 긴장했
다. 마쓰오카 씨의 신비로운 옆얼굴이 갑자기 떠올랐다.
뭔가 미하루의 주위가 꿈틀거리고 있다. 정체를 알 수 없
어 더욱 불안했다.

반질반질 잘 닦아놓은 행랑을 지나니 맨발이 선득하
다.

"가쓰라코 씨는 연극배우인감?"

할머니가 신기하다는 표정으로 물었다.

"아, 예……."

예, 라고 말하고 나니, 정말로 오래전부터 배우를 해온
것 같았다.

이제 겨우 첫 무대에 서는 건데. 말을 못 하고 머뭇거리고 있자 미하루가 말한다.

"맞아요. 이 애 배우예요. 꽤 예쁘죠?"

할머니는 우물우물 중얼거렸다. 들어본 적이 없는 단어였다.

"할머니 뭐라고 말씀하셨어요?"

미하루도 귀를 기울인다.

할머니가 작은 소리로 말한다.

"당신하고 아주 닮은 사람을 만난 적이 있어."

"엄마도 젊었을 적부터 연기를 했었어요. 할머니께서는 연극 좋아하세요? 엄마는 전국 방방곡곡을 돌며 연극무대에 섰어요. 어쩌면 오키나와에도 왔을지 모르죠. 만약 예전에 우리 엄마를 만난 적이 있으셨다면, 할머니 정말 반가워요."

할머니는 무언가 생각났다는 얼굴로 점점 더 골똘히 내 얼굴을 주시했다.

눈빛이 회색빛으로 흐릿했고 금방 운 사람처럼 물기를 머금고 있었다.

"아니야. 다른 사람이야. 그 사람은 말이야. 연극을 한다며 몸을 팔고는……."

할머니는 거기서 입을 다물었다. 나와 미하루도 순간 멈칫했다.

"아니야. 다른 사람이야."

할머니는 반복했다.

"할머니 뭐라도 생각나면 주저 말고 얘기해 줘. 이 애한테는 뭐든 물어봐도 돼. 가쓰라코 그렇지?"

"네. 그럼요. 할머니 신세 좀 지겠습니다. 잘 부탁해요."

할머니는 옛날 생각을 그만두고 나에게 미소를 짓고는 안채로 들어갔다. 마음에 얽힌 매듭이 풀어지는 부드러운 미소였다. 의문을 둥글게 말아버린 미소이기도 했다. 나와 닮은 사람이란 누구일까.

미하루의 뒤를 따라 삐걱거리는 계단을 올라갔다. 미하루의 방은 좁지 않았다. 열린 창문 바로 아래로는 복나무의 가로수 길이 이어졌다. 하늘은 온통 새파랬다. 어디선가 향기로운 냄새가 감돌았다.

"무슨 향기지? 상큼한 냄새가 나."

"가쓰라코 넌 냄새를 잘 맡는구나. 바로 아래에 히라미레몬나무(平実檸檬, 학명 Citrus depressa : 오키나와와 대만에 자생하는 감귤류 나무. 4월에 하얀 꽃이 피고, 7월경에 신맛이 나는 녹색의 과실을 수확한다. 오키나와현 특산으로 재배를 많이 하여 오키나와 요리에 다양하게 쓰이며, 음료를 비롯하여 가공식품으로도 유통하고 있다. -옮긴이 주)가 있어."

"히라미레몬? 처음 듣는 이름이야."

"시쿠와사라고 있잖아. 시큼한 과일. 오키나와 사투리로 시쿠와샤라고 부르기도 해."

"그렇다면 일본어 이름이 히라미레몬나무구나."

"응. 저기 저 하얀 꽃. 저게 히라미레몬나무야. 은은한 향기인데 금세 냄새를 맡았네. 가을이면 열매가 익어. 할머니가 그 무렵에 또 놀러 오라고 하셨어."

"가을에 또 여기에 올 생각이야?"

"가을에 또 올까? 염려하지 마. 출발이 순조로운걸. 보시다시피."

"마쓰오카 씨가 공항까지 바래다줬어. 어때? 하고 있는 그 일은?"

"그것보다 겐토 씨와 다른 사람들은 어떻게 지내?"

겐토 씨와는 마지막에 어색한 상태로 헤어졌다. 미하루가 아무리 나를 부추긴다 해도 겐토 씨와 나 사이에 있었던 일을 미하루에게 제대로 설명할 자신이 없다.

"겐토 씨는 미술학원에서 잘해나갈 거야. 곁에 마쓰오카 씨도 있으니까."

"네 말이 맞아. 마쓰오카 씨가 있으니까. 마쓰오카 씨라면 겐토 씨를 잘 돌봐 줄거야."

"마쓰오카 씨 좋은 사람이야. 어떤 이유로 미야코지마 섬으로 옮겨 왔는지는 모르지만 왠지 믿음이 가. 아 참, 이름이 마쓰오카 뭐였더라?"

"아아, 마쓰오카 씨? 막상 생각하려니까 머릿속이 하얘지는걸. 마쓰오카 씨는 처음 만났을 때부터 다들 마쓰오카 씨라고 불러서. 뭐였더라. 그녀에게 잘 어울리는 예쁜 이름이었는데."

미하루는 잠시 생각에 잠겼다. 그녀의 이름이 아닌 다른 생각에 빠져 있는 듯했다.

미하루는 어느 시기부터 겐토 씨를 보살피는 일이 힘들어졌을까. 미하루가 겐토 씨를 마쓰오카 씨에게 맡기고 싶었는지는 모르지만, 마쓰오카 씨는 따로 마음에 품고 있는 사람이 있는 것 같았다. 겐토 씨와 마쓰오카 씨를 나란히 놓고 보면 확실히 마쓰오카 씨 쪽의 인품이한 수 위이고 품격도 높다. 그러니 겐토 씨를 마쓰오카 씨에게 맡기면 안심할 수 있다. 미하루와 나의 공통된 바람이었다. 겐토 씨를 마쓰오카 씨에게 떠맡기고 우리는자유롭게 날아오르겠다는 욕망의 발로이지만. 문득 마쓰오카 씨에게 사죄하고 싶어졌다.

"미하루! 마쓰오카 씨가 말하기를 결정을 내리는 건결국 미하루 너 자신이라고 했어. 모든 책임은 너 자신에게 있는 거라고. 네가 지금 무슨 일을 하고 있는지 모르겠지만."

"나도 알아. 잘 알고 있어. 아무 일도 일어나지 않았어."

"일이 생긴다면 큰일이지. 내가 걱정하고 있는 대로넌 지금 뭔가 위험한 일을 하고 있는 거지?"

"규율이 엄격한 클럽이야."

"클럽이라니?"

"데이트 클럽에 등록해놨어. 나 같은 고용인도 철저하게 관리를 받지만 고객 선별도 꽤 까다로워. 매니저가 신분과 위치 등 고객에 대해서도 이런저런 뒷조사를 해. 저속한 비즈니스이긴 하지만 고급 클럽이라서 철저해."

"누가 그렇게 말해?"

"경영자가. 매니저라는 사람."

"그런 거 얼마든지 꾸며서 말할 수 있잖아. 아무 말이나 믿어선 안 돼."

"아냐. 그렇지 않아. 마쓰오카 씨가 소개했다는 것만으로도 믿음이 가. 설마 마쓰오카 씨가 이런 데서 일을 했으리라고는 꿈에도 몰랐지만."

"네가 끈질기게 부탁했지?"

"그렇지도 않았어. 필사적이긴 했지. 부모님께 이제 와서 손 벌릴 수도 없고. 겐토 씨는 힘없이 늘어져 있잖아. 도쿄에서 여기까지 도망쳐 왔을 때만 해도 반짝반짝 빛나는 남자였는데. 정말 사랑했어. 이젠 나도 그 사람도 변했어."

"마음이 떠난 거야?"

"모르겠어. 어느 정도 돈이 모이면 한번 돌아갈 생각이야."

그렇게 말하는 미하루의 표정이 어딘가 다른 곳으로 날아갈 것처럼 아슬아슬하다.

"걱정 마. 어쨌든 살해당하거나 죽진 않을 테니까."

"이제 그만해. 제발."

"아아 가쓰라코, 넌 변한 게 하나도 없어. 고등학교 때 기억나? 우리한테 용기도 없는 주제들이라며 막말했던 그 애. 원조교제를 한다고 소문났던 도모코 기억나?"

"도모코라는 애 기억하지."

"예쁘고 요조숙녀 같은 애였지. 예의 바르고 목소리도 고왔어. 평범했지만 하는 짓은 굉장했잖아."

"그 애, 뭘 했는데?"

"남자랑 돈 받고 자는 애였어. 그것도 상대를 가리지 않고 아무나."

"그 애가 우리한테 용기도 없는 주제들이라고 무시했 단 말이야? 그 말은 기억이 안 나."

"넌 옛날부터 반에서도 붕 떠 있었으니까. 혼자 초연 하게 말이야. 그 당시 난 늘 불안했는데, 넌 십 대이면서 세상을 다 아는 사십 대 아줌마 같았어."

"말이 심하다. 근데 생각해보면 우리도 마흔 살이 되 고 쉰 살이 되겠지?"

"정말 우리가 그렇게 나이를 먹을까? 난 그 전에 죽을 거 같은데."

"바보 같은 소리 마."

"바보라고 해도 상관없어. 바보일 때 이 세상을 뜰 거 니까. 젊고 아름다울 때 떼돈을 벌고 연애를 하고 즐기다 그렇게 죽는 거야. 어제 상대했던 남자는 사십 대 직장인

이었어. 하루 종일 호텔 방에 처박혀 이런저런 이야기를
나눴어.”

“다른 짓은 안 하고?”

가슴이 뛰었지만 물어보았다. 두려웠다.

“키스는 했어. 더는 아무 짓도 하지 않았어. 그런데도
마음이 가는 거야. 돈으로 엮인 관계인데 참 이상하지?
착한 남자였어. 자신은 기혼자라고 솔직히 말하더라.”

“보스라는 사람은 어때?”

“보스라는 말 별로 좋지 않아. 조직폭력배와는 달라.
매니저야.”

“알았어. 그러니까 매니저란 사람은?”

“나이는 잘 모르겠고 똑 부러지는 여자야. 마쓰오카
씨를 잘 알고 있었어. 마쓰오카 씨와 자매 같은 느낌이
야. 아주 닮았어. 그녀는 고객을 접대할 때는 감정을 잘
이용해야 한다고 말해. 감정이 움직이지 않는 서비스는
진정한 서비스가 아니래. 자신의 감정을 의식적으로 조
작한다는 건 굉장히 어려운 일이야. 그녀가 말하길 ‘호
감’이라는 감정을 만들어내라고 했어. 그다음에는 무엇
을 해도 좋으니 끝에 다다르면 되돌아와야 한대. 이를테
면 그 남자의 인생에 들어가선 안 되고, 아슬아슬한 선에
서 돈을 붙들고 돌아 나오라는 거야. 내가 정말 그런 게
가능할까?”

“가능하다고 봐?”

"그럴지도 몰라. 이 일을 하려고 시험이란 시험은 다 보게 했어. 정치, 경제, 수학, 국어, 생물, 물리, 화학, 역사…… 수능시험이냐고? 여기에 붙으면 무슨 시험이든 다 붙어, 라고 말했어. 그건 그래. 엄청나게 어려웠으니까. 게다가."

"게다가?"

"하나라도 좋으니까 특기를 가지고 있어야 한대."

"네 특기는?"

"미술 감상이지. 그것밖에 없잖아."

"다 겐토 씨 덕분이구나"라며 덕분이라는 말을 하고 나는 쓴웃음을 지었다.

"그래. 겐토 씨 덕에 여러 그림을 볼 기회가 있었어. 그림을 그리지 않아도 그림에 대한 지식을 갖게 됐어. 이젠 현대미술에 관해서라면 어느 정도 자신이 있어."

"현대미술에 박식한 여자랑 사귀고 싶은 남자가 어느 정도나 될까? 상상이 안 가."

"그런 뜻이 아니라, 마음가짐이 중요하다는 거지. 상대방이 아니라 내 쪽이. 매니저가 말하길 매력이 없는 여자는 사람을 매료시킬 수 없대."

"이론을 따지기 좋아하는 사람이네."

"그 사람만이 가진 원칙이 있어."

"네가 얼마 전에 고급 클럽에 가입했다는 그 가입만을 두고 하는 말이 아니야. 이념이든 뭐든 좋지만 너 자신이 무슨 짓을 하고 있는지 냉정하게 잘 생각해봐."

"그 냉정한 머리로 결정한 일이 있어. 어쨌든 딱 이 년만 여기서 일할 거야. 다른 곳에서는 여기만큼 효율적으로 돈을 벌지 못해. 가쓰라코, 부탁이야. 모르는 척해줘."

"겐토 씨랑은 어떻게 할 작정이야? 이 년이라면 둘 사이에 어떤 식으로든 변화가 생길 거야."

"그걸 기다리고 있어."

"교활하지 않아? 같이 도망까지 친 사이면서."

"도쿄를 벗어나 또 미야코지마섬을 떠나 여기까지 오니까 이제 옛날 일은 기억에서 사라져가더라. 있잖아, 가쓰라코 난 내 자신이 무서울 정도야. 앞밖에 보이질 않아. 과거 같은 건 점점 잊히는 거야."

나도 그녀와 다를 바 없었지만 미하루에게 나도 그렇다고는 입 밖으로 꺼낼 수 없었다.

"저기 가쓰라코. 나 지금부터 사무실에 가야 하는데, 너도 같이 가자."

"내가 가도 돼? 그 클럽 비밀 회사 같은 조직이잖아. 외부 사람이 가도 괜찮은 거야?"

"난처해질지도 모르겠지만 사실은 무서워. 매니저가 날 불러냈거든. 무슨 일일까? 부탁이야. 같이 가줘."

미하루의 하숙집은 지도로 보면 슈리성(首里城 오키나와 나하시에 있는 옛 류큐琉球왕국의 성. 1429~1879년까지 약 사백오십 년간 류큐왕국의 수도였던 슈리를 중심으로 현재의 오키나와 주변 섬을 통치. –옮긴이 주)에서 그리 멀지 않은 주택가에 있었다. 보통 걸음으로 십오 분쯤 걸었다. 주위를 둘러보니 평범한 민가들이 이어져 있다. 그 중에 유리로 된 작은 여성 양품점 가게가 보였다. 미하루는 그 가게 앞에 걸음을 멈춰 섰다.

"여기야."

간판은 없다. 실내로 들어가니 은으로 만든 액세서리 따위들이 보기 좋게 진열되어 있다. 조개껍데기로 디자인한 물건이 많다. 어디선가 본 듯하다. 아, 엄마의 물건이다. 똑같지는 않아도 같은 질감으로 조개껍데기를 본뜬 모양. 엄마는 그걸 마음에 들어해 자주 몸에 착용하곤 했다. 아마 반지도 같은 세트였었지.

엄마의 유품 정리에는 진전이 없다. 옷가지 정리가 막 끝난 정도로 액세서리 같은 장신구류는 전혀 손을 대지 못하고 있다. 굳이 말하자면 엄마는 꼼꼼한 성격이 아니라서 정리 정돈이 능숙하지 않았다. "물건에는 발이 달려서 도망을 가"라며 이상한 변명을 종종 늘어놓았다.

엄마는 항상 무언가를 잃어버리고 무언가를 찾는 사람이었다. 특이한 점은 잃어버린 물건이 종래 나오질 않아도 조금도 조급해하지 않았다는 것이다. 짜증을 부리는 일도 없이 "언젠가는 나올 거야"라는 말이 엄마의 말버릇이었다.

미하루가 가게 안쪽 계단으로 내려갔다. 액세서리에

173

눈이 갔지만 서둘러 미하루를 따라갔다. 아래층은 의외로 넓은 공방이 자리 잡고 있었다. 공방에는 네 사람이 일하고 있었다. 금속을 쇠망치로 가공하는 사람도 있고 도면을 그리는 사람도 있었다. 미하루와 내가 공방에 발을 들여놓아도 아무도 고개를 들어 쳐다보지 않고 하던 일을 계속했다. 미하루는 공방을 지나 안쪽에 있는 문을 열었다. 그곳에는 또 다른 방으로 통하는 입구가 있었다.

나란히 있는 문 하나를 노크했다.

"들어와요"라는 목소리가 들렸다. 미하루가 조용히 문을 열자 어깨 너머로 마쓰오카 씨와 닮은 여자가 눈에 들어왔다. 여자는 말끔하게 하나로 틀어 올린 머리를 하고 있었다. 그 여자는 나를 보며 '어랏?' 하는 표정을 지었다.

"실례합니다. 제 친한 친구예요."

"여기는 사원 이외는 출입 금지야. 무슨 이유라도?"

"아, 아 네. 제가 부모와는 연을 끊은 상태라 저번 서류에 있는 신분 보증인 란을 공백으로 남겨놓았잖아요."

미하루의 머릿속이 엄청난 속도로 빨리 돌아가고 있었다. 그녀는 나를 신분 보증인으로 내세울 심산이었다.

"그래. 하지만 당신은 젊고 아직 부모님도 건재하잖아? 업무 내용 중에는 감추고 싶은 부분도 적지 않으니까 문제가 될 만한 말은 부모님께 절대로 전달하지 않아요. 긴급 연락처는 필요하죠. 여기는 평범한 클럽이 아니라서."

여자는 '클럽'을 유달리 강조했지만 악센트를 넣지 않고 독특하게 발음했다. 춤추는 '클럽'을 말할 때 우리 어머니 세대는 '클'에 힘을 준다. 또는 춤추는 장소를 디스코라고 부르기도 한다. 우리 세대는 '클럽'이라고 말할 때 악센트가 '럽'에 있다. 매니저가 말한 억양의 '클럽'은 그 어디에도 해당하지 않았다. 단어 자체에 생기가 없이 인공적인 분위기가 나는 건 그녀의 억양 없는 말투 탓일지도 모른다.

"그래서 데려온 거예요. 이 사람이 나를 보증해줄 테니까요."

방은 창이 없고 한 벽만이 진녹색으로 칠해져 있다. 나는 차츰 가슴이 먹먹해졌다.

"보증은 좋지만 거기 있는 젊은 분이 어떻게 당신을 보증한다는 거죠? 하시는 일은?"

"예. 연극배우를 하고 있습니다."

생각지도 않게 굵은 목소리가 내 입에서 나왔다. 지금은 우선 미하루를 도와주고 싶다.

"연극배우?"

여자의 눈이 다시 나를 훑어보았다. 겸연쩍은 눈빛이다.

"그럼 여기에다가 당신 연락처와 이름을 적어줘요."

"알겠습니다."

"미하루 씨와 동갑인가요?"

"네."

"보증인이 될 자격이 있는지 어떤지. 어쨌든 보증인까지 보증하라고 할 수는 없지만 상식적으로 보증인은 나이도 위이고 제대로 된 직업을 가진 사람을 말하는 거예요. 미하루 씨. 여기 오래 있을 거 아니죠? 그럴수록 세상의 기준을 머리에 잘 넣고 가세요. 여기는 이렇게 보여도 직업인을 양성하는 곳이니까. 그래서 고객도 고르고 또 고르는 거고."

엄격한 사람이다. 규격에 맞추기 위해 능수능란하게 일을 처리해간다. 머리카락 한 올도 흐트러짐이 없고, 등에는 바짝 긴장이 들어가 있다. 그럴수록 나는 더욱 느긋한 척하며 서류에 필요한 사항을 빠짐없이 적어나갔다. 얼굴을 드니 매니저라는 그 여자가 말했다. 미하루를 향해 말하고 있으나 나에게도 들으라는 것 같았다.

"이걸로 요코야마 미하루横山美春 씨의 등록은 정식으로 완료되었습니다. 이제부터 열심히 일해주세요. 무슨 일이 있으면 바로 연락을 해줘요. 회사가 당신의 신변을 지켜주고 일을 알선해서 당신의 생계를 지원할 겁니다. 무리하지 말고 건강에 유의하세요. 고민이 있으면 언제든지 얘기해줘요. 이상입니다."

미하루는 조금 긴장이 풀린 듯했다. 뭘 걱정했던 걸까. 나도 안도하며 일어났다. 자리를 뜨려고 하자, 매니저가 말문을 연다.

"저 당신!"

미하루가 뒤를 돌아보았다.

"아니. 미하루 씨 말고 가타야마 씨 지금 잠깐 시간 있어요?"

매니저가 갑자기 나긋나긋한 목소리로 말했다.

"무슨 하실 말씀이라도?"

"단도직입적으로 말할게요. 혹시라도 일할 생각이 있다면 말인데요, 얼마간 이 일을 해보지 않을래요? 지금 당신한테 이 일을 권유하는 거예요."

나와 미하루는 서로 얼굴을 바라보았다.

"여기 업무 내용은 많은 능력을 필요로 해요. 미하루 씨를 통해서 들었을지 모르겠지만 미하루 씨가 알고 있는 일은 극히 일부분이죠. 업무 내용을 결정하는 사람은 결국 자기 자신임을 잊지 마세요. 사실을 말하자면 여자 한 명 파견이 필요하다고 의뢰가 들어왔어요. 적합한 사람이 없어서 오래 고심 중이었는데 오늘 당신을 보고 눈이 번쩍 뜨이더군요. 혹시 그 의뢰인과 일해볼 생각 없어요?"

"어떤 의뢰인이죠? 그것보다 어떤 일을 하는 사람이죠? 먼저 말씀해주셔야 수락하든 말든 하죠."

"그러니까 이렇게 말하잖아요. 업무 내용을 결정짓는 건 당신이라고요."

"그 말이라면 조금 전에 들었죠. 그런 애매모호한 말로는 이 일을 받아들일 수 없습니다."

내 강경한 태도에 매니저는 말을 멈추고 가만히 나를 쳐다보더니 말을 꺼냈다.

"의뢰인은 한 할아버지예요. 굉장한 부자이고 넓은 저택에 혼자 살고 있어요. 여러 명의 도우미들이 시중을 들죠. 이 분의 하루 대화 상대가 돼줄 사람을 찾고 있어요. 꽤 까다로워서 상대하기 힘든 분이에요. 대화 상대의 용모에서부터 성격까지 상세한 지시 사항을 덧붙였어요. 당신이라면 딱 제격일 듯해요. 단 하루만이라도 좋으니 일단 일을 해보시면 어떨까요. 당신도 요구 사항 있다면 말해봐요."

내 요구 사항? 나는 이제껏 요구란 걸 해본 적이 있었던가? 그런데 신기하게도 내 입에서는 생각지도 못한 말들이 줄줄이 쏟아졌다.

"어머니가 돌아가신 후 마음을 정리하지 못하고 있습니다. 이젠 어떻게든 마침표를 찍어야 하는 상황이에요. 홀로서기를 해야 해요. 이제 생계를 혼자 힘으로 꾸려나가야 합니다. 어떻게 해야 할지 모르는 채 여행을 떠나왔습니다. 전 아직 배우 지망생이에요. 머지않아 연극무대에 서게 되지만 연기로 먹고살 수 있을지 앞이 깜깜해요. 당분간 생활할 수 있을 정도의 보수를 받고 싶어요."

"생활할 수 있을 만큼의 금액으로 교섭해보겠어요. 일

년치 생활비까지는 어려울지 모르지만 반년 정도는 가능할 거예요. 요컨대 하루만에 반년치를 버는 거죠. 괜찮지 않나요?"

호기심과 욕망. 그 안쪽에는 불안과 위험이 소용돌이치고 있다.

입을 다물고 있자 매니저가 말한다.

"시간이 별로 없어요. 지금 이 자리에서 답변을 해줬으면 좋겠는데."

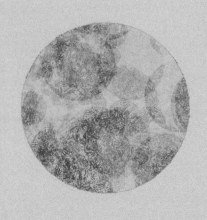

어른을 위한 요람

대답을 다그치는 매니저의 입술에서 아메리칸 체리색 립스틱이 반짝인다. 입술이 반들반들 빛나서 묘하게 요염해 보인다. 물끄러미 바라보고 있으려니 머리 위에서 죽은 엄마의 목소리가 들려왔다.

'협박하지 마. 대답은 신중하게 해야지.'

언제였던가, 엄마가 전화로 누군가에게 그렇게 말하는 걸 우연히 들은 적이 있었다. 상대가 누구였고 무슨 이유로 대답을 재촉했는지, 그리고 그때 내가 몇 살이었는지, 다른 기억은 흐릿하다. 마치 냉동 보관이라도 되었다가 다시 녹아 흐르는 듯 선명한 목소리만이 지금 이 공간에서 되살아난다.

그때의 엄마 목소리는 요염했다. 협박했던 사람은 분명히 엄마를 좋아했고, 엄마 역시 상대방을 마음에 두고 있었으리라.

위험에 맞닥뜨린 순간, 이처럼 죽은 엄마의 목소리가 들려오곤 한다. 큰 소리로 꾸짖듯이 이름만 날카롭게 부르고 사라질 때도 있다.

"가쓰라코!"

그럴 때마다 나는 깜짝깜짝 놀란다. 그 목소리에서 꺼림칙할 정도로 현실감이 느껴진다. 내 몸속에서 솟구쳐 나오는 듯 지나치게 생생해서 환청이라고 넘겨버릴 수도 없다.

대답은 신중하게 생각해서 하는 거야. 대답은 신중하게 생각해서…….

나는 매니저에게 결연히 말했다.

"죄송합니다. 급한 재촉에 곧바로 대답하는 데 서툴러서요. 지금 하신 제안은 거절하겠습니다."

그녀는 의외라는 얼굴을 했다.

"아…… 그래요? 알았어요."

곤혹스러운 것 같기도 하고, 기가 막힌 것 같기도 했다. 내가 거절하리라고는 생각지도 못한 모양이다.

"유감스럽군요. 절호의 기회인데. 그 할아버지와 이야기가 잘 통할 만한 사람은 좀처럼 없거든요. 그쪽이라면 좋은 스폰서가 돼주리라 생각했죠."

"저, 한 가지 여쭤봐도 될까요?"

"뭐든지요."

"제 어떤 점이 그분과 통할 거라 생각하셨나요?"

"바로 이런 점이죠."

"네?"

"이렇게 흔들리지 않는 어른스러운 모습 말이에요. 자기 안에 숨어버리지 않고 생각을 불쑥불쑥 드러내는 면이 재미있어요. 게다가 동작이나 자태도 아름다워요. 영화를 보듯 즐거워서 계속 지켜보게 되는 매력이라고 할까."

"즐겁다니요……. 제가 뭐 구경거리라도 되나요? 동물원의 동물 같잖아요."

겸연쩍은 칭찬을 들은 나는 괜히 그녀의 말에 꼬투리를 잡았다.

"내 말이 틀렸나요? 구경거리라도 되었다면 훨씬 더낫지 않았겠어요? 당신은 배우잖아요. 사람들이 봐줘야 그나마 되는 장사인데 아직 잠꼬대 같은 소리나 하는군요. 좀 더 자라서 엉덩이 몽고반점이나 사라지면 그때 다시 오세요. 알았어요? 배우는 아무나 하는 직업이 아니에요. 보통 사람들은 이렇게 땅에 발을 딛고 살지만 배우는 무대라는 허구의 판 위에서 살지요. 그런 판 위의 삶이란 각박하죠. 깨지기 쉬운 꿈이랄까요. 이를테면 당신은 얇은 얼음판 위에 서 있는 거나 마찬가지예요. 얼음밑에는 차갑고 어두운 물이 번지고 있어요. 한 발만 헛디뎌도 즉사하겠죠. 그런 각오는 돼 있나요? 다시 한 번 물을게요. 당신은 제안을 거절했어요. 그렇죠?"

"네. 하지 않겠습니다. 신중하게…… 신중하게 생각한 대답입니다."

그러자 매니저는 표정을 바꾸지 않고 말했다.

"지금 여행 중이라고 했죠? 원래 사는 곳은 어디죠?"

"도쿄예요."

"그렇군. 그럼 오키나와에는 웬만해선 오기 어렵겠군요?"

"미하루가 여기 있는 동안은 다시 올지도 몰라요."

"오키나와에는 언제까지 있어요?"

"모레는 도쿄에 돌아가야 해요."

"그렇군요. 그때까지 용건이 있을 경우 미하루 씨를 통해 연락하면 되죠?"

"용건이라면 일거리인가요?"

"맞아요. 일은 항상 있으니까요. 작은 일부터 큰일까지 다양하고, 일의 내용도 복잡다단하게 걸쳐 있죠. 이 일에 너무 선입관을 갖지 않는 게 좋아요. 그냥 믿어버려요. 어차피 당신은 지금 생활이 불안정하잖아요. 그래서 도움을 주려는 거니까."

"그렇긴 하지만 그냥 믿어버리다니요……."

"미하루 씨가 걱정되어 뒷조사라도 해봐야겠다는 눈치군요."

"죄송합니다."

"그래요. 어쨌든 일할 마음이 생기면 나한테 연락을 줘요. 내가 먼저 연락을 할지도 모르지만. 일은 오히려 도쿄 쪽이 많고 오키나와는 지사 같아요. 같은 말 되풀이하게 되지만 당신이 일할 생각만 있다면 일은 얼마든지 있어요. 당신에게 딱 맞는 일이. 이번에는 아쉽지만."

그렇게 말하며 그녀는 명함을 내밀었다. '소노다 구키코薗田苳子'라는 이름만이 고급 화지(和紙, 일본 전통 방식으로 만든 종이. -옮긴이 주) 한가운데에 작은 활자로 인쇄되어 있다. 활자 인쇄 부분은 볼록하게 튀어나와 있다. 한 장 한 장 수작업으로 떴는지 명함 종이의 가장자리를 기계로 자르지 않았다.

구키코苳子라는 이름이 자못 그녀다웠다. 길고 하얀 목덜미. 물을 주지 않으면 금세 시들어 힘없이 고개를 꺾는 식물의 줄기茎 같다. 기가 세어 보이지만 의외로 약한 면이 있는 게 아닐까. 그런 상상을 하자, 수완 좋은 비즈니스 우먼으로밖에 보이지 않는 구키코를 조금은 좋아하게 될 것 같은 기분이 들었다.

립스틱과 똑같이 포도색으로 칠한 아름다운 손톱을 바라보고 있는데 그녀가 말했다.

"자, 이제 여러분은 가보세요."

내쫓기듯 방을 나왔다.

밖으로 나오자 태양이 이글거리고 있다.

"가쓰라코, 잘 거절했어. 하지 않는 게 나아. 반년치 돈을 하루에 벌 수 있다니, 아무리 생각해도 찜찜해."

"맞아. 아무리 달콤한 이야기라고 해도. 사실 굉장히 달콤한 이야기이긴 했어."

"그래. 우습지만 누구나 다 그렇게 생각하지. 우습게 여기다가도 어느 순간 나도 돈에 미쳐버릴까 봐 사실은 두려워. 아직은 나도 이 세계의 입구를 들여다본 정도에 불과하지만 이런 종류의 달콤한 유혹들이 확실히 이 세상에는 존재하니까. 있잖아 가쓰라코. 곰곰이 생각해보면 돈이란 불가사의하지 않아? 우린 언제나 돈과 뭔가를 교환해야 생활하잖아?"

"응. 일하는 사람은 모두 자신의 시간과 노동력을 돈과 맞바꾸지."

"그런 의미에서 돈은 정말 대단한 거야. 어떤 것도 맞바꿀 수 있어. 하지만 물물교환 같은 건 이제 없어졌잖아. '그런 거랑은 못 바꿔!'라며 버틴다 해도 더 많은 돈을 내겠다고 하면 끝나는걸. 교환 수단으로 돈을 쓰는 것에 이러쿵저러쿵 말할 사람은 아무도 없어."

"맞아. 돈은 물건의 가치를 결정하는 데 굉장히 편리한 척도인 건 확실해. 하지만 뭐든 돈과 교환할 수 있는가 하면 꼭 그렇지도 않잖아?"

"그런가? 돈으로 사지 못하는 건 없다고 보는데."

"정말 그렇게 생각해?"

"단지 싼 것인가 비싼 것인가 하는 차이만 있을 뿐이

라고 봐."

"자, 예컨대 여기 내가 들고 있는 연필 한 자루를 어떻게든 갖고 싶어 하는 사람이 있어. 누군가 일억 엔, 이억 엔에도 내겠다고 해. 하지만 나는 팔지 않아. 그 연필에 추억이 있기 때문이지. 그건 다른 사람에게는 절대 보이지 않는 특별한 추억이야. 그 추억이 있는 한 나는 팔지 않아. 내가 팔지 않는 한 아무도 그 연필은 사지 못하잖아. 세상에 돈으로 사지 못하는 것도 있다는 말은 그런 뜻이야. 무엇이든 돈으로 살 수 있다고 생각하는 사람은 이 세상에 왜 팔지 않는 사람이 있는지 깨닫지 못해. 그렇지 않아?"

"네 말이 맞아. 팔지 않겠다는 사람에게서 사긴 어렵지. 하지만 그건 아무것도 팔지 않아도 생활이 가능한 사람의 한가한 사고방식 아닐까? 자신을 조금도 더럽히지 않겠다는 것. 너는 어때? 정말로 아무것도 팔지 않고서도 살아갈 수 있어? 우리는 살아가기 위해 반드시, 반드시 뭔가를 팔아서 그걸 돈으로 바꿔야 하니까."

그렇게 파고드는 그녀에게 나는 아무 말도 할 수 없었다. 미하루는 입을 다물고 있는 나를 달래듯이 말했다.

"가쓰라코 네 말처럼 눈에 보이지 않는 특별한 추억은 결국 고가의 물건이야. 너는 팔지 않는다 해도 값을 매기면 고가가 되지. 사람은 곤경에 처하면 그걸 아무렇지도 않게 팔아. 심지어 될수록 비싸게 팔려고 들지. 그래

187

서 이런 클럽은 고객이 그처럼 특별한 감정을 갖도록 솜씨 좋게 부추기는 거고. 거기에 속이려는 의도도 전혀 없지. '보이지 않는 것, 사랑이니 추억이니 소원이니 하는 것들을 공장에서 찍어낸 케이크처럼 정식으로 규격화해서 팝니다. 뭐가 나쁘죠?'라는 식이지. 그렇게 해서라도 난 살아가잖아? 사실 자신이 갖고 있던 뭔가가 팔린다는 의미를 난 잘 모르겠어. 자신의 무엇을 파는지 잘 보이지 않아. 지금까지 평범하게 살아왔던 때조차 달리 생각되기도 하고. 적어도 이성과의 관계에서는 나를 팔게 됐다, 혹은 팔려버렸다는 경우가 있지 않았나 싶어. 나 자신을 팔 생각은 아니었지만 말이지."

"모든 인간은 갖가지 것들을 팔아치우거나 교환하면서 살아가. 네가 그렇게 말하면 무상無償의 행위밖에 인정할 수 없잖아."

"그래서 지금 나는 무상이라는 말에 민감해. 자원봉사와는 다르잖아. '나는 좋은 일을 합니다'라는 자의식을 좋게 봐줄 수 없어. 그렇지 않은 행위…… 정말로 보상을 요구하지 않고 '단지 그뿐'이라는 행위가 가능할까?"

"잘 모르겠어. 솟아오르는 물처럼 투명한 행위라는 게 정말로 있기나 할까? 사람의 행동은 예측하기 어려워. 하지만……."

우리들의 대화는 미궁으로 빠져들고 말았다.

"어쨌든 대답을 재촉한 건 이상해. 뭔가 의심스러워.

이건 할머니가 말씀해주신 지혜야."

나는 떨쳐내듯 밝게 말했다.

"어? 가쓰라코 넌 할머니가 안 계시잖아."

"응. 우리 할머니는 안 계셨지만 동네 할머니가 말씀해주셨거든. 어릴 때 들었던 게 기억에 남아 있었어."

"돌아가신 우리 할머니도 말씀하셨어. 생각할 틈을 주지 않는 건 사기꾼의 고단수 수법이라고."

"미하루, 괜찮아? 매니저는 그런 사기꾼일지도 몰라. 명심하고 있어야 해."

"알아. 하지만 이제 매니저에 대해서는 나쁘게 얘기하지 마. 난 당분간 여기서 계속 일해야 하니까. 게다가 가쓰라코, 정신 차려야 하는 건 너도 마찬가지야. 그 사람, 네가 마음에 든 눈치던데. 봤잖아? 손안에 들어온 사냥감을 바라보는 눈초리였다고. 머지않아 반드시 연락이 갈 거야. 너, 생활비가 필요하다면서 그 여자에게 속내를 내보이지 마. 약점 잡히는 거야. 절대 그건 안 돼."

미하루의 눈이 장난꾸러기처럼 빛났다.

그날 오후에는 미하루가 일정이 없다며 나하 시내를 안내해주었다. 고쿠사이도오리(국제거리. 나하 시내의 번화가. -옮긴이 주) 거리를 어슬렁거리며 산책도 하고, 도중에 카페에서 쉬기도 하는 사이에 해가 저물었다. 외로움과 그리움을 불러일으키는 석양의 향기가 거리에 감돌기 시작했다.

"술 마시러 갈까? 아무리 그래도 나 아직 혼자서 바에 들어갈 용기는 없거든."

"당연하지. 우린 아직 십 대라고."

미하루는 웃으며 내 손을 잡았다. 고쿠사이도오리를 왼쪽으로 돌아, 좁은 골목길로 나를 이끌며 성큼성큼 걸어갔다.

도중에 알로하 셔츠를 파는 가게가 있었다. '오브리가타 · 케이코'라는 이름의 가게다. 셔츠에 그려진 아름다운 그림에서 시선을 떼지 못했다.

"우리 구경하러 들어갈까? 여기서 파는 셔츠는 모두 이 가게에서 직접 만드는 거야. 나한테는 좀 비싸지만 기념품으로는 안성맞춤이지. 여기를 지나갈 때마다 겐토 씨가 생각나. 겐토 씨에게 어울릴 만한 옷이 아주 많지 않아?"

정말 그랬다. 겐토 씨라면 아무리 화려한 셔츠라도 어울릴 것이다. 구경하는 동안 재미가 붙어 기분이 들뜬 우리는 둘이서 돈을 합해 겐토 씨에게 셔츠를 선물하기로 했다. 망설인 끝에 고른 것은 오키나와의 나무와 새가 그려진 셔츠였다. 색채가 은근하고 멋스러웠다.

"어서 오세요. 그거 괜찮죠?"

가게 주인인지, 중년의 여성이 자연스럽게 말을 걸며 응대해준다.

"이 셔츠에 그려진 나무는 이름이 뭔가요?"

"은자귀나무(銀合歡, 학명 Leucaena leucocephala : 장미목 콩과의 관목 또는 교목. 일본에서는 긴네무 또는 긴고칸이라고도 부르며, 영어명은 글라우카레우캐나이다. 원산지는 멕시코 남부와 중미 북부, 중앙아메리카 등지이고, 아열대와 열대의 알칼리성 토양지대에서 번성한다. 사방조림, 가로수, 산울타리로 식재하고, 잎은 사료로, 목재는 기둥재, 조각재, 가구재 등으로 쓴다. 일본에서는 오키나와 주변 섬에 인위적으로 이식한 귀화식물이다. 여름에서 가을에 걸쳐 하얗고 둥그런 꽃이 잎겨드랑이에서 자란 꽃줄기 끝에 모여 핀다. 열매는 납작한 꼬투리로서 길이 12~18mm이며 갈색으로 익는다. 어린 잎과 싹에 미모신mimosine이라는 유독 아미노산이 들어 있어 가축이 다량 섭취할 경우 탈모, 번식 장애, 성장 저해 등의 폐해가 있다. 사람에게도 같은 영향을 주어 오키나와에 주둔했던 군대의 병사 전원이 이 나무의 열매를 먹고 대머리가 되었다는 일화가 있다. 근래에는 발효 과정에서 미모신을 제거하는 기술이 개발되었다. 열매에 포함된 칼슘, 칼륨 등 미네랄과 단백질, 섬유질 등이 주목을 받아, 현재 오키나와현에서는 이 나무를 원료로 해서 차와 건강 식품 등을 상품화하였다. -옮긴이 주)

예요. 난 오랫동안 은자귀나무를 그려주는 디자이너가 있었으면 하고 염원해왔죠. 오키나와에서 많이 자라는 나무인데 제가 굉장히 좋아하거든요. 희고 둥글며 요요처럼 보이는 게 꽃이에요. 실물을 보고 싶으면 이쪽으로 조금 걸어가면 무리 지어 자라는 곳이 있으니 꼭 가 보세요. 밤에 보면 아주 정취가 있어요. 은자귀나무는 메마

191

른 땅에서도 무럭무럭 자라는 아주 강인한 나무랍니다."

그 나무를 보러 가고 싶었다.

선물할 셔츠라고 하자 가게에서 직접 우송해주겠다고 했다. 전표에 주소와 겐토 씨의 이름을 쓸 때 미하루가 "오래간만이네"라고 혼잣말로 중얼거렸다.

가게를 나온 우리는 가게 주인이 알려준 대로 찾아갔다. 십오 분쯤 걸었을까, 이벤트를 하는 광장에 무리 지어 핀 흰 꽃송이들을 발견했다.

"아, 이게 바로 은자귀나무구나."

"가쓰라코 넌 참 이상해. 나이도 어린데 왜 그렇게 할머니처럼 나무를 좋아해?"

"그건 말이지, 왠지 나무 곁에 가고 싶어서야. 나무가 나를 끌어당기는 것 같아. 새로운 지방에 가면 거기에 뿌리내린 나무에 인사하고 싶어져."

"흐음."

"아마도 생명의 파동이 같아서이겠지."

"파동?"

습기를 흠뻑 머금은 황혼의 바람에 은자귀나무 나뭇잎이 흔들린다. 여기저기 떨어진 희고 동그란 예쁜 꽃에 매혹되어 탄성을 질렀다. 그 꽃에 취해서 나무 아래 잠시 멈춰 서자 점점 눈꺼풀이 무거워졌다.

"오키나와에는 독특한 파동이 있다고 생각하지 않아?

바다 너머에서 오는 걸까. 이 지역을 걸으니 그 파동에 실려 가는 기분이 들어. 그런데 미하루, 넌 졸립지 않아? 난 갑자기 졸음이 몰려와."

"너 고등학교 때부터 졸기로 유명한 애였잖아. 수업 중에도 꾸벅꾸벅 졸다가 나중에는 고개를 흔들면서 졸았지. 그러다가도 선생님께서 지명하면 바로 등을 꼿꼿하게 세우고 정답을 말하곤 했지. 졸고 있다가 어떻게 바로 정답을 말하는지 참 신기했다니까."

"아하하, 난 기억 안 나는데. 늘 졸려서 못 견뎠던 건 기억하지만. 어떤 때는 자도 자도 잠이 부족했지. 하지만 반쯤은 깨어 있었어. 깨어 있는 것과 자는 것, 그 어느 쪽도 아닌 상태로 있는 게 기분 좋았어. 몽롱한 상태. 어쨌든 은자귀나무는 졸리게 만드는 나무야. 혹시 나무에서 잠을 유도하는 물질이 나오는 게 아닐까."

"정말 그럴지도 모르겠구나!"

나무 사이에서 갑자기 남자 목소리가 들렸다.

우리는 깜짝 놀라 뒷걸음질 쳤다. 청바지에 티셔츠를 입은 남자가 나타났다.

"아, 미안해. 나 이상한 사람 아니야."

그는 한 손에는 도면 같은 것을 들고 있었다. 젊은지 나이를 먹었는지 가늠하기 어려웠다. 웃으면 얼굴에 주름이 잡혔지만, 발산하는 '기'가 무척 젊게 느껴진다. 입고 있는 티셔츠의 가슴 한가운데에는 '오키나와 2010년

스페이스 텐'이라는 글자가 보였다.

"자네들이 이야기하고 있는 은자귀나무에는 나도 흥미가 있어서 대화를 엿듣고 말았어. 미안해. 몰래 들으려던 건 아니었어. 이야기가 귀에 들어와 버렸지. 내년에 이 공간을 이용해서 작품을 만들려고……."

미하루는 이어지는 말을 기다리지도 않고 호기심 가득한 목소리로 남자에게 물었다.

"작품이라고요? 아저씨는 누구예요? 어디에서 왔어요? 뭘 하시는 분이죠?"

남자가 웃었다. 불이라도 켜진 듯 그의 눈이 반짝였다.

"건축 일을 하고 있어. 최근에는 작품이라고 부르는, 이 같은 공간 디자인도 해. 내년에 여기서 이벤트가 있거든. 그때 이 은자귀나무를 작품 속에 살릴 수 없을까 해서 예비 조사를 하고 있지. 여기서는 어디서나 자라는 흔한 나무이지만 독특한 분위기가 있는 나무야. 자네들 말처럼 은자귀나무에서는 확실히 신비한 파동이 나오고 있어. 도쿄에서는 찾아볼 수 없는 매력적인 나무야. 잠과 공간과 은자귀나무라…… 좋은 힌트를 얻은 기분이야."

미하루의 눈이 반짝반짝 빛났다.

"나는 이 나무에 별 흥미가 없어요. 은자귀나무를 보러 온 건 애 쪽이죠. 나무에 미친 햇병아리 배우."

"뭐? 미쳤다고?"

"맞아요. 얘는 나무에 미쳤어요."

"아아, 나무에."

"미쳤다는 말도 맞죠 뭐."

"무슨 말이야, 미하루."

"자네들 재미있군. 오히려 미친 사람은 난데."

잠시 우리 세 사람은 석양이 비치는 길에 서서 이야기를 나누었다. 그러나 아무래도 그 짧은 시간만으로는 부족해서 이야기를 좀 더 나누고 싶었다. 건축가가 여기서 그리 멀지 않은 곳에 아는 가게가 있다고 했다. 우리는 그곳으로 이동했다.

우리가 들어가 앉은 곳은 류큐왕국 시대의 전통가옥과 정원을 모방한 집이었다. 인테리어만 봐서는 가게로 보이지 않았다. 램프 아래 다시 마주 앉자, 건축가는 쓰카하라塚原라고 자신의 이름을 밝혔다. 젊어 보이는 인상이었지만, 자신이 몸담은 분야의 전문가로서 자신감이 넘쳤다. 활달하고 한없이 눈부신 그 자신감이 조금도 거슬리지 않았다.

쓰카하라는 우리를 어른으로 대접해주었다.

"그런가. 자네들은 고등학교를 막 졸업했구나."

통성명을 한 다음, 나에게는 가타야마 씨, 미하루에게는 요코야마 씨라고 친절하게 성으로 불렀다. 그는 우리를 위해 물에 탄 매실주를 주문해주었다. 미하루는 마시고 싶다면서 "매실주라면 괜찮겠지?"라며 내 허락을 구했다. 나는 얼음을 넣은 아와모리 술을 과감하게 꿀꺽꿀

껵 마셨는데도 바로 어지러워지지는 않았다.

"은자귀나무는 원래부터 오키나와에 있었던 나무는 아니었대. 이십 세기 초쯤 인공적으로 이 땅에 옮겨왔다고, 이 지역 원예가가 얘기하더라고. 2차 세계대전이 끝난 뒤, 초토화된 오키나와 땅에 미군이 공중에서 은자귀나무 씨를 뿌렸다나 봐. 미군은 전쟁터가 된 아시아의 다른 지역에도 똑같은 일을 했대. 워낙 강한 나무라서 탈모를 일으킨다는 설도 있어. 뭐, 전쟁 중의 얘기지만, 먹을 게 없었던 일본군이 씨를 먹었다가 대머리가 되었다는 말도 있어. 남자를 대머리로 만들다니 무서운 힘이야."

우리는 웃었다. 웃으면서 은자귀나무가 슬며시 두려워지기 시작했다.

"일본어로 긴고칸銀合歡이라고도 해. 학계에서 부르는 속명(屬名, 생물 분류의 단위 중 하나로서 '과科' 아래, '종種' 위에 위치. —옮긴이 주)이겠지. 희한한 이름이야. 같은 나무이지만 긴네무와 긴고칸은 전혀 다른 나무처럼 들려. 은행나무를 영어로 긴쿄ginkgo라 하든 긴코gingko라 하든 무슨 상관이겠어? 하긴 그 말도 은행(일본어로는 은행을 '긴쿄'라고 읽음. —옮긴이 주)이라는 일본인들의 말을 듣고 서양인이 들리는 대로 따라 쓴 거라고 책에 나와 있더라."

쓰카하라는 나무에 대해 잡다하면서도 폭넓은 지식을 갖고 있었다. 우리는 매실주를 마시고 완전히 취했다. 미하루의 태도에는 쓰카하라에 대한 호감이 드러나 있다. 그러나 나는 그저 그와 나무 이야기를 나누는 게 마냥 좋았다.

이야기 도중에 미하루가 방바닥에 길게 눕더니 그대로 잠들어 버렸다. 나는 쓰카하라와 은자귀나무며 이런저런 나무에 대해 많은 이야기를 나누었다. 오래 이야기를 나누어도 질리지 않았다.

"자네는 왜 그렇게 나무가 좋은가?"

"나무는 아주 오랜 옛날을 알고 있을 것만 같아요. 모든 나무에는 고대의 향기가 깃들어 있잖아요. 우리가 사는 현대는 동네나 거리가 어찌나 빨리 바뀌어버리는지. 변함이 없다는 하나의 잣대로서 나무가 필요하다고 생각해요. 아, 전 지금 도쿄에 살고 있는데, 도쿄는 변화가 격심해서 가장 새로운 것이 오히려 가장 낡아 보여요. 지금 눈에 보이는 거리도 다음에 올 때는 이미 그 모습이 아닐 거라고 예감하면서 거리를 보면, 눈앞에 보이는 것 뒤에 항상 폐허가 보여요."

"아아, 그런 의미에서 도쿄는 아무리 화려하게 번영해도 폐허가 오버랩 되어 보이지. 이제는 도쿄의 어느 지역이든 그대로 남아 있으리라고 아무도 믿지 않아."

"그래도 저는 다른 것들에 비해 나무는 믿어요. 도쿄를 믿기 위해서죠. 도쿄야말로 나무가 필요한 도시이지 않을까요? 나무는 고대의 공기를 휘감고 있어요. 쓰카하

197

라 씨! 은행나무를 살아 있는 화석이라고 부르는 거 아
시죠? 삼억 년쯤 전에 이 땅 위에 출현했다고 하잖아요.
혹시 은자귀나무에도 그런 유래 같은 게 있나요? 이번
이벤트에서는 뭘 만드세요? 저라면 은자귀나무 잎사귀
를 온통 바닥에 깔아서 어른을 위한 요람을 만들겠어요.
아주아주 깊이 잠들게 해주는 요람처럼요. 아마도 금빛
의 잠이 아니고 은빛의 잠이겠죠."

수다는 끝나지 않았다. 정신을 차리고 보니, 창밖이 하
얗게 밝아 오고 있었다.

어디선가 일곱점박이무당벌레가 날아와 내가 입은 티
셔츠 가슴에 앉았다.

"이다음에 도쿄의 내 사무실에 놀러 와."

쓰카하라가 준 명함에는 우리 집에서 가까운 곳의 주
소가 적혀 있었다.

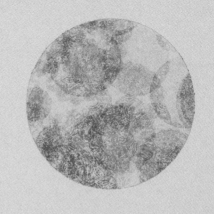

나도 누군가를 사랑하고 싶다

도쿄로 돌아오는 날 아침, 미하루의 휴대전화가 요란
스럽게 울렸다. 지난번 그 클럽에서 일을 의뢰하는 전화
였다. 미하루는 얌전한 얼굴로 듣더니, 통화를 마치자마
자 갑자기 나를 공항까지 전송하기 어렵겠다고 했다.

　"그건 괜찮아. 하지만 핸드폰 착신음을 조금 조용한
멜로디로 바꾸는 게 어때?"

　삼바 멜로디가 느닷없이 큰 소리로 울려서 놀랐기 때
문이다.

　"내 전화인걸 뭐. 어때서? 울릴 때마다 활력이 넘치잖
아."

　악기에 비유하자면 미하루는 지금 미야코지마섬에 있
을 때보다도 더 고음으로 조율된 채 살고 있다. 그 점이
조금 걱정되었다. 미야코지마섬에서는 온종일 파도소리

가 울려 퍼졌다. 우리의 까슬까슬한 기분을 달래주듯이.

"그렇게 커다란 전자음을 듣다 보면 귀가 나빠져. 신경까지 울린다고."

"잔소리 그만해. 꼭 엄마 같잖아."

미하루는 초조해하고 있다.

역시 매니저에게서 온 전화였다. 급한 일 같았다.

"지금 바로 나가봐야 해."

"어디로 가는데?"

"사무실. 그다음의 목적지는 몰라. 매니저가 차로 데려다줘. 어떤 남자와 점심을 먹는다던가? 다섯 시간 정도 걸릴 거래. 그러니 너랑은 여기서 이별이야."

"알았어. 언제나 그런 방식으로 일을 맡기는구나. 너한테는 미리 아무것도 알려주지 않고."

"어쩔 수 없지. 상대가 누구인지는 만날 때까지 내게 알려주지 않아. 근데 만나 보면 이상한 사람은 아니야. 종종 이상한 요구는 하지만."

"이상한 요구라니, 그게 뭐야."

미하루는 그 말에는 대답하지 않고 "나가자. 서둘러야겠다"라고 말했다. 나가자고 해놓고는 천천히 화장을 시작했다.

눈썹을 가지런히 하고 피부에는 파운데이션을, 입술에는 옅은 베이지색 립스틱을 발랐다. 아이라인을 그리거나 아이섀도를 바르지는 않았다. 큰 눈과 긴 속눈썹만으로도 미하루는 충분히 아름답다. 나는 거울 속의 그녀를 넋을 잃고 바라보았다.

"우와…… 정말 예쁘다."

"뭐라는 거야! 같이 나가야 하는데. 어서 준비해!" 나는 허둥지둥 짐을 쌌다.

"가쓰라코, 너 비행기 탈 때까지 아직 시간 있지? 관광이라도 하는 게 어때? 구스쿠가 가까이에 있어."

"구스쿠가 뭐야?"

"성城을 그렇게 말해. 이곳 사람들은 성을 구스쿠나 구시쿠라고 해. 관광 안내 책자에는 보통 슈리성터라고 나와. 류큐왕국의 구스쿠 및 관광 유적지가 세계문화유산으로 지정됐거든. 슈리성터도 그중 하나야."

"그렇구나. 미하루, 어떻게 그렇게 잘 알아? 너 사회 과목 성적 엉망이었잖아. 연대를 외울 때는 아예 포기해버려서 선생님한테 매일 혼났잖아!"

"그런 것까지 기억해? 난 다 잊어버렸는데. 그런데 참 신기하게도 일에 관해서라면 뭐든 머릿속에 있어. 나 가이드 일한 적도 있거든. 가이드 일만으로 만족했더라면 좋았을지도……. 손님은 대부분 도쿄나 오사카에서 온 나이 먹은 사람들이 많아. 오늘처럼 아침 일찍 가면 거의 관광객들이야. 이 클럽에 등록해놓은 여자들은 모두 노력파지. 적어도 자신이 무지하다는 걸 깨닫고 있어서 모두 열심히 공부해. 무엇보다도 이곳에 관해서는 모르면서 적당히 때울 수 없어. 무지한 게 순진무구하다는 건 어릴 적 이야기야. 손님에게 지명을 받으려면 다 필요한 지식이지. 자아, 어서 나가자 가쓰라코!"

현관에서 구두를 갈아 신으려는데 집주인 할머니가 안에서 나왔다. "도쿄로 돌아갑니다"라고 인사를 드렸다. 할머니는 찬찬히 나를 바라보며 "마타야타이, 치바리요"라고 말했다. 의미도 모르면서 나는 고개를 끄덕였다. 그러자 의미를 뛰어넘은 뭔가가 내게 전해지는 기분이 들었다. 나는 아파트를 나와 미하루에게 물었다.

"'마타야타이'라는 게 무슨 뜻이야? 거기다 '치바리요' 라고 하면?"

길을 걸으면서도 그 말의 따스한 울림이 여전히 가슴 속에 남아 있었다.

"아까 할머니가 했던 말? 아마 '마타야타이'는 또 만나자는 말이고, '치바리요'는 힘내라는 말일걸. 나도 종종 들었어."

미하루도 정확하게는 모르는 듯하다.

"흐음, '힘내'라는 말이구나. 최근에 누구에게도 듣지 못한 말이네."

"생각해보니 그러네. '힘내'라는 말, 도쿄에서는 웬만 해선 말하지 않지. '무리하지 마'라는 말은 들은 적 있지만, '힘내'라는 말은 들어보지 못했어. 왜일까?"

그래, 왜일까. 우리는 이제 누군가를 격려하고 싶을 때 그에 어울리는 말을 찾지 못한다. 적어도 표준어에서는 그런 종류의 말을 잃어버렸다.

'힘내'라는 표준어에는 어딘가 협박 같은 어감이 들어 있다. 하지만 오키나와 고유의 말 '치바리요'에는 그런 딱딱함이 없다.

돌아가신 엄마가 떠올랐다. 엄마도 '힘내'라는 말을 한 적이 없다. 오히려 힘내지 않아도 괜찮다고 했다. 그렇지만 엄마 자신은 힘냈던 사람이었다. 잠도 줄여가며 언제나 늦게까지 연극 준비를 했다. 대본을 암기하기도 하고 연극에 필요한 대도구며 소도구를 준비하기도 했다. 그러고도 아침 일찍 일어나 햇살이 비쳐 드는 부엌에서 느긋한 모습으로 커피를 마셨다.

"좀 잤어?"라고 물으면 "응 잘 잤어"라고 대답할 때도, "아니 못 잤어"라고 대답할 때도 있었다. 자주 하는 말은 "하루는 스물여섯 시간"이라는 말이었다. 엄마가 말한 바로는 연극은 스물네 시간의 틀을 넘어가는 지점에서 시작된다고 했다. 보통 사람들이 하루의 일을 모두 마치고 취침에 들어가는 그 시점이 엄마의 연극 타임이었다.

"연극은 일상의 밖에서 특별한 시간의 틀을 낳아. 그 특별한 시간 속에서 관객을 유혹하는 거야. 배우는 어둠 속에 살면서 그 보답과도 같은 빛을 한몸에 받지. 그와는 반대로 관객은 일상의 빛 속에 살면서 가끔 독과 같은 어둠을 조금씩 갉아먹어. 배우는 어둠 속에서 일하는 종족이라 진정한 의미에서의 잠은 없어."

그렇게 말할 때의 엄마는 정말로 잠들지 않는 마녀 같았다. 나는 잔다. 매일 엄청 잔다. 자도 자도 잠이 부족하다. 언젠가는 나도 엄마처럼 잠을 자지 않는 날이 올까?

'치바리요'라는 류큐 말을 엄마가 살아 계신다면 꼭 해드리고 싶다. 치바리요. 돌아가셨으니 "이제 힘내지 않아도 돼"라고 해야 할까.

말은 언제나 이렇게 늦게 도착한다. 그렇게 생각하니 '치바리요'가 메아리처럼 나에게서 엄마에게로, 엄마에게서 나에게로 오가며 연결되는 기분이 들었다. 나는 조금 눈물이 났다.

"왜 그래, 가쓰라코?"

"별 거 아냐. 치바리요, 미하루."

미하루는 일순간 진지한 얼굴이 되었다.

"치바리요, 가쓰라코!"

"그래, 힘내자. 서로 연락하자. 나도 전화할게. 제때 잘 챙겨 먹고 잠도 잘 자야 해."

"알았어."

미하루는 어깨를 움츠리며 말하더니 헤어지기 전에 슈리성으로 가는 길을 알려주었다. 비탈길을 성큼성큼 내려가는 미하루의 뒷모습이 멀어진다. 그녀가 입고 있는 파란 원피스가 햇빛을 받아 선명하게 눈에 들어왔다.

옷깃이 사각으로 잡힌 고풍스런 드레스는 맞춰 입은 옷처럼 미하루와 잘 어울렸다. 재질은 매끈매끈한 실크 같다. 값싼 옷은 아니겠지. 미하루의 취향과는 다르다. 그렇다면 일할 때만 입는 옷인가. 그녀의 모습이 사라진 후에도 팔랑팔랑 나부끼던 그 푸른색의 잔상이 내 눈에 남아 있다.

혼자서 슈리성으로 향하는 도중에 거대한 가쥬마루나무를 보았다. 나무는 거추장스러울 정도로 줄기에서 아래로 뿌리를 늘어뜨리고 떡하니 길을 막고 있었다.

지나는 사람들은 무심코 불거져 나온 뿌리를 타고 넘어갔다. 나 역시 그들처럼 타고 넘으려는 순간, 나무가 방출하는 힘이 느껴졌다. 경외심과 전율이 솟았다. 그리고 혼슈(本州, 일본 열도의 주가 되는 가장 큰 섬. -옮긴이 주)에서도 미야코지마섬에서도 이 나무가 나를 지켜주었던 게 분명하다.

미지근하고 습한 바람이 불어온다. 이제 오키나와는 장마철로 들어섰다.

일요일이라서 슈리성은 관광객으로 북적거렸다. 아이들의 목적은 스탬프 랠리(정해진 철도역이나 관광 명소의 스탬프를 모으면서 일정 코스를 도는 게임. -옮긴이 주)다. 넓은 슈리성 안에 지정된 지점을 차례차례 돌며 설치되어 있는 스탬프를 찍는다. 스탬프를 다 모으면 경품을 받는 모양이다. 입구에서 나를 불러 세웠다. 어머니, 어머니 자녀분이랑 스탬프 랠리에 참가해보세요. 누구를 부르는 거지? 하고 주위를 둘러보니, 다름 아닌 나였다. 애 딸린 엄마로 보이기는 처음이다. 기쁘지도 않고 슬프지도 않았다. 어머니라는 말이 싫지는 않다. 단지 조금 어색하다.

나도 언젠가 아이를 낳겠지? 어떤 아이를 낳을까. 어떤 남자와 아이를 낳을까.

이런저런 남자들과 계속 만나고 성관계를 가졌다. 그러나 나는 이 남자라면 함께 갈 수 있다고 생각한 남자를 아직 만나지 못했다. 그 남자의 아이를 낳고 싶다고 생각된 남자도 없다. 나는 어떤 남자의 아이가 아니고 내 아이를 낳을 것 같다. 오만하다고 생각해도 상관없다.

계속 앞을 향해 걸어왔다. 계속 만나고 계속 잊어버리는 관계들. 관계는 갖지만 미래를 약속하지도 않고 남자들에게 얽매이지도 않는다. 오로지 나 혼자가 있을 뿐이다. 그리고 혼자인 삶을 즐긴다.

고등학교 때 생물 선생님은 여자가 어른이 되면 자연스럽게 아이를 낳고 싶어진다고 말씀하셨다. 내년이면 나는 스무 살이 된다.

"왜 날 낳았어?"라고 엄마에게 물어본 적이 있다. 그때 엄마는 "아빠의 아이를 갖고 싶었으니까"라고 산뜻하게 대답해주었다.

"서로 알았고 서로 사랑했기 때문에 그 남자의 아이를

갖고 싶다고 생각했단다. 나 스스로도 놀랄 만큼 본능적이고 강력한 감정이었어. 만약 그 사람을 잃는다 해도 아이가 있으면 살아갈 수 있겠다고 생각했지. 그때 그렇게 생각했던 것이 몇 년 지나지 않아 현실이 되리라고는 생각지도 못했지만. 좋아하는 사람의 아이를 낳는다는 상상만으로도 가슴이 두근거렸어. 아이는 부모와 별개의 존재라는 걸 알고 있었으니 사랑하는 사람의 복제물을 낳는다고 생각하진 않았어. 그래도 그 사람의 생명을 확실히 이어받았으니 그 아이가 귀엽지 않을 리가 없지. 아이를 원하는 마음과 섹스하고 싶은 마음이 한 치 어긋남도 없이 맞아떨어졌어. 난 행복했던 그 밤을 아직도 기억해."

엄마의 눈을 바라보며 듣기 힘들 만큼 엄마는 솔직하게 이야기했다. 나도 누군가를 사랑하고 싶다. 그렇게 사랑해서 아이를 낳고 싶다. 누군지 모르는 그 누군가와 지금 당장이라도 사랑을 나누고 싶었다.

수많은 아이들이 제1관문인 슈리성 입구 슈레이몬문守礼門의 스탬프 설치 장소에 떼 지어 모여 있었다. 남자아이들뿐이다. 어째서 이 아이들은 스탬프나 모으는 단순한 일에 몰두할까.

그때 갑자기 도쿄에서 연극 준비를 하고 있을 류노스케의 얼굴이 떠올랐다 사라졌다. 신교지 류노스케. 오랫동안 만나지 않아 기억 속 얼굴이 반쯤 흐릿하다.

도쿄에 있는 그의 집에서 함께 빵을 먹었지. 우린 마치 함께 자란 형제처럼 한 이불 속에서 잠을 잤다. 그 기억을 떠올리자 몸이 근질근질해서 어서 빨리 도쿄에 돌아가고 싶어졌다. 연극이 하고 싶은지, 류노스케와 만나고 싶은지, 아니면 지금 내 몸이 또 다른 몸을 갈구하고 있는지 분명하지 않았다. 어쩌면 그 모두이리라.

내가 있어야 할 곳은 이제 슈리성이 아니라 도쿄였다. 그렇게 생각하자 두 젖꼭지 끝이 뾰족해져서 풍향계마냥 북동쪽을 가리키는 기분이 들었다. 내 몸이 젖기 시작했다.

슈리성 구경은 그만두기로 했다. 나는 성 안으로 들어가지 않고 돌아서서 곧장 공항으로 향했다.

돌아갈 때는 여행의 무게가 늘어난다고 했던 엄마는 어떤 기분으로 집에 돌아오곤 했을까. 집에 들어서자 묘한 위화감이 느껴졌다.

공항에서 나 자신을 위해 한 쌍의 작은 시사(獅子. 오키나와현에서 악령과 마물을 쫓고 복을 불러온다는 전설 속 동물. 이 형태를 본떠서 구운 토기로 집 지붕을 장식하고 문 앞에 세운다. 시사라고 하는 이름은 사자라는 말에서 온 듯한데, 그 원래 모양이 사자였다고 한다. -옮긴이 주)를 샀다. 오키나와에서는 큰 것이든 작은 것이든 집집마다 좌우 한 쌍을 문기둥 같은 곳에 설치했다. 그 동물이 집을 든든하게 지켜주기를 바라며. 작은 내 집에는 문기둥이 없다. 나는 그것을 가방에서 꺼내 현관문 아래 잘 보이도록 놓았다.

오랜만에 돌아온 집이다. 집을 비운 동안 마당의 나무들과 풀꽃이 무성하게 자랐다. 사실은 나도, 엄마도 한 번도 풀을 벤 적이 없다. 항상 엄마의 남자친구들이 대신 베어주었다.

제멋대로 가지를 뻗은 야생의 나무도 나쁘지 않지만, 정원수는 손질을 해주면 한층 더 싱싱하게 잎이 돋아난다. 엄마의 남자친구들에게서 배운 사실이다. 내 집 마당의 주인공은 현관 옆에 있는 때죽나무(학명 Styrax japonica : 낙엽성 소교목으로 중국, 한국, 일본 등에 분포. 5월경에 옆으로 자란 가지마다 수많은 흰색 꽃이 아래를 향해 피어난다. 목재는 기구재, 가공재 등으로 쓰이며, 옛날에는 어린 과실을 비누 같은 세정제나 세탁용으로 사용했다. 때죽나무는 에고사포닌이라는 물질을 함유하고 있어 열매를 빻아 물에 풀어놓으면 물고기가 떼로 죽는다고 해서 붙은 이름이라고 한다. 일본어로는 에고노키라고 한다. –옮긴이 주)다.

우편함 속은 신문으로 가득 차 있다. 끊는다는 걸 깜박 잊었다. 밖으로 삐져나온 한 부를 뽑자, 안에 쌓여 있던 우편물들이 촤라락 바닥으로 떨어졌다.

그중에 유난히 큰 봉투가 있었다. 뒤집어 보니 주소와 함께 와타루渡三郎라는 이름이 있었다. 와타루는 이름이 아니라 성이었다. 그러나 한자 이름을 이렇게 쓰면 누가 와타루라고 부를까. 한자의 뜻과 이름이 전혀 맞지 않았다.

대본임을 직감한 나는 얼른 그 자리에서 봉투를 뜯었
다.

예상대로였다. 와타루의 편지와 함께 연습 시간과 장
소가 쓰여 있는 메모도 들어 있었다. 그것을 보자 연극을
하겠다던 지난번 구두 약속이 점점 더 현실화되고 있음
을 깨달았다. 장소는 신주쿠의 가설극장이었고 시간은
내일 오후 다섯시였다.

대본은 예상보다 훨씬 얇았다. 팔랑팔랑 넘겨 보니 대
사도 적다. 오히려 연출에 대한 지시문이 더 많았다.

〈우리는 모두 구멍으로 돌아간다〉

이상한 제목이 표지에 쓰여 있다. 서둘러 준비해야 한
다.

나는 집 안으로 들어가, 짐 속에서 더러운 옷가지를 꺼
내 세탁기에 넣고 스위치를 눌렀다.

물을 끓여 차를 탔다. 대본을 들고 부엌 의자에 앉았
다. 대본은 해변의 바람이 사람의 말 사이를 훑고 지나간
다 해도 과언이 아닐 정도로, 말보다도 침묵이 극을 지배
했다. 십 분만에 다 읽어버린 이 대본으로 사십 분간을
연극한다.

당신의 데뷔 작품이 될 테니 혼신을 다해 연기하세요.

와타루의 편지에는 그렇게 쓰여 있었다. 데뷔라는 말
에서 거부감을 느꼈다. 그건 남이 쓰는 말이었다. 나에게

있어서는 그저 시작이다. 소박한 시작의 첫 발자국이다.

내가 할 대사를 테이프에 녹음해서 재생하거나 체크하는 과정을 반복하는 사이에 밤이 깊었다. 엄마가 있다면 같은 생각을 하지 않았을까. 곁에 없어도 엄마는 나와 함께한다. 여행의 피로도 느껴지지 않았다. 오히려 시간이 지날수록 눈이 말똥말똥했다.

따뜻한 현미차를 찻잔에 가득 따른다. 언젠가 엄마가 여행 기념품으로 사다 주었던 기요미즈야키(清水燒, 교토의 기요미즈테라사찰清水寺 부근에서 생산되는 도자기. -옮긴이 주) 찻잔이다. 전체를 붉은색으로 물들인 찻잔에 벚꽃이 그려져 있다. '사쿠라츠메桜詰め'라는 문양이라고 한다. 도자기를 취급하는 가게에서 자주 눈에 띄는 문양인데, 대부분은 부부 찻잔이다.

고요했다.

나를 둘러싸고 겹겹이 원을 그린 시간이 더 나아가지 못한 채 흔들린다. 엄마가 돌아가신 후, 너무나 많은 일이 급속하게 일어났다. 이제 차츰 시간이 천천히 돌기 시작한다.

그렇게 느끼자 갑자기 눈꺼풀이 무거워져서 나는 그대로 테이블 위에 엎드렸다.

어둠 속에서 그리운 꽃향기 같은 것이 짙게 감돌았다. 눈을 감은 채로 나는 그것이 마당의 때죽나무 향기임을 알아차렸다. 이 계절의 때죽나무는 희고 자그마한 꽃을 종처럼 무수히 늘어뜨린다. 꽤 늙었지만 여전히 좋은 향기를 풍긴다.

그래, 그 향기. 때죽나무의 향기. 흰 때죽나무꽃의 청초한 향기.

오월의 밤바람은 아직 차다. 분명히 부엌 창문을 다 닫았는데 꽃향기가 어디로 들어오는 걸까. 어떻게 그 향기가 여기까지 닿았을까. 어디로 스며든 걸까.

반쯤 물에 잠긴 꿈속의 작은 배를 타고 흔들흔들 흔들리면서 나는 이름 모를 강 위를 떠내려가고 있었다.

주변을 살펴보니 나는 벌거벗고 있었다. 부끄러웠지만 몸을 덮을 천 조각 하나 없다. 마치 벚꽃 필 무렵처럼 흐린 하늘에서 때때로 희미한 빛이 비쳐 들어온다.

때죽나무의 향기는 배 위로도 흘러온다. 물속에서는 커다란 물고기들이 안개처럼 흔들리고 있다. 이제 곧 물속에 들어가면 나도 물고기가 될 터였다.

가쓰라코, 가쓰라코, 물속으로 들어와.

가쓰라코, 가쓰라코, 물속으로 들어와.

물고기들이 부르고 있다. 목을 길게 빼고 들여다보는 순간, 나는 깜짝 놀랐다.

미야코지마섬의 겐토 씨가 아닌가. 요스케도 있다. 그리고 류노스케와 와타루 씨의 얼굴을 한 물고기도 있다. 인간의 얼굴을 한 물고기들이 입을 뻐끔뻐끔 벌리면서 노래하듯 내 이름을 계속 부르고 있다.

오래전에 나는 때죽나무라는 이름의 유래를 엄마에게서 들은 적이 있다. 그 열매를 입에 넣으면 상당히 알싸한 맛이 있다. 일본어로 '알싸하다'는 '에구이'이다. 그래서 이 나무를 '에고노키'라고 부르게 되었다고 했다.

씨앗 껍질에 들어 있는 사포닌에는 물고기를 마비시키는 유독 성분이 포함되어 있다고 한다. 옛날에는 이 독을 물고기를 잡는 데 이용했던 모양이다.

가지에서 떨어진 때죽나무의 흰 꽃이 수면 가득히 내려앉는다. 물속에 들어가려는 자세로 손가락을 담그고 목을 길게 빼고 물속을 들여다보았다. 물은 깜짝 놀랄 정도로 차가웠고, 사람의 얼굴을 한 물고기들은 흔들흔들 요염한 모습으로 헤엄을 치고 있다.

몹시 춥다. 정말 너무나 춥다.

청초한 꽃이지만 나쁜 꽃. 나쁜 꽃이지만 청초한 꽃.

물속에서 저주의 노랫소리가 들린다.

연극을 해야 해

아침에 전화가 울렸다. 와타루 씨였다. 내가 받자마자 "집에 있었구나!"라고 큰 소리로 말하며 웃는다. 우리 집에 여러 번 전화했던 모양이다. 좀처럼 연결되지 않고 자동응답기로도 넘어가지 않아 혹시 도망쳤나 걱정했다고 한다.

"죄송해요. 여행을 다녀왔어요. 전 도망치지 않아요. 아직 아무것도 시작하지 않았는걸요."

스스로 다짐하듯 그렇게 말하고는 힘주어 고개를 끄덕였다. 그렇다. 적어도 도망을 칠 때는 도망치는 이유가 필요하다. 지금은 '연극'이 그 이유가 되겠지만, 아직 연습도 시작하지 않았는데 벌써 연극이라고 부를 수는 없다.

내가 도망칠까 걱정했다니, 와타루 씨는 겉보기와는

달리 마음이 약하다. 짐짓 거만한 말투로 무대에 서라고 권했던 사람이라 좀 의외였다.

나이도 나보다 훨씬 위이고 세상일을 훤히 꿰뚫고 있을 법한 와타루 씨가 나 같이 어린 여자애의 행방을 걱정하고 행동에 휘둘리다니. 거짓말이겠지? 나는 갑자기 기분이 좋아져서 다음 순간 의기양양하게 허리를 쭉 폈다. 이렇게 나를 기다리는 사람이 있다. 믿을 수 없다. 기적이다.

그건 그렇고 와타루 씨도, 나도 앞으로의 전망도 보이지 않고, 심지어 계약서도 주고받지 않은 상태에서 입으로만 한 약속을 고지식하게도 참 잘 지켰다.

유심히 살펴보면 와타루 씨는 확실히 희한한 인물이다. 어쨌든 나는 그와 약속을 지키겠다는 것 말고는 별다른 생각을 하지 않았다. 연극을 함께하자고 한 와타루 씨의 말을 의심하지 않았으니까. 이유는 없다. 살아 계실 때 엄마 곁에서 연극을 했던 남자들과 똑같은 냄새를 와타루 씨에게서 느꼈다. 단지 그것만으로 그를 믿었다.

어쩌면 나도 엄마와 마찬가지로 연극이라는 추가 있었기에 여행에서 돌아올 수 있었는지 모른다.

흰 공룡. 처음 전화를 받았을 때, 와타루 씨는 나를 그런 식으로 불렀다. 게다가 매우 부드럽고 *끈끈한 막이* 뒤덮인 느낌이 든다고 했다. 뭐야, *끈끈한 막이*라니. 나는 인간이지 파충류가 아니다. 그 말이 머릿속에서 사라지지 않고 신경이 쓰였다. 와타루 씨의 말은 주문처럼 내 안에 스며들었고 겉에서는 올가미를 씌웠다. 어느새 나를 나에게서 도망치지 못하게 만들었다. 나는 몸 하나로 무대라는 연약하고 위험한 판 위에 오른다. 이제 각오해야 한다.

"오늘 저녁 다섯시부터네요."

"맞아요. 대본 받았죠?"

"네. 읽었습니다. 대사도 넣었고요."

'대사를 넣다'라고 말하고서 나는 당황했다. 대사를 넣다. 대사가 아직 들어가 있지 않다. 이 말은 엄마가 늘 사용했었다. 나는 한 번도 말해본 적이 없었다.

대사를 암기하고 체득하면서 '대사를 넣다'라는 말이 자연스럽게 내 안에서 되살아난 걸까. 엄마에게서 내게로 뭔가가 옮겨왔는지도 모른다. 무엇이 내 몸에 들어온 걸까.

대사를 체득한다는 배우의 행위가 새삼스럽게 무서워졌다.

"연습 장소는 어딘지 알겠어요?"

와타루 씨의 목소리가 가깝게 들려와서 나는 다시 현실 속으로 이끌리듯 돌아왔다.

"네? 아, 네. 지도와 주소를 받았으니까 그걸 보고 알아서 찾아갈게요. 괜찮아요."

"찾기 힘든 곳이니, 잘 찾아오세요."

"네. 이따 뵐게요."

땅거미가 내려앉는 신주쿠 거리에는 수많은 사람들이 오갔다. 연습장은 그가 말한 대로 찾기 힘든 곳이었다. 큰길에서 한참을 골목길로 깊이 들어가자, 화려함과 떠들썩한 소음이 순식간에 가라앉은 모퉁이가 나타났다. 메모지를 손에 들고 머리 위로 '돈텐요코초曇天横丁'라고 쓰인 초라한 거리의 간판을 올려다보았다. 이미 나는 시간이 멈춘 듯이 기묘한 골목에서 길을 잃은 상태였다.

뒤돌아보자 신사 도리이(鳥居, 신사 입구에 세우는 두 기둥의 문. -옮긴이 주) 같은 모양의 나무 문이 있었다. 어느새 그곳을 통과했음을 알아차렸다. 그냥 통과한 게 아니라 '통과해버렸다'는 느낌에 가깝다. 덫에 걸린 새끼 쥐가 된 기분이다. 발을 들여놓은 이상 이제는 앞으로만 나아갈 뿐, 쉽게 뒤돌아가지 못한다. 그렇게 생각하자 몸이 후끈 달아올랐다.

그곳은 공기부터 태초의 세계였다. 미야코지마섬에서도, 내가 사는 동네에서도 보지 못한 허름한 건물들이 이어졌다. 건물이라지만 사람이 사는 집은 아니다. 가게다. 그것도 술집이다. 그런 가게들이 빼곡하게 들어서 있다. 가게들은 죄다 작고 초라하다. 작은 문들은 마치 손님을 거절하듯 꼭 닫혀 있고, 간판도 문패도 전혀 눈에 띄지 않는다. 서로 통하는 것만을 스윽 빨아들였다가 다시 토

해내기를 반복하는 그런 문이다.

나는 지금 그 문이 튕겨내는 완전한 이방인으로서 이 거리를 걷고 있다. 두렵다. 그러나 호기심도 솟는다.

몇몇 가게 앞에는 가게 주인인지 손님인지 이상한 차림의 남자들과 여자들이 서 있다.

잠옷처럼 생긴 지저분한 옷을 느슨하게 풀어헤친 한 여자가 벌컥 문을 열고 나온다. 길에 나와서는 아무것도 하지도 않은 채 흐리멍덩한 눈으로 허공을 바라본다. 밤이 시작되는 지금 이 시간이 그녀에게는 아침인지도 모른다.

거의 속옷이나 다름없는 옷차림으로 담배를 피우고 있는 여자도 있다. 입술이나 눈 주위에 화장기가 남아 있다. 드러나 있는 살갗은 윤기가 흐르고 화사한 뮬을 신은 발도 건강해 보인다.

두 남자가 가게 앞에 서서 이야기를 나누고 있다. 한가로운 이야기를 하는 것 같지는 않아 보였다. 검은 옷을 입고 등을 쭉 펴고 있지만, 둘 다 별다른 특징이 없다. 늙어 보이지도 않고 젊어 보이지도 않아서 나이를 분간할 수 없었다.

그들은 모두 무엇을 하고, 어디에서 왔고, 무슨 생각을 할까. 나로서는 상상조차 할 수 없어 답답했다. 그러나 반대로 그런 답답함이 어디에도 소속될 수 없는 그들의 비애를 말해주는 듯했다. 각각의 사람들에게서는 각각

다른 이야기의 향기가 풍겨 나온다. 나도 이 거리를 헤매면서 어떤 이야기를 짊어진 등장인물 중 한 사람이 될까. 이 거리 전체가 바로 연극 그 자체인지도 모른다.

들고 있었던 와타루 씨의 메모에는 'K'sK'라는 이름과 함께 돈텐요코초로 들어와서 삼 분 거리라고 쓰여 있다. 삼 분이 넘었지만 'K'sK'라는 이름은 보이지 않았다. 그 건물 지하에 연습장이 있는 모양이었다. 이 일대에 친절한 표지판 따위가 있을 리 없다는 걸 와타루 씨도 틀림없이 잘 알고 있을 텐데……. 와타루 씨를 원망하려던 참이었는데, 내 뒤를 따라오는 발소리가 있었다. 돌아보니 연극 상대인 류노스케였다.

"엇, 가쓰라코."

류노스케의 턱수염이 조금 길었다. 미소 띤 시원시원한 얼굴이 눈부시다. 그런 내 속마음을 숨기며 물었다.

"조금 말랐네?"

"아니, 전혀. 컨디션 최고야."

이 남자도 고지식하게 앞이 보이지 않는 그 약속을 지키러 왔다.

"'K'sK'를 못 찾겠어."

"암호 같은 이름이지. 저기 있는 사람에게 물어보자. 아마도 알고 있을 거야."

류노스케는 가게 앞에 서 있는 할머니에게로 달려갔다. 날렵한 뒷모습을 보니 만나지 않았던 한 달 사이에

예전의 그 '기린'은 늘씬하고 탄력 있는 '표범'이 되어 있었다. 나는 가슴이 두근거렸다. 머뭇거리며 그의 뒤를 따라갔다. 류노스케의 감은 맞아떨어졌다. 묻자마자 할머니는 표정 없는 얼굴로 "저기야. 저기 노란색 자전거가 세워져 있는 곳"이라고 가르쳐 주었다.

"자네들 연극하는구먼."

"네. 이제부터 여기서 연습을 시작합니다."

"그렇구먼. 돈도 안 되는 걸 다들 어찌 그리 하누."

할머니는 'K'sK'를 물어본 것만으로도 모든 걸 알아차린 것 같았다. 분명 우리 같은 배우들을 자주 봐왔으리라.

"배고프지 않아? 밥 먹고 싶으면 우리 집에 와서 먹어. 여기, 빨간 문이야. 쌀밥이랑 절임 반찬 정도는 항상 있어."

몸에서 스르르 기운이 빠져나가며 안도감이 인다. 이런 곳에서 말이 통하는 사람과 만나다니. 붉은 문 앞에 놓인 커다란 알로에 화분에서 도깨비 손처럼 잎이 뻗어 나와 있다.

할머니는 우리를 붙잡고서 'K'sK'의 유래를 간략히 들려주었다. 옛날 기타바타케北畠 씨라는 배우가 연습장 겸 소극장으로 사용할 요량으로 이곳을 만들었는데, 만들자마자 건널목에서 사고로 죽어버렸다고 했다. 'K'sK'는 기타바타케 씨의 연습장이라는 뜻이었다.

먼지 쌓인 어둠침침한 건물 계단을 보니 관리인을 한 사람도 두지 않는 것 같았다. 지하로 내려가자 또 문이 있었고, 그 열린 문 너머에 불이 휘황찬란하게 켜진 커다란 공간이 펼쳐져 있었다. 지상과의 급격한 차이에서 나는 어느 쪽이 현실인지 분간할 수 없었다. 천장에는 등불이며 마이크 등의 기구가 드러나 있었다. 쌓여 있는 의자 건너편에 앉아 있던 남자가 우리를 향해 소리쳤다.

"어이, 두 사람 첫날부터 지각인가! 기다렸어."

와타루 씨였다.

"죄송합니다!"

우리는 뭐가 뭔지 모르면서 즉시 사과를 했다. 사과를 하고 나니, 이 모든 상황이 미리 짜맞춘 연극의 일부가 아닐까 하는 기묘한 느낌이 들었다.

이 거리에 여유 있게 도착했지만 'K'sK'가 좀처럼 보이지 않았던 일. 어쩔 도리가 없어 할머니를 붙잡고 연습장을 물었던 일. 그 할머니가 'K'sK'의 유래를 이야기해주었던 일. 모두가 와타루 씨가 시키는 연극 연습의 일부분인 것 같았다.

왜 그런 생각이 들었을까. 화내는 와타루 씨가 조금도 무섭지 않아서일까. 어쨌든 와타루 씨는 화는 냈지만 연습장을 찾아온 우리 두 사람을 환영해주었다.

그는 생기가 있었고 의욕이 넘쳤다. 아무런 서론도 없

이 류노스케와 나를 조명이 쏟아지는 무대에 세우더니
이렇게 말했다.

"갑작스럽겠지만, 무대 연습부터 시작한다."

연습 기간이 짧아서 대본 읽기 같은 느긋한 작업은 할
겨를이 없다는 것이다.

〈우리는 모두 구멍으로 돌아간다〉는 대사가 지극히
적은 연극이다. 연출 지문에는 시종 파도 소리며 바람 소
리, 모래 소리가 들린다. 주연배우는 오히려 그런 소리들
인지도 모른다. 지극히 적은 대화를 어떤 타이밍과 표정
으로 표현하면 좋을지, 생각하면 할수록 나는 더욱 움츠
러들었다.

류노스케는 프로였다. 나는 그의 목소리에 압도당했
다. 그의 목소리는 배 속 깊은 곳에서 튀어나왔다. 내 차
례가 오면 나는 자연스러운 행동에 얽매여 기어들어 가
는 목소리로 중얼거린다.

'아아, 이래서는 안 돼.'

나는 기가 죽어 있었다.

우리의 차이는 현격했다. 류노스케는 이미 여러 해 동
안의 배우 경험이 있었지만, 나는 이번 무대가 처음이다.
엄마를 지켜보며 어느 정도는 눈으로 익혔다고 해도 전
문적인 교육은 받은 적이 없다. 여기서 그런 이유 따위는
통하지 않는다.

"가타야마 가쓰라코 씨! 당신 대사는 대사가 아니야."

와타루 씨가 으르렁거리듯 말했다.

"확실히 가쓰라코 씨의 말투는 자연스러워. 하지만 그저 말만 하고 있을 뿐이야. 당신은 당신 자신을 연기하고 있어. 배우는 자기 밖으로 나와야 해. 류노스케 씨와 비교해 보라고. 목소리에 힘이 없고 잘 들리지 않는다는 건 가쓰라코 씨도 잘 알고 있지? 연극이라는 건 자기가 가진 그대로여서는 안 돼. 손톱만큼이라도 자기가 가진 그대로를 연기했다면 그건 연극이 아냐. 어떤 연기를 해도 그 사람의 모습밖에 보이지 않는 배우도 있어. 아무리 유명해도 그런 사람을 결코 명배우라고는 하지 않아. 꼭 그점을 명심하도록! 당신은 반드시 진정한 배우가 되어야해."

연습이 끝나자, 기진맥진해서 걷기도 힘들었다. 셋이서 같이 연습장을 나와 와타루 씨는 어딘가 가봐야 할 곳이 있다며 가버렸다. 우리는 버려진 꼴이 되었다. 류노스케는 후련한 얼굴로 다음 일을 생각하는 듯했지만 나는 완전히 태우지 못한 덩어리를 마음속에 품고 있었다. 그런 연유로 와타루 씨가 술 마시러 가자고 권하면 어디라도 따라갈 참이었다. 아무리 기를 써도 마음이 안정되지 않았다.

와타루 씨의 말은 이해한다. 하지만 몸이 따라가지 않는다. 어떻게 하면 목소리가 제대로 나올까.

225

내 역할에는 이름이 없다. 대본에는 그저 '여자'라고만 쓰여 있다. 와타루 씨는 나에게 "진정한 배우가 되어야 해"라고 협박처럼 말했다. 가타야마 가쓰라코가 아니라 배우가 되기 위해서는 이름도 없이 그저 투명한 '여자'가 되어야 하나.

어떤 식으로 내가 가진 개성을 벗어던지면 좋을지 몰라 혼란스러웠다.

"가쓰라코, 배고프지 않아? 라면이라도 먹으러 갈까?"

처음 만났을 때나 지금이나 아무리 중요한 일을 앞두었어도 우리에게는 먹는 일이 첫 번째 과제가 되고 만다. 그게 이상하면서도 우습기도 해서 막다른 골목에 이르렀던 기분이 의외로 누그러졌다.

"음, 라면도 좋지만 아까 그 할머니네 가게에 가보지 않을래?"

"그것도 좋겠다. 그전에 잠깐 이야기 좀 할까?"

"응."

"오랜만에 너를 봐서 정말 반가웠어. 겨우 한 달 못 봤는데 뭐랄까 네가 굉장히 예뻐졌다고 할까."

"너도 마찬가지야. 아까 만났을 때 깜짝 놀랐어. 개인적인 감정을 넣지 않고 봐도 멋있어졌어."

"개인적인 감정을 넣지 않고?"

"나쁜 의미가 아니야. 난 누구라도 객관적으로 보는 편이야. 엄마가 배우였잖아. 엄마는 사람의 몸과 감정의 움직임을 그런 식으로 관찰하는 사람이었어. 옆에서 보고 자랐으니 내게도 그런 습관이 몸에 밴 거지. 미안해. 말하자면 엄청 냉정하게 보더라도 류노스케 넌 워낙 훤칠해서 아까 넋을 잃고 쳐다봤어. 그런 뜻이야."

"객관적인 의견이라…… 기쁘기는 하지만, 나는 가쓰라코의 주관적인 생각을 듣고 싶어."

"하지만 우린 이제부터 함께 연극을 해야 해."

내 말은 류노스케를 뿌리치려는 말처럼 단호했다. 함께 연극을 하니까 개인적인 감정을 품어선 안 된다. 한 번이지만 몸을 섞었던 기억이 생생해서, 그 소용돌이에서 벗어나려는 듯, 나 자신을 뿌리치려는 듯 힘주어 말했다. 모든 게 불안했다.

"너는 참 강해. 네 말이 옳은지도 모르지만……. 나는 가쓰라코 너를…… 안고 싶어. 하지만 그 기분은 잠시 묻어둘게. 아까 무대에서 목소리를 낼 때 와타루 씨에게 지적을 받고 풀죽어 있는 네 모습이 정말 귀여웠어. 위로라도 해주고 싶었지만 아무 말도 못 하겠더라. 자신만이 자기 육체를 관리하고 책임질 뿐, 아무도 대신하지 못하니까. 게다가 우린 둘 다 연기하는 사람이야. 어떤 의미에서는 서로 맞서는 관계야. 또한 이 연극을 함께 만들어가는 관계, 연인 이상의 관계지."

"연인 이상의……."

"허구의 연극에 개인적인 감정이 개입되는 게 너는 싫

은 거지? 그 연극이 오염될까 봐."

"모르겠어. 지금 난 여유가 없어. 처음 하는 연극이고, 난 '여자'라는 투명한 사람이 되어야 해."

"아, 그렇지. 나는 신교지 류노스케가 아니라 '남자'야. 하지만 '남자'가 된 것도 어디까지나 신교지 류노스케야. 배우란 이중의 인격을 갖는 기묘한 존재지. 재미있어. 참 재미있어. 역시 연극은 최고야. 하지만 가쓰라코의 얼굴을 보면……."

류노스케의 그런 마음이 아프게 다가왔다. 그 가슴에 포옥 안겨…… 상상만으로도 내 몸이 꿀처럼 찐득거렸다.

"암튼 할머니 가게에 가자. 난 배가 고파. 골치 아픈 이야기는 이제 됐어."

알로에 화분이 보인다. 할머니의 가게다. 나는 빨간 문을 두드렸다. 대답이 없다. 문을 밀고 들어가자, 끼익 하고 요란한 소리가 난다. 좁은 가게 안이 눈앞에 펼쳐진다.

술병만 어수선하게 늘어진 가게 안은 어두웠고 인기척도 느껴지지 않는다. 시선을 집중해서 바라보니 사람 대신 알로에베라(학명 Aloe Vera : 지중해 지방과 아프리카가 원산지인 백합과의 다년초로 재배가 쉽고 병충해에 강하다. 줄기에서 길고 단단한 잎이 원형의 방사상 배열로 많이 나온다. 잎 모양은 아래는 넓고 위로 갈수록 좁아지는 형태로 뒷면은 둥글고 앞면은 약간 들어가 있으며, 두껍고 다육질이며 즙이 많다. 겨울과 봄에 노란색과 주황색의 작은 관처럼 생긴 꽃이 핀다. 산소 발생량이 우수하여 실내에서 키우는 공기 정화 식물로도 적합하며, 비타민 A, C, D, E, B12, 지방산, 아미노산, 셀레늄, 칼슘 및 알로인aloin, 알로에신aloesin 등 약 삼백여 가지의 다양한 성분을 함유하고 있어 고대부터 약용식물로 재배해왔다. 화장품 및 약제의 원료, 식용 등 다양한 용도로 사용되며 살균 및 독소 중화, 피로 회복 및 피부 중성화, 해열, 변비 및 궤양에도 효과가 있다. -옮긴이 주)가 여기저기 육감적인 잎을 늘어뜨리고 있다. 요염한 요괴가 손을 뻗어 초대하는 듯하다.

"계신가요?"라고 큰 소리로 불렀다.

"어디서든 발성 연습을 해야지."

류노스케의 말에 기합이 들어가 있어, 나는 배에 힘을 주고 먼 산을 향해 소리지르듯 더 큰 소리로 불렀다.

"아무도 안 계세요?"

그러자, 아까 그 할머니가 나왔다.

"뭐야. 너희, 저녁때 본 그 아이들이잖아. 이제 왔구먼."

"네. 왔어요. 돈은 조금밖에 없는데 뭐 좀 먹을 수 있을까요?"

"돈 같은 거 걱정 마. 오코노미야키(밀가루 반죽에 고기와 야채 등을 넣고 철판에 구운 일본 요리. -옮긴이 주)라도 만들어 줄까? 지금 밥이 없어. 다 먹고 없어서 막 밥을 지을 참이었지. 장사를 개시하려면 한참 멀었어. 여기 기준으로는 아직 대낮이나 마찬가지거든.”

시계를 보니 여덟시 반이었다. 우리에게도 아직 늦은 밤은 아니다.

“밥이 될 때까지 우선 그 알로에라도 먹든지?”

“네?”

깜짝 놀라는 류노스케를 보고 나는 웃었다. 커다란 소리로 웃었다. 아까의 불안감이 차츰 줄어들었다.

“농담이다. 알로에가 엄청 많잖아. 알로에는 먹어도 좋고 피부에 문질러도 좋아. 갈아서 요구르트에 섞어 먹어도 맛있어. 변도 잘 나오고 피부도 매끈매끈해져. 너희들 배우라며. 얼굴에 윤을 좀 내줘야 하지 않나.”

할머니는 웃는 얼굴을 하지 않는다. 줄곧 진지한 표정으로 재미있는 말을 한다.

“이거 먹어도 돼?”

류노스케가 내 귓전에 속삭였다.

“알로에? 물론이지. 알로에베라, 학명은 알로에바르바덴시스미라.”

“너는 정말 풀과 나무의 여왕이구나. 어떻게 그걸 다 기억하지?”

“기억하려고 애쓰진 않아. 나무나 식물 이름이 자연스럽게 머리에 들어오는 거지. 대사처럼 지극히 자연스럽게.”

"고생해서 외우지 않아도 대사를 기억해?"

"너는 안 그래?"

"나는 엄청 고생해서 외워. 대사가 바로 머리에 들어오다니, 넌 천재구나."

"연극에 따라 다를지도 몰라. 이번 연극은 남자와 여자 둘뿐이잖아. 게다가 각각 중얼거리듯이 말하고 있으니. 나중에는 자연계의 소리만이 공간을 가득 채우고."

"아아, 와타루 씨는 이런 침묵이나 다름없는 연극을 도대체 어떻게 상연하려는 걸까. 이 연극을 관객석에서 한번 차분하게 보고 싶다."

"그러게. 재미있겠다. 배우는 결코 자신의 연극을 보지 못하잖아."

"그렇지. 당연한 일이지만 의외로 그런 점이 놀라워."

순간, '비디오를 찍어서 보면 되잖아'라고 말하려다가 그만두었다. 연극을 보는 건데, 그 말은 맞지 않다.

나는 점점 더 연극을 보는 인간과 연극을 하는 인간은 전혀 다르다고 생각하게 되었다. 나는 연극을 하는 인간이다. 그쪽에 확실히 발을 내디뎠다.

인간은 자신이 어떻게 살고 있는지 모르면 그것을 외부에서는 더더욱 알 수 없다.

같은 의미에서 연기에서도 지금 뭘 하고 있는지 스스로 알지 못하면 그런 자신을 외부에서 객관적으로 볼 수가 없다. 그저 자신의 육체만을 사람들 앞에 속속들이 드

러내 보일 뿐이다. 관객은 그 모든 것을 지켜본다. 그런
의미에서 '관객'이란 신이고 보여주는 배우인 나는 그들
에게 바쳐지는 제물이다.

보는 인간과 보여주는 인간. 그들은 신과 제물, 성스러
운 자와 타락한 자, 미숙한 자와 성숙한 자, 부자와 가난
뱅이처럼 결코 서로 섞이지 않는다.

배우인 나 자신을 필요 이상으로 비하하려는 건 아니
다. 그러나 나는 그렇게 생각한 순간, 보는 쪽에서 연기
하는 쪽으로 건너왔다는 사실을 확실히 자각했다.

결의를 다짐하는 거창한 기분은 아니다. 마음속에는
이해하기 힘든 쓸쓸함이 가득 차 있다. 이런 감정을 서로
나눌 사람은 지금 곁에서 취해 있는 류노스케밖에 없겠
지.

그 후 우리의 대화는 이제 두 사람이 어떤 관계인지가
아니라, 연극이란 무엇이고 배우란 무엇이며 연기란 무
엇인지, 그리고 또……. 처음으로 물에 탄 위스키를 마
셨지만 내 머리는 그 어느 때보다도 맑았다. 나는 신기하
게 똑똑해져서 류노스케의 의견을 걸고넘어지곤 했다.
그리고 일방적으로 쏟아내는 류노스케의 말이 차츰 어
려워지면서 전혀 이해할 수 없는 지점에 도달했다.

주위에 있는 알로에베라들이 우리의 대화에 귀를 기
울이고 있었다. 밤이 깊은 만큼 입도 가벼워져서 알로에
베라, 베라베라베라베라……. 두툼한 알로에베라 잎이

초록색 혀처럼 눈앞에서 꿈틀거린다. 지금 말하고 있는 자가 누구지?

아아, 난 조금 취했다.

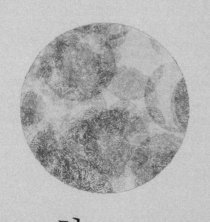

참
멋진

구름이지 않아?

해 질 무렵 반찬거리를 사러 시장으로 향했다. 가는 도중 언덕 위로 펼쳐진 아름다운 하늘을 보았다. 눈이 부셨다. 두툼한 잿빛 구름 너머로 석양이 평온하게 지고 있었다. 드넓은 하늘에 구름의 윤곽이 도드라져 보였다. 구름의 고독한 잿빛과 석양의 달콤한 오렌지빛이 하나로 어우러져 환상적이었다.

"눈부시게 아름다운 하늘."

가슴이 벅차올라 저절로 말이 튀어나왔다.

엄마가 돌아가신 후로 오랜만에 동네에서 올려다보는 하늘이다.

외롭지는 않았다. 오히려 그 반대다. 나는 엄마에게서 해방되어 이제 하늘과 다를 바 없는 자유의 몸이 되었다고 생각했다.

그러자 마음속에서 누군가를 사랑하고 싶다는 욕망이 싹트고, 그 싹의 구름이 몸안에서 뭉게뭉게 피어올라 나를 삼켜버릴 것만 같았다.

나 자신이 혐오스러웠다. 나는 무엇을 원하는 걸까? 요즘 종종 이런 고민에 빠진다. 남자를 알게 됐기 때문일까? 살아간다. 나는 살아 있다. 혈기 왕성한 동물. 이 젊음이 때로는 나를 힘겹게 한다. 두 단어의 한자도 비슷하다. 젊음若과 고통苦. 젊음은 곧 고통스럽다는 말인가. 누군가 나를 한번 깨물어 본다면 쓴맛이 퍼져 얼굴이 일그러질 것이다.

류노스케와 요스케 그리고 겐토 씨의 얼굴이 떠오른다. '내 주변의 남자'라는 명부에 또 한 명 새로운 남자의 이름이 올랐다.

어제 예기치 않은 손님이 찾아왔다.

엄마의 지인이라며 그는 자신을 소개했다. 며칠 전에야 엄마의 소식을 들었다며 때늦은 방문에 그는 미안해했다. 말투는 정중했고 눈빛에는 강한 의지가 들어 있다. 나는 무심결에 뒷걸음질 쳤다. 문을 열자, 등 뒤에서 "보고 싶었어"라는 목소리가 들려왔다. 내 목소리가 아니다. 나는 그를 처음 만난다.

자신을 '이나伊那'라고 소개한 그는 늦었지만 엄마를 모신 불단에 명복을 빌고 싶다고 했다. 등골이 오싹할 정도로 오한이 들었다. 그의 눈은 엄마의 눈동자와 똑 닮았다. 나이답지 않게 탁한 빛이 없는 그의 눈은 청년의 눈동자처럼 중심이 불안정하게 흔들렸다. 보고 있자니 나도 불안해졌다. 마음에 작은 파문이 일었다.

사랑이 이렇게 시작되는 거라면 이 얼마나 쉬운 일인가. 아직 무엇 하나 시작도 하기 전에 나와 이나 씨의 관계는 이미 시작된 것처럼 느껴졌다. 이상한 말이지만 나는 후회를 했다. 후회란 어떤 일이 일어나고 난 후에 오는 걸 말하지만 말이다.

"들어오세요." 나는 그를 집 안으로 들였다. 엄마를 애도해주세요.

예전부터 집에 있던 불단에는 외조부모가 모셔져 있다. 나는 한 번도 만난 적 없는 할아버지와 할머니다. 사진 속에 성실하고 정직해 보이는 두 분이 웃고 있다. 나는 그 곁에 엄마의 영정을 올려놓고 엄마가 생전에 한 것처럼 하루도 거르지 않고 밥과 차를 올렸다. 인간은 대부분 자신이 본 것을 그대로 따라하며 살아간다.

놋쇠로 만든 작은 잔 모양의 그릇에 갓 지은 흰 쌀밥을 담고 소꿉놀이용 장난감 같은 도자기 찻잔에 그날 아침에 처음 우려낸 차를 올린다. 이 세상에 없는 사람도 밥을 먹고 차를 마시는 건지 어릴 적에는 의문을 가졌지만, 이젠 일종의 의식이라는 것쯤은 안다.

시간이 아무리 흘러도 밥은 줄지 않았고 차를 마신 흔적조차 없었지만, 죽은 사람이 분명 뭔가를 먹었을 것 같았다. 확실히 뭔가가 없어졌다. 살아 있는 존재는 모두 온도를 가지고 있었지만 죽은 사람은 온도를 지닐 수 없다.

차는 어찌 됐든 간에 불단에 올린 제삿밥은 식어도 버리지 않고 다 먹었다. 한 숟가락씩 먹을 때마다 나는 죽음을 좀 더 가까이 몸안으로 들였다는 느낌이었다. 죽은 사람과 함께 살아간다는 감각이었다.

이나 씨는 불단에 향을 피우고 묵례를 한 뒤 조용히 돌아서서 나를 바라보았다.

"어머니와 함께 연극을 했어요. 난 훨씬 전에 그만뒀지만. 그녀는 끝까지 참 열심히 했어요. 무대에 올린 연극이란 연극은 다 보러 갔었어요."

"그러세요? 오늘 조문 와주셔서 감사합니다."

"이거 몸에 좋은 차예요. 내 고향에서, 고향이라 해봤자 도쿄에서 그리 멀지 않은 가나가와神奈川지만 거기서 만든 차입니다. 겉보기엔 그냥 마른 잎 같아도 옛날 차 맛이 우러나는 호지차(찻잎을 볶아 만든 일본 차. 맛이 구수하다. -옮긴이 주)입니다. 원래 좋아해서 가져왔어요. 내가 아가씨 어머니를 좋아했단 말이 아니라 이 차를 어머니가 좋아했다고요. 그래서 가져왔는데 받아줘요."

세련돼 보이는 사람이 어울리지 않게 호지차 얘기를 꺼내서 긴장하고 있었는데 조금 누그러졌다. 연극 이야기가 나온 차에 나는 그에게 막 나온 팸플릿을 보여주었다.

"이번에 무대에 올라요. 첫 무대예요. 시간 나면 보러 오세요."

이나 씨는 놀란 표정으로 팸플릿을 보았다. 삼천 엔. 지정석이라고 적혀 있다. "돈텐요코초에 있는 K'sK인가. 옛날 생각나네. 자주 갔었지. 특별할 건 없지만 거기서 데뷔 무대를 갖는다는 건 배우로서 큰 의미가 있어요. 아주 훌륭한 선택이에요."

데뷔라는 말, 배우라는 말, 그 한마디 한마디가 가슴에 박혀 떨어지지 않는다. 그 말이 남 얘기 같아서 실감 나지 않는다.

이나 씨가 새삼스럽게 나를 본다. 뭔가를 탐색하려는 듯, 그것도 오랫동안. 와타루 씨의 시선은 건조했지만 이나 씨의 시선에는 촉촉함이 배어 있다.

그의 시선이 나에게 닿자 몸속에서 구름이 뭉게뭉게 피어오른다.

"저, 괜찮다면 엄마에 대해 조금만 얘기해주시겠어요? 어떤 배우였는지요."

"물론이지."

그는 내 제안에 편안함을 느꼈는지 반말로 바뀌었다. 그의 힘찬 목소리를 들으니 나는 그와 함께 큰 은행나무가 있는 공원에 가고 싶어졌다. 불단이 있는 방에 장지문을 통과한 석양빛이 내려앉았다.

"시간 있으시면 산책하면서 얘기를 듣고 싶은데요."

"나야 좋지."

연극배우를 그만뒀다고 했지만 그의 목소리는 굵고 싱그러웠다. 무슨 일이라도 설득해버릴 만한 강한 힘이 느껴졌다. 류노스케의 목소리처럼 젊진 않지만, 구석구석까지 남자임을 과시하는 남자다운 목소리. 오랜만에 듣는 목소리다. 그는 존재감이 느껴지는 사람이었다. 그가 움직이면 공기가 움직인다. 웃는 얼굴도 한없이 멋지다.

우리는 함께 집을 나섰다.

"근처에 기분 좋은 공원이 있어요. 공원이라기보다 숲 같지만, 엄마도 자주 거닐던 곳이에요."

아까부터 나보다 한참 연상인 이나 씨를 이끄는 나 자신이 신기했다. 나는 항상 수동적이었다. 아빠를 모르고 자란 나는 이나 씨를 보자마자 아빠의 냄새를 맡았다. 그리고 좀 더 가까이에서 맡고 싶었다. 길 잃은 동물이 제 무리를 찾았을 때 이런 기분이지 않을까.

오랜만에 본 은행나무는 푸른 잎을 나풀나풀 흔들며 우리를 반겨주었다.

'엄마가 이 나무를 무척 좋아했었는데'라고 말을 꺼내려다 그만두었다. 나무와 꽃에 대한 쓸데없는 감정이입이 요즈음엔 지나치게 감상적이라고 생각했다. 왜 그럴까. 나는 어딘가 달라졌다. 연극 연습 때 와타루 씨가 "다시!"라는 말을 할 때마다 몇 번이고 똑같은 대사를 되풀이하면서, 대사를 읊는 나 자신이 딴 사람처럼 느껴지곤 했다. 내가 나에게서 떨어져 나간 것 같은 느낌. 남은 것은 텅 빈 육체뿐. 연습이 그만큼 고됐다.

나는 큰 은행나무 앞에 서서 그간 있었던 일들을 털어놓았다.

지금 연극을 하고 있어요. 드디어 이 주 후면 무대에 올라요. 부디 연극을 성공하게 해주세요. 처음 하는 연극이에요.

기도하는 내내 엄마 생각이 났다. 엄마도 무대에 오르기 전에는 이곳에서 나와 똑같이 빌었겠지.

"네 어머니는 인기가 많았어. 여자들은 물론이고 남자들에게도 말이야. 미인이었지만 털털했어. 욕심도 없고 나서지도 않았지. 한마디로 튀지 않았어. 배우로서는 손해 봤을 때도 많았을 거야. 그래서 주인공보다는 언제부턴가 주인공 상대역으로만 맴돌게 됐지."

이나 씨가 나무 그루터기에 걸터앉자 나도 옆에 무릎을 구부리고 앉았다.

"어머니는 사리분별이 분명한 사람이어서 조연이라는 배역도 잘 어울렸어. 넌 어느 쪽일까. 지금은 큰 꽃송이처럼 보여도 인간은 누구나 변하지. 넌 어머니의 눈매와 입매를 놀라울 정도로 빼닮았구나. 젊었을 때는 동료 여배우들이 그녀에게 질투를 해서 고단했지만 날이 갈수록 싱싱한 나뭇잎처럼 성숙해져서 주름마저도 아름답게 보였지. 난 항상 '당신은 잘하고 있어'라며 등을 밀어줬어. 이제 본격적으로 진정한 배우가 됐다고 생각했는데 이렇게 빨리 가버리다니."

이나 씨는 어느새 '제가'가 아니라 '내가'라고 말하면서 솔직 담백하게 옛이야기를 들려줬다.

"나이 드는 걸 두려워해선 안 돼. 네 어머니는 식물처럼 자연스러우면서도 훌륭하게 성숙해갔어. 남자도 그렇지만 여자가 늙음을 받아들인다는 건 고통이지. 젊을 땐 젊어서 이상해지잖아. 사춘기를 예로 들면 짐작이 가지? 또 여자는 갱년기가 되면 예민해지고 태풍이 몰아치는 것처럼 많은 변화가 생겨. 엄마도 갱년기가 오고 나서 좀 이상해지긴 했지만 갱년기와는 상관없이 그녀는 어딘가 독특한 구석이 있었으니까. 그녀에게도 위기가 찾아왔던 것 같았지만 전혀 내색을 안 하고 잘 넘어갔어. 정말 이제부터 시작이다 싶었는데 안타깝군. 사람이 다들 그렇게 도중에 죽어. 완성이 안 돼. 모두 더럽혀지고 지치고 상처투성이가 돼서 죽어."

이나 씨는 엄마를 계속 봐온 사람이다. 나는 이나 씨를 처음 만났지만 그가 가족처럼 느껴졌다. 엄마를 계속 봐

온 사람이 있다는 사실에, 마치 내가 엄마의 부모라도 된 것처럼 그에게 감사하고 싶어졌다. 주변이 점점 어두워졌지만 우리는 알아차리지 못하고 대화에 빠져들었다. 주로 이나 씨가 말을 하고 나는 그의 이야기를 듣는 식이었다. 상대가 내가 아니었다면 그는 이런 이야기를 결코 입 밖에 내지 않았을 것이다. 이나 씨의 이야기는 수용성이어서 귀로 들어와 몸속에 스며들었다. 나는 어느덧 이나 씨의 어깨에 머리를 기대고 귀를 기울이고 있었다.

이나 씨는 내 왼손 위에 자연스럽게 그의 손을 얹었다.

뿌리치고 도망가려 해도 "기다려"라고 말하는 것처럼 이나 씨의 손이 어느덧 내 손을 붙잡았다.

겸연쩍어 일어서려 하자, 이나 씨도 함께 일어섰다. 그때 내 몸에서 벌꿀 냄새가 났다. 이미 억누르고 억눌러도 넘쳐흘러 멈출 수 없었다. 나는 솔직히 이나 씨를 원했다. 엄마의 이야기가 끝나자마자 이런 생각을 하다니 나는 음란한 여자인 걸까.

내 손을 잡고 있는 이나 씨의 손 위로 내가 다른 손을 얹자, 그는 두 손으로 내 손을 감싸듯 힘주어 잡았다. 순간, 내 몸이 불타는 듯 뜨거워졌다. 그때부터 어디를 어떻게 걸었는지 기억이 없을 정도였다. 걸으면서 내 몸은 완전히 녹아버리기 직전의 노글노글한 버터처럼 늘어졌다. 이나 씨가 나를 필사적으로 지탱하고 받쳐주었다. 그는 견고한 암자와도 같았다. 나를 받아줄지 밀쳐낼지 두 선택이 다 가능하다는 듯했다.

우리는 오랫동안 걸었다. 번화가를 벗어나 바람처럼 걷고 또 걷고, 모르는 동네가 나와도 그저 걸었다. 우리는 어디에도 들어가지 못했다. 나는 그와 몸을 섞을 수 있는 곳, 껴안고 뒹굴 수 있는 곳, 시트가 깔린 침대를 원했지만 그는 나를 그런 곳에 데려가 주지 않았다.

이윽고 인적이 드문 강가에 다다랐다. 강이라고 해봤자 야트막하니 물을 대어 상수가 흐르는 강이었다. 강물의 흐름을 따라 조성된 나무가 산책로를 이루고 있었다.

이나 씨는 산책로에 이르자 갑자기 걸음을 늦추고 미소를 지었다. 주변은 벌써 깜깜했고 나는 배가 고팠다.

"아아, 잘 걸었다! 잘 걸었어!"

그는 망설이는 표정으로 나를 바라보고는 가만히 나를 꼭 껴안았다. 눈을 감은 나는 온몸으로 이나 씨를 받아들였다. 그의 입술이 내 입술에 닿았다. 우리는 한동안 나무들에 둘러싸여 몸이 뒤엉킨 채로 한 그루의 나무가 되었다.

지금까지 누군가를 원했어도 그 누군가는 특정한 누군가가 아니었다. 누구라도 좋다는 건 아니었지만, 보통의 여자들이 그렇듯 반드시 이 사람이 아니면 안 돼, 라고 할 만큼 끌리는 사람도 없었다. 나는 자신의 의사를 갖지 않은 걸까. 그건 아니다. 단지 나 스스로를 이해하지 못할 뿐이다. 사람들은 자신을 안다고 서슴없이 말하지만 터무니없다고 말해주고 싶었다. 그랬던 나였지만, 오늘 언덕 위의 하늘을 올려다보았을 때, 텅 빈 내 몸속에 뭔가 고요하게 가득 차오르는 것을 느꼈다.

이나 씨 때문일까. 아니, 그렇지 않다. 하지만 잘 모르겠다. 연극이 날 변화시킨 걸까. 이나 씨와 있었던 일은 여전히 생생하게 기억에 남아 있다.

내일은 드디어 마지막 연습일이다. 일주일 후에 공연이다.

내 몫의 연극 팸플릿이 잔뜩 남아 있다. 모두에게 나눠줘야 한다.

연습이 시작됐을 때 도쿄는 막 장마철로 접어들어 돈텐요코초에도 며칠 동안 하늘에 먹구름이 가시질 않았다. 곧 장마도 끝나겠지. 여름이 온다. 연극은 여름과 딱 맞춰 시작됐다. 투자해줄 스폰서를 찾지 못해 단 하루짜리 공연이 돼버렸지만 나는 불만을 가질 틈도 없었다. 객석이 가득 찰 정도로 관객이 와도 적자라고 와타루 씨는 말했다. 그 빚은 전부 와타루 씨가 지겠다며, 우리에게는 피해를 주고 싶지 않다고 했다.

누군가 나와 류노스케에게 "너희는 돈과는 인연이 없는 인간들이야"라고 쏘아붙인대도 말대꾸조차 할 수 없는 노릇이었다. 그렇지만 사실일까. 정말 그럴까. 뭔가는 가능하지 않을까. 와타루 씨의 말이 실감 나지 않았다.

어느 정도 적자인지 예상할 수도 없는 처지였으므로 어쨌든 나는 내가 아는 모든 사람에게 연극을 선전해야 했다.

이렇게까지 하면서 연극을 해야 하는 걸까. 좀처럼 속내를 보여주지 않는 와타루 씨의 표정에서 정열을 찾을 수 없다. 그의 눈은 나와 류노스케의 육체를 통과해 늘 멀리 있는 무언가를 향해 있다.

연습 후에는 항상 진이 빠졌다. 가장 힘이 부친 사람은 연출가인 와타루 씨였으리라. 연습 전 그의 얼굴과 연습이 끝난 뒤의 얼굴은 딴사람 같았다. 몸이 아픈 건 아닐까 걱정이 될 정도였다. 주름은 깊게 파이고 눈은 움푹 들어가서 얼굴에 그림자가 드리워져 있다. 스스로 원해서 죽음의 문턱에 서 있는 사람처럼 보였다.

나와 류노스케도 기진맥진했지만, 항상 빨간 문을 밀고 들어가 할머니의 가게에서 배가 터지도록 음식을 먹으면 피곤이 싹 가셨다.

어이 가쓰라코! '베라베라'에 들렀다 가자.

류노스케는 언제나 그런 식으로 말했다. 알로에베라라구. 아이를 가르치듯 고쳐줘도 고치지 않는다. 베라베라라고 부르는 건 가게를 말하는 걸까 할머니를 말하는 걸까. 뭐든 상관없다. 어쨌든 그는 베라베라가 최고라는 말을 입에 달고 산다. 그럴 때마다 내 머릿속엔 거대한 혀(혀를 일본어로 '베로'라고도 발음한다. -옮긴이 주)처럼 생긴 빨간 문이 떠오른다.

손님은 대개 우리뿐이었다. 가게라기보다 주인할머니의 거실 같다. 무뚝뚝한 할머니가 해주는 음식을 배터지도록 먹어도 값은 늘 한 사람당 팔백 엔이다. 워낙 존재감 있는 할머니라서 와타루 씨가 본다면 꼭 배우로 쓰고 싶어할 거라며 류노스케에게 말하자 그도 동의했다.

"연극 뒤풀이 여기서 하자."

"연극 끝나면 뒤풀이하는 거야?"

"응. 마시고 먹고 아침까지 떠들어야지."

"그거야 네 생각이고."

우리는 몇십 년을 같이 지낸 단짝 같다. 류노스케에겐 미안하지만 그에게 성적으로 끌리지는 않는다.

그는 지금 아르바이트를 하면서 틈틈이 연극 팸플릿을 돌리고 있으리라.

나는 한 장 한 장 정성스레 접어서 편지를 동봉하여 몇몇 지인에게 보낼 생각이다. 지인들이라고 해봤자 사회경험도 없는 내가 아는 사람이라고는 손에 꼽을 정도지만 말이다.

학창시절의 주소록을 찾아 봉투에 주소를 쓴다. 심술궂은 동창도 있고 아직도 나쁜 감정이 정리되지 않은 동창도 있다. 어쨌거나 모두에게 보내자고 마음먹고 하나씩 주소를 써나간다. 인간은 변하니까. 이나 씨가 한 말이 떠올랐다.

미야코지마섬에 있는 겐토 씨에게는 팸플릿을 한꺼번에 모아 보내기로 했다. 미야코지마섬에서 멀고 먼 도쿄까지 연극을 보러 오라고 하는 건 왕복 항공권도 만만치 않아 염치없게 느껴졌지만 연극 소식을 전하지 않는다는 건 더욱 미안한 일이다. 요스케는 보러올지도 모른다. 잘 지내고 있을까? 미술학원 남자들이 와준다면 이 집에서 머물도록 해줘야지. 공연은 토요일이라 초등학생들도 참석할 수 있다는 생각이 들어 마쓰오카 씨와 케차에게도 팸플릿을 전해달라고 덧붙여서 겐토 씨에게 편지를 보냈다. 모두의 메일 주소도 다 적어놨지만 한 사람한 사람 얼굴을 떠올리면서 천천히 편지를 쓰고 싶었다.

오키나와에 있는 미하루는 꼭 왔으면 좋겠다. 보낼까 말까 고민했지만 클럽 매니저인 소노다 구키코 씨에게도 팸플릿만은 보내줘야지. 그녀는 날 기억하고 있을까. 내가 연극을 계속할 거라면 사방팔방에 내 얼굴을 알려놓아야 한다. 누가 시킨 것도 아니지만 불현듯 그런 생각이 들었다.

오키나와에서 우연히 만났던 건축가 쓰카하라 씨도 잊지 말아야지. 쓰카하라 씨는 근처에 살고 있다. 놀러와요. 헤어질 때 그는 내게 말했다. 경쾌한 그의 목소리. 팸플릿을 들고 그를 만나러 가야지. 우리는 은자귀나무에 대해 이야기를 나눌 정도로 편한 사이였다. 최근 몇달간 나는 참 많은 사람들과 만났다.

자, 구름을 봐요. 참 멋진 구름이지 않아? 이 말이 연극에서 내가 하는 첫 대사다. 바닷가를 산책하는 남녀. 여자는 나고 남자는 류노스케. 이름 없는 남녀. 우리는 젊고 정답다. 종종 팔짱을 끼고 바닷가를 산책한다. 연인일까. 부부일까. 하지만 그런 일상적인 시간이 두 사람에게는 별로 주어지지 않는다. 천둥 번개를 동반한 폭풍우가 지나가고 바닷가 모래밭은 파도에 떠밀려 온 잡동사니들로 가득하다. 어깨 너머로는 파도 소리가 깔린다.

실제 상황이라면 몇십 분밖에 걷지 않았겠지만 이 연극에서는 몇십 년을 산책하는 것처럼 길게 느껴진다. 현실이라면 무대의 좌우 길이 정도인 바닷가가 연극에서는 인생 전체로 펼쳐진 듯 길게 느껴진다. 우리의 대사는 바닷가에 밀려온 조개껍질 같다. 사이사이 끊어지는 대화는 대화라기보다는 쓸쓸함이 가득한 바람 소리 같다.

우리는 연극을 시작할 때는 아주 젊은 역할이었다가 연극이 끝나갈 때는 중년이 되어 연기를 한다. 연극이 끝나고 무대에서 내려왔을 때 단숨에 나이를 먹은 것 같아 겁이 났다.

자, 구름을 봐요. 참 멋진 구름이지 않아? 나는 몇십 번을 연습한 이 대사를 현실에서 한 번 더 곱씹으며 말한다. 해질녘 구름 덮인 하늘은 붉은색으로 은은하게 물들고 있다. 나는 반찬거리를 담은 장바구니를 들고 쓰카하라 씨의 사무실에 들르리라 마음먹었다. 휴대전화에 저장해둔 쓰카하라 씨의 번호를 찾아 버튼을 눌렀다.

따르르르릉.

"쓰카하라 건축 설계 사무소입니다."

젊은 여자의 목소리가 들려왔다.

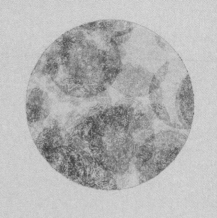

무대 위에 내가 서 있다

"쓰카하라 씨는 지금 외출 중입니다."

전화를 받은 여자가 말했다. 실망한 건 아니다. 그는 바쁜 사람 같아 보였고 책상에 앉아 있기보다는 여기저기 돌아다니는 모습이 훨씬 잘 어울리는 사람 같아 보였다.

"저는 가타야마라고 합니다. 쓰카하라 씨와는 전에 오키나와에서 이야기를 나누다 알게 된 사이입니다. 제가 가까이에 살고 있는데 꼭 전해드리고 싶은 팸플릿이 있어서요. 실례가 안 된다면 팸플릿만 전해드려도 될까요. 용건은 그뿐입니다."

사실 그대로를 말했는데도 왠지 열심히 변명만 늘어놓은 듯했다. '이건 완전히 이상한 여자의 대사 같잖아'라고 생각했다.

수화기 너머 전화를 받은 청량한 목소리의 여자가 어이없어 하며 웃고 있다는 착각이 들었다.

"사무실이 어딘지 아세요?"

"아니요. 아직 한 번도 찾아뵌 적이 없어서."

"괜찮습니다."

뭐가 괜찮다는 건지, 그녀가 던진 말의 의미를 파악할 수는 없었지만 괜찮다는 말에 안심이 되고 긴장이 풀렸다.

단 한 번 만나 이야기를 나눴을 뿐이고, 그것도 별 거 아닌 내용이었는데 불쑥 전화를 건 내 행동이 경솔했을까. 공연이 코앞이라 내가 너무 흥분해 있었나.

그녀의 목소리는 온화하고 친절하고 지적이었지만 차갑지는 않았다. 제멋대로 전화한 나에게 친절하게 길 안내를 해주었다.

"실은 회사 간판이 붙어 있지 않아요. 사무실 문패는 있지만 일반 가정집이거든요. 문 옆에 큰 계수나무가 있어요."

그 설명을 듣자 기뻤다. 계수나무. 내 나무다.

겨우겨우 찾아간 쓰카하라 씨의 사무실은 넓은 정원이 있는 서양식 집이었다. 사무실이라기보다는 고택의 정취가 풍기는 개인 주택이었다. '쓰카하라 건축 설계 사무소'라고 쓰인 작은 문패가 무성하게 자란 담쟁이넝쿨에 반쯤 가려져 있다.

새가 울고 통풍이 좋은 조용한 곳이다. 골목골목 들어가다 보면 도쿄에도 간혹 이런 집들이 있다. 나는 조금 감동했다.

쓰카하라 씨를 오키나와에서 만났을 때는 장마가 끝나고 아직 본격적인 여름은 시작되지 않았다. 지금 도쿄는 장마철로 접어들기 직전의 애매한 계절이다.

묵직한 나무 문이 버팀쇠로 고정된 채 반쯤 열려 있다. "안녕하세요!"라고 말하자 안에서 곧 전화 목소리의 여성이 나와 문을 활짝 열며 맞아주었다. 상큼한 느낌을 주는 젊은 여성이었다. 쓰카하라 씨와 분위기가 닮았다.

안으로 들어가자 꽤 깔끔하게 꾸며놓은 사무실이 한눈에 들어왔다. 복사기와 전화기, 도면이 펼쳐진 책상과 탁자와 의자. 그리고 여러 명의 남녀 직원들이 일하고 있었다.

바닥을 온통 나무로 깐 사무실은 별로 넓진 않았지만 천장으로 바람이 빠져나가는 구조로 되어 있어 이곳은 시간이 유난히 천천히 흘러가는 느낌이랄까, 시간을 잊게 만든다는 표현이 적합한 분위기였다. 한마디로 안정되어 있었다.

기분 좋은 공간은 무엇이 그렇게 만드는 것일까. 그 안에 있는 사람들일까. 물건의 배치, 색채, 천장의 높이, 냄새, 온도, 소리⋯⋯. 그 모든 것이리라.

그런 공간은 찾아온 사람에게 신선한 자극을 주고 편안함을 주며 가만히 끌어당겨 따뜻하게 감싸준다. 지금 여기에는 없지만 이런 공간을 만들었던 이곳의 주인, 쓰카하라 씨를 떠올렸다.

그리고 지금 여기에 있는 내 모습에 새삼 신경이 쓰였다. 줄무늬 원피스를 입고 맨발에 샌들을 신은 내 모습. 장바구니에선 무가 삐죽이 삐져나와 있다. 부끄러웠다.

장바구니에서 팸플릿 몇 장을 꺼내 여자에게 건넸다.

"아, 연극이군요."

"네"라고 작게 대답하고는 얼른 문을 향해 돌아섰다. 등 뒤에서 여자가 무슨 말인가 했지만 대답도 하지 않고 도망치듯 달려나왔다.

여자는 영문도 모르고 황당했으리라.

집에 돌아오면서도 내 몸의 반쪽은 아직 쓰카하라 씨의 사무실에 두고 온 느낌이었다. 나는 반쯤 얼이 빠져 있었다.

따뜻한 곳이었다. 상냥하고 품위 있는 여직원도 있었다. 나에게도 그런 언니가 있었으면 좋겠다고 생각했다.

다음날 쓰카하라 씨에게서 전화가 왔다.

"어제 사무실에 들른 사람이 너였어? 귀여운 여자애가 찾아왔다고 했어. 발 빠른 동물처럼 도망치더라는 얘기도 들었고. 연극 팸플릿 고마워. 어제 사무실에서 네가 만난 사람은 내 딸이야."

아무렇지도 않은 말투에 놀랐다. 그는 사람을 즐겁게 만드는 작은 폭죽을 무수히 가진 사람 같다. 쓰카하라 씨는 활력이 넘치는 사람이니 일찍 결혼해서 낳은 딸이리라. 딸이 있다는 걸 미하루가 안다면 깜짝 놀라겠지.

"나 공연하는 날에는 도쿄에 있을 것 같아. 마침 잘됐다. 사무소 사람들도 다 데리고 갈게. 무대 공간에도 관심이 있거든."

통화는 거기까지였다. 한 번의 만남이었지만 이렇게까지 이어진다는 게 기적 같았다.

엄마가 세상을 떠난 후로 몇 달 동안 내 생활은 허물을 벗은 것처럼 변화했다.

밤에 혼자 침대에 누워서 앞으로 어떻게 살아갈까 생각하면 두려움이 조금 밀려왔다. 아니다. 그렇지 않다. 조금이 아니라 굉장히 두려웠다.

그럴 때면 나는 귓가를 떠들썩하게 흘러가는 운명이란 녀석의 소리를 들었다.

그 흘러가는 운명은 먼 옛날 나를 엄마의 태내에서 꺼내주었고, 또한 알 수 없는 미래로 나를 데려가 줄 것이다.

어디로 가야 할까? 나는 진정으로 어딘가로 가고 싶은 걸까.

세상에 나온다는 말이 있다. 류노스케도 지난번 취해

서 비슷한 말을 한 적이 있지.

배우로서 이 세상에 태어나고 싶어. 배우인 신교지 류노스케로서. 나 자신의 이름을 세상에 확실히 각인시키고 싶다고.

그 말을 들었을 때 아아, 그 정도로 욕망이 큰 거야?, 라고 생각했다. 문득 류노스케가 귀여워 보였다. 그와 함께 연극을 하고 있지만, 정작 나는 별로 욕망이 없다. 말로 할 정도도 아니다. 그런데 류노스케는 큰 욕망을 확실하게 갖고 있다.

바람직한 모습이다. 그가 자신의 꿈을 이루기 위해 얼마나 많은 노력을 기울이고 있는지 안다면 아무도 그를 비난하지 못할 것이다. 류노스케는 힘들게 돈을 모아 연극에 매달리고 있다. 말로 하지는 않지만 어려운 일도 많았으리라. '알로에베라' 가게에서 배불리 먹고 나면 굉장히 행복해 보이던 그의 얼굴. 잊히지 않는다.

지금 시대에도 자신이 하고 싶은 일을 이루기 위해 배불리 먹지 못하는 사람이 있다. 시련이 닥칠 것을 알지만 멈추지 않고 달려나가는 사람이 있다.

뻔한 말이지만. 어떤 분야에서든 최고가 되고자 애쓰는 것과 이름을 얻기 위해 자신을 내던진다는 건 일맥상통한다. 하고 싶은 일을 위해 자신을 불사르는 류노스케를 돕고 싶은 마음이 솟아오른다. 그리고 성공하기를 마음속 깊이 기도했다. 나는 어떤가.

연극의 길을 열심히 걸어가 여배우로서 이름을 알리는 일, '가타야마 가쓰라코'라는 이름을 드높이는 일, 나에게 사람들이 기대하는 것들. 와타루 씨도 연습할 때 거듭 말했었다.

"넌 타고난 배우야. 배우로서 이 세상에 태어나 배우로서 살아갈 운명이라고."

정말 그럴까? 나 스스로는 그렇게 생각해본 적이 없다. 나 자신에 대한 확신을 갖지 못하고 갈피를 잡을 수도 없다. 하지만 이율배반적으로 내 '의식' 속에서는 배우로서 세상에 나가 유명해지기를 간절히 바라는지도 모른다. 솔직하게 표현하는 류노스케와는 달리 나는 제대로 말을 못 하지만, 마음속 깊은 곳에서는 드넓은 곳으로 나아가고 싶은 염원으로 가득할지도 모른다.

그렇다. 하지만……

사람들은 누구나 자신이 좋아하는 일을 찾아 그 일에 최선을 다하라고 한다. 그리고 기도하면 반드시 이뤄진다고 한다. 그걸 믿어도 될까?

나는 무엇을 희망하고 무엇을 욕망하며 기도했던가. 나는 미처 알기도 전에 저기 저 요란하게 흘러가고 있는 힘에 휩쓸려 내 의지와는 상관없는 곳에 서 있다. 그곳에서 겨우 나에 대해 깨달았고 내 욕망의 존재를 알게되었다. 하지만 내가 무엇을 원하는지는 아직도 모른다. 까마득하다.

무대 위에 내가 서 있다

난 처음부터 원하는 게 없었다.

나는 두려웠다. 사람의 욕망을 거스르는 힘이 무서웠다. 류노스케가 그처럼 강하게 바란다 해도 실패로 끝나버릴 수도 있다.

나라는 사람은 드넓은 바다 위에 대나무로 만든 작은 배 같은 존재다. 약한 바람에도 출렁출렁 쉽게 요동치고 해류의 소용돌이에도 휩쓸린다.

배우가 내 천직이기나 할까. 배우로 돈벌이가 가능할까. 그보다는 배우로 생활할 수 있을까. 가능하다 해도 너무도 아슬아슬한 삶이다. 가능하지 않다면 훨씬 더 아슬아슬하다. 어느 쪽이든 외줄타기인 건 마찬가지다.

나는 쓰카하라 씨의 사무실에서 묵묵히 책상 앞에 앉아 있는 젊은이들을 보았다. 남자 직원 여자 직원 할 것 없이 다들 컴퓨터를 보면서 서류와 도면을 검토하거나 복사를 하고 연필을 재빠르게 움직이며 전화를 받았다. 흔히 '사무직'이라 부르는 이들 직종의 업무는 간단하지 않다. 그들과 비교해 보면 깜깜한 내 앞날. 사무실에 앉아 하는 업무가 지루할지라도 함부로 직장을 그만둘 수도 없다. 돌아가는 길에 도로 공사를 하는 사람들을 보았다. 나는 신호를 기다리는 척 곁에 우두커니 서서 그들을 한동안 관찰했다. 작업자들 중에는 젊은 여자도 섞여 있었다. 도로를 파낸 깊은 구덩이 안에는 남자들이 들어가 있었다. 그들은 때때로 선배 같은 사람이 큰 소리로 화내는 소리를 듣고 있었다. 또 어떤 작업자는 짐승처럼 땀을 뻘뻘 흘리며 일했다. 여자 작업자는 유도등을 쉬지 않고 휘두르며 공사장 주변을 오가는 차를 정리했다.

그렇게 땀범벅이 되어 손톱을 새까맣게 더럽히며 구덩이 안에서 필사적으로 움직여야 하는 노동을 나는 할수가 없다. 나에게 젊음 외에는 아무것도 없다. 두렵다. 그게 두렵다. 젊음은 신기루다. 깨달았을 때는 다 증발해 버리고 심지만 남는다.

옛날에 엄마가 그렇게 말했었다.

나는 젊다. 그리고 다른 사람들이 내게 말했던 대로 아름답다 치자.

한 남자가 나를 바라본다. 그의 동공에서 활활 타오르는 불이 보인다. 저것은 뭘까? 생명일까? 나를 바라보고 불탄다. 나의 무언가가 그에게 불을 붙였다.

그래서 난 기분이 좋았던가. 넌 젊어. 넌 아름다워. 사람들은 말한다. 확실히 아름답다는 말은 외부에서 내 모습을 어떤 조명보다 밝게 불 밝혀준다. 그 말이 내게 안겨주는 신비한 효과.

나는 뭔가를 그들에게 되돌려 주고 싶다. 하지만 나는 할 수 있는 게 없다. 그래서 젊음과 아름다움으로 되돌려 주는 것이 아니라 내가 받은 그 힘을 에너지로 바꾸어 일을 할 생각이다.

'사랑의 노동.' 바로 이것이 하늘이 나에게 준 천직이라 여겼다.

　남자들과 만나 끌어안고 헤어지고를 반복해왔다.

　지금 나는 엄마에게 묻고 싶다.

　유명해지려고 노력한다는 건 깊이 이해한다. 그것은 오로지 앞을 향해 적극적으로 나아가는 일이다. 하지만 그것 말고 또 다른 일, 또 다른 역할이 나에게 주어졌다고 생각한다. 내 이름은 애초에 없었던 것처럼 하늘에 되돌려 주는 일. 이름 없이 태어나 무명을 지향한다는 건 이상하긴 하다. 하지만 나는 그 근원으로 되돌아가고 싶다. 돌아가야 한다고 생각한다. 나를 단번에 연소시킬 수 있는 그런 힘이 나를 앞으로 나아가게 만든다.

　어쩌면 엄마도 나와 다르지 않았을 것 같다. 어렴풋이 알 것 같았다. 세상을 뜨고 나서야 엄마가 어떤 사람이었는지 뚜렷해졌다. 엄마가 살아 있을 때는 엄마가 자신의 자리를 지키며 사는 것만으로도 좋았다. 돌아가시고 나서 마침내 엄마는 진정한 내 엄마가 되었다. 엄마라는 형태를 갖추고서 진정한 인간이 되었다. 저 큰 은행나무처럼 내 안의 기둥이 되었다.

　엄마에게 여행이란 자신의 이름을 세상에 알리기 위해서가 아니라 자신을 버리기 위한 행동이었다.

　지난번 찾아왔던 이나 씨에게서는 그 이후로 아무런 연락이 없다. 반드시 연극은 보러 올 것이다. 연극이 끝나면 이나 씨를 만날 생각이다.

이나 씨는 딱 한 번만 더 보고 싶다. 자만은 아니지만 이나 씨도 나를 보고 싶어 할 것 같다. 그는 어떻게 살아가는 사람일까. 나는 그에 대해 아는 것이 하나도 없지만 엄마를 떠올릴 때면 어김없이 이나 씨 생각이 난다.

왠지 아빠의 그림자가 겹쳐진다.

연극 공연일이 가까워졌다.

내 불안감과 두려움마저 다 삼켜버릴 만큼 은행나무 잎은 무성하게 우거져갔고, 드디어 그날이 왔다. 당연히 와야 한다는 얼굴로 공연날이 밝았다.

평소와 다르지 않는 아침이었다.

단 하루의 공연. 첫 공연이자 라쿠다. '라쿠'라는 말조차 몰랐던 나에게 와타루 씨는 마지막 공연이라는 의미의 센슈우라쿠(千秋楽, 연극 상연이나 스모 경기 등의 마지막 날. - 옮긴이 주)의 약칭이라고 가르쳐주었다. 연극을 하다 보면 이처럼 생소한 용어와도 자주 접하게 된다.

오늘은 화장도 머리도 나 혼자 꾸며야 한다. 와타루 씨는 화장을 짙게 하지 말라고 했다.

연극에는 연극 특유의 화장법이 있다. 화장은 여배우뿐 아니라 남배우도 한다. 그 정도는 엄마를 통해 알고 있었지만, 이번 연극에서는 류노스케나 나나 피부를 조금 정리하는 정도의 옅은 화장만 했다. 립스틱이나 아이라인 같은 색조 화장은 하지 말라고 했지만 화장을 해보지 않은 나는 조바심이 생겨 백화점 화장품 코너를 돌아보기도 했다. 화장품은 의외로 비싸서 살 엄두조차 나지 않았다.

파운데이션에는 가루 형과 액상 형이 있다는 것도 처음 알았다. 판매 직원들이 연신 손님, 손님 하며 나를 불러 세워서 달아나듯 백화점을 나왔다. 생각 끝에 엄마의 작은 화장품 상자를 열어 엄마가 쓰던 분말 형 파운데이션을 사용해보기로 했다. 이렇듯 내 첫 무대는 화장으로부터 장식되었다.

연습을 하느라 피곤한 날들이 계속되었으니, 연극이 끝나면 나를 풀어주려 한다. 연습이란 자유로워지기 위해서 하는 것이다. 대사와 동작을 철저하게 몸에 익혀 무의식 속으로 자신을 밀어 넣는다. 그렇게 해야만 연습의 고단함에서 벗어날 수 있다.

이상하게도 어제까지 팽창했던 불안감이 의외로 공연 당일에는 수그러들어 바람이 가라앉은 날의 차분한 바다 같았다.

아침에 창문을 열고 차를 끓였다. 숨을 깊이 들이마시고 내뱉고 들이마시고 내뱉고를 반복하면서 공원에 갔다.

큰 은행나무에게 인사를 하고 싶었다.

나무줄기가 늘어져 있어 아무리 구부려도 금방 원래

로 돌아가 버려 나무 안쪽으로 들어가기가 쉽지 않았다. 감상적인 감정 이입은 나무나 나나 시간 낭비다. 나무는 변함없이 그 자리에 서 있고, 그곳에서 호흡하며 살아간다. 여름이 시작되는 상쾌한 바람이 뺨을 스친다.

나무 위쪽을 올려다보았을 때 이파리 하나가 높은 가지 끝에서 팔랑팔랑 떨어져 내렸다. 떨어진 이 이파리 또한 나무의 운명이다. 그리고 이파리 한 장과 만난 그 한순간에 나와 나무는 인연을 맺는다.

조명이 집중되어 있는 무대 위에 내가 서 있다.

그런 나를 또 다른 내가 느끼고 있다.

오전 공연은 객석에 관객이 드문드문했지만 마지막 공연인 두 번째의 오후 공연은 객석 의자를 가득 채우고 입구 쪽을 제외한 사방 벽을 따라 관객이 빽빽하게 들어차 있었다.

조금 전 객석을 돌아보았을 때 언뜻 이나 씨의 얼굴이 눈에 들어왔다. 머릿속이 하얘져서 한순간 무대 위의 여배우가 아닌 본래의 나로 되돌아갔다. 두려웠다. 나는 이나 씨를 내 의식 밖으로 물건을 집어던지듯 내던졌다. 그러자 객석이 말랑말랑하고 부드러운 어둠 덩어리로 바뀌었다. 문득문득 이런 상황에 처하면 겁이 나고 두렵지만 굳게 마음먹은 내 의지와 의식에 비하면 아무것도 아니다.

수없이 연습을 해서 온몸으로 체득한 방대한 대사가 자연스럽게 몸안에서 쏟아져 나온다. 말로 하는 대사와 투명하게 소리에만 반응하는 대사. 류노스케의 대사와 자연스럽게 어우러져서 나는 유령처럼 점점 윤곽을 잃고 투명한 존재가 되어갔다.

"우리 모두 구멍으로 돌아갈게."

1막뿐인 이 단막극은 해변을 걷고 있는 남녀가 저 세상에 발을 들여놓는 것을 암시하며 끝이 났다. 객석에서 박수갈채가 쏟아졌다. 나와 류노스케는 나란히 서서 관객석을 향해 깊이 고개를 숙였다.

"고개를 숙였다가 하나, 둘, 셋에 맞춰 고개를 드는 거야."

우리는 와타루 씨에게 배운 인사법을 잘 알고 있다. 잘했을까. 잘했다고 생각한다. 적어도 마지막 인사만은 완벽했다.

연극은 끝났지만 관객들의 얼굴을 마주하기에는 두려움이 앞선다. 정면을 똑바로 바라보지 못하고 나는 어둠 속을 멍하니 바라본다. 일부러 초점을 맞추지 않고 멀리 바라본다.

박수 치는 관객들의 움직이는 손이 마치 살아 있는 하얀 비둘기 같다. 어둠 속에서 점점 윤곽이 드러나는 사람들의 얼굴이 무대 장치로 쓰인 갯메꽃(학명 Calystegia soldanella (L.) Roem. & Schult. : 해안메꽃, 개메꽃이라고도 하며, 주로 해안가에서 자라는 메꽃과의 덩굴성 여러해살이풀. 잎은 길이가 2~3cm, 폭이 3~5cm로 끝이 오목하거나 둥글며 표면은 광택이 나고 어긋나게 난다. 밖으로 뻗는 뿌리인 기근은 땅으로 뻗어가거나 다른 식물을 감고 올라간다. 꽃은 5~6월에 잎겨드랑이에서 난 꽃자루에 한 개씩 피며, 분홍색이고 깔때기 모양이다. 열매는 8~9월경에 지름이 약 1.5cm 가량으로 둥글게 달리고 안에는 검고 단단한 종자가 들어 있다. 어린 순과 땅속 줄기는 식용 및 약용으로 사용한다. —옮긴이 주)처럼 보인다. 갯메꽃이 흔들리다가 차츰 윤곽을 드러내며 선 명하게 인간의 얼굴이 되었을 때 나는 나, 원래의 나, 가 타야마 가쓰라코로 돌아왔다.

연극이 끝났다고 생각한 순간, 다리가 후들후들 떨렸 다.

무대 왼쪽으로 내려가자 와타루 씨가 우리를 기다리 고 있다.

"잘했어, 둘 다 정말 잘했어. 고맙다 고마워. 박수 소리 가 엄청나게 크던걸. 자아, 다시 한 번 무대로 올라가게."

문득 어릴 적의 학예회가 떠올랐다. 그 학예회의 연장 선 같았다. 초등학생이었던 나는 학년 대표로 선발되어 연극의 조연인 촌장 딸 역을 맡았다. 손에 꽃바구니를 들 고 무대를 가로지른다. 뭔가 짧은 대사가 있었던 걸로 기 억한다. 무대를 가로지를 때 꽃바구니에서 꽃이 떨어졌 다. 대본에는 없는 해프닝이 벌어져 나는 당황했다. 그 렇지만 아무런 내색도 하지 않고 떨어진 꽃을 주워 들고 무대 뒤로 돌아왔다.

기다리던 선생님께서 연기를 자연스럽게 잘했다고 칭찬해주셨다. 기뻤다.

엄마가 그때 그 학예회를 보러 왔던가? 기억이 안 난다. 기억에 없는 걸 보면 그날도 엄마는 오지 않았으리라. 그날도 공연이 있어 오지 못했을까 아니면 여행을 떠나 있었을까. 무대에 나가기 전에 기다리는 휘장 뒤에서 몰래 객석을 둘러보니 맨 앞줄만이 보이고 그 뒤로는 어둠에 덮여 있었다. 맨 앞줄의 관객들이 입을 벌린 채 눈을 반짝이며 무대를 바라보고 있었다. 그 모습이 어린 내 눈에는 괴물처럼 보였다. 지금 같으면 연기자 쪽이 괴물 같다고 생각했을 텐데.

어둠 속의 무수한 눈들이 나를 향해 있다고 생각하니 가슴이 마구 뛰었다. 마지막 무대가 끝났을 때 나는 겁이 나서 울었다.

모두들 내가 연극을 끝내고 감격해서 운다고 생각했으리라. 아니었다. 나는 무서웠다.

지금도 마찬가지다. 아무것도 변하지 않았다. 나도 변하지 않았다. 연극하는 내 모습을 보고 있다는 것만으로도 그들의 눈이 어둠 속에서 갑자기 구체적인 하나하나의 눈이 되어 내 존재를 위협해왔다.

이번에도 나는 살았다. 이름을 갖지 못한 이름 없는 여자를 살았다. 그저 그뿐이다.

"자, 어서 서둘러, 서둘러."

와타루 씨의 목소리에 떠밀려 우리는 다시 조명의 불빛이 쏟아지는 무대 위로 달려나갔다.

쓰러진 나무

관객이 떠난 어두컴컴한 객석에 나는 홀로 앉아 있다.

연극은 끝났다. 막이 내렸다.

옷을 갈아입은 류노스케가 공연장으로 돌아왔다. 그 뒤에 와타루 씨가 왔다. 모두 말이 없다. 무슨 말을 어떻게 꺼내야 할지 모르는 표정이다. 먼저 말을 꺼낸 사람은 와타루 씨였다. 출연료를 줄 테니 객석에서 기다리라고 했다.

출연료라는 말의 생생한 울림. 나는 내 몸과 마음을 다 바친 대가로 소정의 돈을 손에 넣었다. 지금 내게 절실하게 필요한 그 돈이다. 나는 검소한 생활이 몸에 배어 있었지만, 오키나와 여행에서 적지 않은 금액을 지출했다. 말 그대로 연극은 끝이 났다. 그 앞길에 어둠이 어른거렸다.

돌아올 집이 있어서 여행을 떠나는 거라고 생전에 엄마가 중얼거렸던 말이 떠오른다. 그렇다. 집이란 인간에게 안정을 가져다준다. 그 안정을 끝까지 유지하려면 많은 노력이 필요하겠지만.

돌아갈 곳이 사라지면 나는 뿌리내릴 곳을 찾지 못해 계속 여행길을 떠돌아다닐 것 같다. 그런 인생을 생각하면 소름이 끼친다. 방랑이란 두 글자가 나라는 생물에게 가능한 일일까.

오늘 하루 접수를 맡아주었던 사쿠라 씨가 뒤처리를 끝내고 들어왔다.

나도 류노스케도 오늘 처음 그녀를 만났다. 인상이 좋다. 나보다 한두 살 위로 보인다. 나뿐만 아니라 류노스케도 하루도 지나지 않았는데 사쿠라 씨에게 매료되었다. 질투 같은 감정이 일지 않았다. 오히려 사쿠라 씨와 류노스케가 나란히 서 있는 모습이 다정스러워 보였다.

"오늘 수고했어요. 고마워요. 사쿠라 씨가 오늘 관객들을 잘 맡아줘서 좁은 극장인데도 무사히 공연을 마칠 수 있었어요. 도움이 많이 됐어요. 이건 당신 몫이에요."

와타루 씨는 먼저 사쿠라 씨에게 고맙다고 말하고 봉투를 건넸다.

"이 연극을 함께해서 기뻐요."

그녀의 볼이 벚꽃색으로 물들었다.

봉투를 건네는 와타루 씨의 손등은 뼈가 도드라진데

다 떨리고 있어 노파의 손 같아 보였다. 모든 것이 끝난 지금 와타루 씨는 한순간에 삭아버렸다. 남자지만 여성적인 사람이라 나는 와타루 씨를 보면서 어린 시절 러시아 그림책에서 본 늙은 마녀를 떠올렸다. 그렇다. 와타루 씨는 어쩌면 마녀였는지 모른다. 연극으로 얽혀 있는 동안 나는 와타루 씨의 마법에 걸려 있었다. 흰 봉투에 들어 있는 '출연료'가 이제 그 마법을 풀어주겠지. 출연료를 눈으로 확인하는 순간, 나는 현실의 땅 위에 다리로 서 있다는 사실을 자각하게 될 것이다.

사쿠라 씨는 머리 숙여 인사하고 봉투를 받았다. 연극 무대의 분위기를 실감 나게 만들어주는 사람들은 무대 뒤의 스태프들이다. 조명 담당 하나만 보아도 처음부터 끝까지 조명기기 곁에서 꼼짝도 하지 않고 최선을 다한다. 다들 돌아갔을까? 오늘 하루밖에 함께하지 않았지만 나는 그들에게 가족 같은 친밀감을 느꼈다.

나는 '현장'이라는 말을 좋아한다. 현장에는 모든 게 갖춰져 있다. 이번 연극을 하면서 나는 '현장주의자'가 되었다. 현장에서 일해보지 않으면 제대로 이해하기 어렵다. 현장에서 직접 경험해보지 않으면 전체를 알지 못한다. 그런 연유로 연극배우는 항상 현장에서 살아야 한다. 현장은 현실이며, 현실 속에서 연극이라는 격렬한 꿈을 만날 수 있다.

"신교지 류노스케 군, 수고했어. 가타야마 가쓰라코

씨, 첫 공연 훌륭했어."

와타루 씨의 목소리가 나긋나긋하다.

다 같이 극장 K'sK를 나왔다. 밖에서는 연극을 보러 왔던 몇몇 사람들이 남아 우리를 기다리고 있었다. 그중에는 와타루 씨나 류노스케와 관련된 사람도 있었다. 나는 미하루를 보자마자 쏜살같이 달려가 힘껏 끌어안았다. 몸이 닿는 순간, 더욱 세게 끌어당긴 쪽은 미하루였다. 미하루는 기쁜 표정으로 활짝 웃었다.

"좋았어, 가쓰라코. 멋져! 정말 멋져! 축하해. 여배우의 탄생."

모여 있던 사람들이 일제히 웃음을 터트렸다.

미하루 뒤로 마쓰오카 씨와 케차도 보였다. 겐토 씨의 모습은 보이지 않았다. 문득 한숨이 나왔다. 불안감이 섞인 한숨이다.

"오랜만이에요, 마쓰오카 씨. 먼 걸음 해주셔서 고마워요."

"이때에 맞춰 휴가를 냈어. 도쿄에 오랜만에 와 보니 놀라운 것 천지야."

케차는 헤어진 지 얼마 지나지 않았는데도 상당히 늠름해져 있었다.

"기억나지, 케차. 나야, 가쓰라코. 오늘 와줘서 고마워. 그림은 잘 그리고 있지?"

"응. 선생님은 안 계시지만 혼자서 잘 그리고 있어."

"근데, 겐토 씨는?"

"오지 못했어."

마쓰오카 씨가 아쉽다는 듯 말하자 미하루가 옆에서 입을 열었다.

"사라졌어."

"누가?"

"겐토. 겐토 씨가 행방불명이야."

"왜? 어째서?"

"나도 잘 몰라."

"오키나와에 가겠다고 섬을 나간 뒤로 소식이 없어. 미하루 씨 곁에서 함께 지낸다고 생각했는데, 종적을 감췄어. 약속한 날에도 돌아오지 않아서 미술학원도 오래 문을 닫은 채이고 미술학원 사람들도 넋이 빠져서 지내. 참, 미술학원 사람들이 아쉽게도 이런저런 일로 다들 못 오게 됐다며 꽃다발을 보냈어. 이거 미야코지마섬에 있는 우리 모두의 마음이야."

마쓰오카 씨가 거베라 꽃다발을 내게 내밀었다. 아름다웠다.

그때 류노스케가 큰 소리로 외쳤다.

"여기 계시면 통행에 방해가 됩니다! 뒤풀이 장소는 이 근처 가게예요. 안내할 테니 따라오세요. 모두 와주셔야 합니다. 인원 제한 없습니다요."

뒤풀이 장소는 '알로에베라'다.

갑자기 듣게 되었지만 겐토 씨의 실종 소식은 그나마 죽었다는 소식이 아니라서 다행이었다. 그렇게 쉽게 죽을 리 없다. 마음을 가라앉혀 보지만 어느새 뭉게뭉게 불안감이 피어오른다.

가게에 도착하자, 벌써 많은 사람들이 와타루 씨 주위에 둘러앉아 있다. 내가 알지 못하는 사람들뿐이다. 단 하루만의 초라한 공연이었는데 이렇게 많은 사람들이 와주었다니. 와타루라는 사람은 속을 알 수 없다. 생각해보면, 그가 어떤 사람인지도 모른 채 나는 연극의 세계에 뛰어들었다. 그가 누구인지 아는 건 이제부터다.

어리둥절해하고 있다가 주위를 둘러보니 차례차례 사람들이 밀려들어 왔다. 그중에는 연예 프로덕션의 명함을 내미는 사람도 있었다. 부모님께 잘 얘기해보라며 한 번 만나자고 했다. '전 부모님이 안 계세요. 엄마는 돌아가셨어요. 지금은 혼자입니다'라고 말하려다 그만두었다. 나는 혼자다. 흔들리던 마음이 또다시 당겨진 활처럼 팽팽해졌다. 이제 엄마는 없다. 지금부터는 나 혼자 세상을 헤쳐 나가야 한다.

사람들에게 둘러싸여 어쩔 줄 몰라 하는 내가 애처로웠는지 와타루 씨가 다가왔다. 가게 한쪽으로 나를 끌고 가더니 와타루 씨 특유의 빠른 말투로 말했다.

"가쓰라코 씨. 연극이 끝난 직후라서 여러 제의가 있을지도 모르지만 지금 바로 혼자서 결정하지 않는 게 좋

아. 앞으로 어떻게 할지 의논하고 싶으니 내 사무실에 한 번 와줘. 전에 온 적 있지?"

"네, 처음 만났을 때요."

그랬다. 거기서 나는 기린, 아니 류노스케와 처음 만났다.

"일이 들어오기 시작하면 관리해줄 파트너가 필요해. 시작은 굉장히 중요하니까. 가쓰라코 씨가 원한다면 우리 사무실에서 매니지먼트를 맡아줄게. 소상하고 솔직하게 애기를 나눠보자고."

뭐가 뭔지 모르겠다. 어쨌든 매니지먼트라는 말은 처음 들었다. 무슨 의미일까. 와타루 씨가 하는 말은 전부 나에 관해서가 아니고 다른 사람에 대해 말하는 것처럼 느껴졌다. 나는 예의를 갖춰 공손하게 대답하고 감사하다는 인사를 했다.

"곧 찾아뵐게요."

그의 말대로 다양한 사람들에게서 명함을 받았다. 아직 시작된 건 아무것도 없지만 이미 시작되었음을 와타루 씨의 긴장된 숨소리에서 느꼈다.

"어쨌든 곧 보자고."

구체적인 제안이 들어온 것도 아니지만 내가 혼자 결정할 수도 없는 일이다. 이 세계에도 부모 같은 존재가 있구나,라고 생각하자 조금 안심이 되었다.

만날 날을 약속하고 와타루 씨는 돌아갔다. 가게를 둘

러보니 사람들이 가득하다. 같이 온 사람들끼리 모여 앉아 있다. 흐릿한 불빛 아래 누군가 "안녕. 잘 지냈어?"라고 인사한다. 쓰카하라 씨다. 사무실에서 보았던 그의 딸과 함께였다. 쓰카하라 씨와는 오키나와에서 만난 이후 처음이다. 그의 미소 짓는 얼굴을 보자 심장이 멎는 듯했다. 나는 이 사람을 좋아한다. 중년 남자이지만 자유로움이 느껴지고 개구쟁이 소년 같은 수줍음이 감도는 매력 있는 사람이다. 나는 사람을 쉽게 좋아한다. 그중에는 남자가 많다. 자주 아무한테나 반하지만 이성적인 사랑과는 다르다. 오빠나 아빠를 좋아하는 감정 같은 것이다. 쓰카하라 씨와는 이야기가 시작되면 끝이 없다. 오키나와에서 처음 만났을 때부터 생각이 비슷하다고 느꼈다.

쓰카하라 씨를 만나자, 문득 이나 씨의 존재가 내 의식의 바닥에서 솟아올랐다. 아까부터 눈으로 계속 찾아보았지만 이나 씨의 모습은 보이지 않았다. 그가 보고 싶다. 얼굴이라도 보고 싶다. 단 한 번만이라도. 그가 좋다. 여기에 이나 씨가 있어주기만 해도 기쁠 것 같았다. 코끝이 찡해지는 걸 느끼면서 쓰카하라 씨와 마주했다.

"가타야마 씨, 오늘 연기 대단했어. 멋졌어."

"덕분에 즐거웠습니다."

쓰카하라의 딸이 인사했다. 딱 집어 말할 수는 없지만 예의 바른 모범생의 분위기다. 쓰카하라 씨도 같은 느낌이다. 두 사람은 내가 연극을 무사히 끝낸 것을 진심으로

축하해주었다.

어떤 부분이 어떻게 재밌었는지, 어떤 부분이 지루했는지 세심하게 물어보고 싶었지만 그만두었다. 연극을 보러 와준 것만으로 가슴 벅찼기 때문이다. 가족이 없는 나는 연극을 보러 와준 것 하나만으로도 그들이 한없이 고마웠다. 서서히 마음이 따뜻해졌다.

"잊지 않고 보러 와주셔서 고맙습니다."

나는 감사하다고 인사를 했다. 그런데 내 말이 끝나자마자 쓰카하라 씨는 속사포로 내 말을 이었다.

"지금 도쿄에 나무를 심는 프로젝트가 진행되고 있어. 테마는 수목이 어우러진 도시 건물. 나무라면 사족을 못 쓰는 네 의견을 듣고 싶어. 조만간 우리 사무실에 들렀음 해."

"물론이죠. 꼭 갈게요."

천진난만한 아이 같다. 생각하고 있는 것을 마음속에 쌓아 두지 않고 시원하게 표현하며 사는 사람이다. 그는 자신의 의견을 솔직하게 말하고 어떤 상대라도 그 의견을 받아들이게 만드는 재능을 가졌다. 주변 사람들에게 신뢰받고 있는 이유이리라.

"너와 시간을 갖고 느긋하게 얘기를 나누고 싶은데, 너도 알다시피 항상 현장에서 일을 하는 편이라 사무실에는 없잖아. 너도 이제 일이 시작됐으니, 서로 시간을 정해서 만나기로 하자. 그럼 네 스케줄을 확인해서 괜찮은 시간을 이 녀석한테 알려줘."

그는 같이 온 딸에게 약속 시간을 잡으라고 지시하면서 자신의 딸을 '이 녀석'이라고 표현했다. 나는 쓰카하라 씨의 딸을 바라보았다. 좋은 부모를 둔 행복한 사람이다. 그녀 입장에서 볼 때는 제멋대로 살고 있는 내가 부러울지도 모른다. 사람은 자신이 갖지 못한 걸 부러워한다지만, 내가 가진 것과는 비교 대상조차 되지 못한다. 그녀의 행복이 반짝반짝 빛나 보였다.

쓰카하라 씨의 딸은 아까부터 놀란 눈으로 진기한 동물이라도 구경하듯 나를 바라보고 있었다. 나는 복잡한 심정으로 그녀를 향해 승낙의 미소를 보냈고, 그녀도 "예, 아빠 그럴게요. 그럼 스케줄 확인하시고 연락주세요. 전화 기다리고 있을게요"라고 해맑은 표정으로 대답한다.

쓰카하라 씨 부녀가 자리를 비우자, 나에게 틈이 나기를 기다렸다는 듯 사람들이 차례차례 다가와 인사를 했다. 뒤풀이 파티는 계속되었다.

주방에서는 평상시와 다름없이 무뚝뚝한 주인 할머니가 분주히 움직이고 있다. 오늘은 모처럼 여자 보조를 셋이나 데리고 일한다.

"이 알로에베라를 늘 찾아오던 사람들도 들렀다가 눈이 휘둥그레졌어. 오늘은 엄청나게 많은 손님이 한꺼번에 밀어닥쳤으니까." 주인 할머니가 말했다.

"오늘 잘 부탁드려요. 할머니."

날이 샐 때까지 '알로에베라'는 열기로 가득 찼다. 새
벽 다섯시가 지나서야 미하루와 함께 집에 돌아왔다. 둘
다 기진맥진해서 그대로 침대에 쓰러지려고 했을 때 미
하루가 어두운 표정으로 말했다.

"혹시 그 사람 여기로 찾아올지 몰라."

"누가?"

"겐토 씨 말이야. 그 사람 여길 찾아오지 않을까?"

말을 잇지 못하고 가만히 있자, 갑자기 미하루의 눈빛
이 날카로워졌다.

"혹시 가쓰라코 너 겐토 씨와 무슨 일 있었어?"

대답을 하지 않았더니 미하루는 재촉하듯 물었다.

"너희 두 사람 뭔가 있었던 거지? 둘만 남겨두고 오키
나와에 가면서 무슨 일이 벌어지든 상관없다고 말했지
만, 솔직히 나 괴로워. 다 털어놓을게. 가끔 너희 두 사람
만 생각하면 머릿속이 터질 것 같아. 돌아버릴 것 같고.
나도 알고 있어. 가쓰라코 넌 그 남자를 유혹하겠다는 마
음 따위 없었다는 거. 그런데도 네 곁에는 항상 남자가
꼬여. 남자들은 너만 보면 좋아서 사족을 못 쓰고. 요스
케와도 관계하고, 겐토 씨까지. 난 네가 누군지 모르겠
어. 앞으로 어쩔 셈이야?"

나도 나 자신을 잘 모른다. 미하루가 자신에게 고통을

준 사람을 아직도 친구로 대해줘서 그나마 다행이었다.

"미안. 그동안 솔직하게 말하지 못해서."

연극 연습에 몰두해 있느라 나는 미하루가 고통스러워 하는지조차 몰랐다. 입을 다물고 있었지만 그건 어쩌면 나 자신조차 속이고 있었던 건지도 모른다. 지금이라도 솔직하게 털어놓아야 한다.

"겐토 씨와는 딱 한 번이었어. 하지만 숨기려 했던 건아냐. 너에게 제대로 설명할 수 있을 것 같지 않았어. 그상황이 도저히 설명이 안 돼. 내 말이 이상하겠지만 어쩌다 보니 예상치 못한 방향으로 흘러갔어. 믿어줘. 변명이아냐. 나 정말 겐토 씨와는 딱 한 번이었어. 겐토 씨와는관계를 계속할 마음을 가져본 적이 없어. 정말이야. 어쨌든 지금 생각하면 죽을 만큼 부끄러워. 나는 말이지, 한남자하고만 관계를 갖는다는 게 잘 안 돼. 남자들과 쉽게만나고 관계하고 또 쉽게 헤어져. 어쨌든 일을 그렇게 만들어서 너한테 정말 미안해. 아무 일도 없었던 듯 행동한것도 미안하고."

나는 깨졌다. 부서졌다. 말을 마치고 미하루를 바라보았다.

"사과하지 않아도 돼. 네 잘못만은 아니잖아. 그 남자를 떠난 내 잘못이 더 크니까. 그 사람에게서 떠날 때는사실 너희 둘이 몸을 섞어도 상관없다고 생각했어. 그런내가 널 질투하게 되다니. 내가 곁에 있는데도 우울해하던 그가 미웠어. 그래서 너한테 떠맡기듯이 둘만 남겨두고 오키나와로 떠났어. 남자 문제로 이성 잃은 모습을 친구에게 보이고 싶지 않았어. 그랬으니 잘못은 내가 한 거야. 머릿속으로 그렇게 생각은 하면서도 막상 돌아서면 그 상황을 이해하기가 힘들어."

나는 이성적으로 말하는 미하루를 보고 감동했다.

"가쓰라코 넌 왜 그리 쉽게 만나는 남자들마다 관계를 갖는 거야?"

"내가 가벼워 보여?"

"그래, 맞아. 그렇다고 경멸하지는 않아. 뭐랄까 넌 네가 알고 있는 대부분의 남자들과 몸을 섞는 것처럼 보여. 가쓰라코 넌 투명해서 다 보여. 그걸 보고 있는 게 얼마나 무서운데. 그렇게 보면 너도 결코 착한 사람은 아냐. 사람을 이렇게나 헷갈리게 하고 혼란스럽게 만드는 걸 보면 넌 악녀야. 맞아 넌 나빠."

거기까지 말하고 미하루는 휴우 하고 길게 한숨을 쉬었다. 뭔가를 깊이 체념한 한숨이었다.

"가쓰라코 넌 너인데 내가 어떻게 널 바꾸겠어. 불가능하지. 사람을 바꾼다는 건 어불성설이야. 난 가끔 내가 너였다면 참 행복했으리라고 생각해. 난 너 같은 사람이 되고 싶어. 가쓰라코 너도 고민 같은 거 할 때가 있니? 아무리 힘든 일이 있어도 넌 아주 잠을 잘 자잖아?"

난감해서 가만히 있자니 미하루가 웃었다. 맞는 말이

다. 나는 아무리 힘들어도 잠을 잘 잔다. 고민 때문에 잠을 설친 적이 없다. 나라는 여자는 왜 이리 뻔뻔스러울까. 나 스스로도 이상했다. 웃음이 났다. 미하루가 따라 웃었다.

현재 상황만 보면 우리는 수학여행을 와서 아무 걱정 없이 웃고 있는 것처럼 보인다. 이제 고등학교 때처럼 한 침대에서 잠을 잘 수는 없다. 그것만은 확실하다. 두 마리 강아지처럼 딱 붙어서 잠을 잤던 그때로 돌아갈 수는 없다.

침대를 미하루에게 내주고 나는 엄마가 그랬듯이 방 바닥에 요를 깔고 잤다. 다음 날 한낮이 되어서야 눈을 떴다. 지칠 대로 지쳐 일어나기가 힘들었다. 더욱이 지난 일이 다 까발려진 지금, 미하루의 얼굴을 봐야 한다는 것은 고통이었다. 내가 가타야마 가쓰라코라는 사실이 한없이 우울했다. 집에 돌아와 잠들기 전에 미하루는 나 같은 사람이 되고 싶다고 했다. 나야말로 미하루 같은 사람이 되고 싶다. 하지만 나는 가타야마 가쓰라코, 다른 사람이 되진 못한다.

주방에 가서 커피를 내렸다. 배가 고프다. 이것만 봐도 부연 설명이 필요 없다 내가 얼마나 뻔뻔한지. 그런 가타야마 가쓰라코의 하루가 시작되었다.

동쪽 창문의 창틀에는 미야코지마섬에서 마쓰오카 씨에게서 구입한 하이비스커스 화분 여섯 개가 나란히 놓여 있다. 설명서대로 수경재배로 길렀는데 벌써 휘어진 줄기에 싱싱한 이파리가 무성하다. 조금만 더 자라면 흙에 옮겨 심을 생각이다. 잘 기르면 꽃을 피우겠지. 쉽진 않겠지만 꽃을 피우도록 잘 길러야지.

남녀 불문하고 엄마는 사람들의 좋은 성품을 족집게 같이 짚어내곤 했다. 그리고는 그 훌륭한 점을 자주 칭찬해주었다. 그중에서도 이해하기 어려웠던 말은 "저 사람에게는 '도화살'이 있어"라는 표현이었다. 배우에게 도화살이 있다는 말은 칭찬이며 연기를 잘한다는 뜻이라고 했다. 어떤 의미에서는 배우에게 용기와 기쁨을 주는 말이다.

말뜻이 애매해서 이해하기 어렵다. '도화살이 졌다'라고도 했는데, 그렇다면 도화살은 피기도 하고 지기도 하는 걸까.

그 자리에 있는 것만으로도 주변을 환해지게 하는 사람도 있다. 류노스케가 확실히 그런 사람이다. 그렇다면 그에게도 도화살이 있다는 이야기다.

그렇게 말하면서도 엄마는 그 말의 해석을 단순하게 한 가지로만 단정하지 않았다. 도화살은 피기도 하고 지기도 하고 떨어지기도 하지. 원래 도화살은 타고나는 거라서 노력으로 쉽게 얻어지진 않아. 도화살이 없는 배우는 어떤 면에서는 불행하고 비참하지. 도화살이 없다는 말을 하면 배우의 길을 포기하거나 좌절할지도 모르는

데, 일부러 그럴 목적으로 그 말을 함부로 내뱉는 사람도 있어. 하지만 이 말이 가진 가장 중요한 실체는 유동성이야. 설령 도화살을 갖지 않은 배우가 연기를 못해 혹평을 받는다 해도 오뚝이처럼 다시 일어나 끊임없이 연마하고 노력하면 운명이 바뀌지. 혹독하게 연습하며 발버둥 치고 있는 사이에 없던 도화살이 생기는 사람도 종종 있단다. 스스로를 돕는 자를 하늘은 돕는다 했으니까.

이렇게 말하며 힘이 빠진 동료 배우들을 격려하곤 했다. 그럴 때의 엄마는 아직 젊은데도 달관한 노배우처럼 위엄이 있었다.

그 도화살이라는 것은 무엇일까. 내부에 아직 도화살이 자리 잡지 못하고 주먹처럼 단단한 꽃봉오리로만 존재하는 배우도 있겠지. 내 도화살은 언제 피어날지 모른다. 활짝 피어날 하이비스커스꽃을 상상하면서 나는 내미래를 그 꽃에 겹쳐서 상상했다. 내 꽃의 씨앗은 지금 땅속 깊은 곳에 잠들어 있다. 그것을 키워서 언젠가 활짝 꽃 피우는 게 나를 위해 내가 할 일이다. 가쓰라코는 가쓰라코를 제대로 키워내야 한다.

미하루는 일어나더니 그동안 의절하고 살았던 부모를 용기 내어 찾아가겠다고 말했다.

"혹시 겐토 씨에게서 연락이 오면 미야코지마섬에서 만나자 하더라고 전해줘."

"그럴게. 너 오늘 다시 오키나와로 돌아갈 생각이구

나."

"클럽 일이 바빠졌어. 기억나지? 클럽 매니저인 소노다 구키코 씨. 그 여자가 내가 도쿄에서 일했으면 한대. 그 여자 너한테도 여전히 마음을 두고 있는 것 같더라. 네가 굉장히 마음에 들었나 봐."

"그래? 참 나한테 딱 맞는 고객이 있다고 했지. 어떤 깐깐한 할아버지."

"아 맞다 그랬지. 그 할아버지 도쿄에 살걸. 우리 가게 단골이잖아. 매니저는 어떻게든 괜찮은 여자를 붙여주고 싶은가 봐. 지금도 마땅한 여자를 찾고 있어. 그 집념 굉장해. 무서운 데가 있어. 반드시 너한테 그 일로 연락이 올 거야. 잘 판단해라. 가쓰라코 너라면 무슨 일이라도 잘 헤쳐 나가겠지만."

겐토 씨의 일은 일단 접어두기로 했다. 언젠가 다시 펼쳐볼 때가 있으리라.

미하루가 가고 나서 마쓰오카 씨에게서 연락이 왔다. 근처에 왔다며 잠깐 만나자고 했다. 집으로 오라고 했지만 미야코지마섬에 빨리 돌아가야 한다며 마쓰오카 씨는 사양했다. 집 근처의 은행나무가 있는 공원에서 만나기로 했다.

"내 기억 속의 도쿄는 지금의 도쿄와 천지 차이야. 공원이라 그런지 옛날 도쿄가 생각나. 싫은 기억도 함께."

문득 예전에 데이트 클럽에서 일했다는 마쓰오카 씨

가 떠올라 지금의 옆모습과 비교해 보았다.

"난 평생 미야코지마섬에서 살 생각이야. 이 거대 도시 도쿄에는 이제 내가 살 곳이 없어. 이번에 와서 확실히 알았어."

마쓰오카 씨는 다짐을 하듯 힘주어 말했다. 혼자서 광장을 뛰어다니는 케차를 바라보며 우리는 은행나무 아래 앉았다. 이야기는 자연히 겐토 씨 이야기로 흘러갔지만 결론은 없었다. 은행나무는 우리들의 길고 긴 이야기를 살랑살랑 잎을 흔들며 듣고 있었다.

연극이 끝나고 이 주가 지났다. 미하루도 마쓰오카 씨도 돌아가고, 둥둥 떠 있는 것처럼 중심을 잃고 일상을 표류하고 있다. 꼼짝도 하고 싶지 않았다. 침대에 처박혀 반수면 상태로 지내다 보니 몸속에 벌레라도 사는 것처럼 피부가 근질근질해지기 시작했다.

계속 이 상태로 있고 싶으면서도 한편으로는 벗어나고 싶기도 했다.

전화벨이 여러 번 울렸다. 나는 받지 않았다. 부재중임을 녹음한 내 목소리를 반복해서 듣고 있었다. 건축가 쓰카하라 씨, 와타루 씨, 류노스케에게서도 걸려 왔다. 류노스케는 입에 달고 살았던 "보고 싶어, 안고 싶어"라는 말은 더 이상 하지 않았다. "할 애기가 있으니 잠깐 만나자"라는 조심스러운 말투에 얼른 수화기를 들었다. 온통 연극 이야기였다. 그가 연극을 통해 빛났으면 좋겠다고 생각했다. 도화살을 말한다면 류노스케는 최고의 도화살을 가졌다. 존재만으로도 마음이 밝아지는 남자. 나의 자랑스러운 연극 친구다. 이젠 단지 친구일 뿐, 한 몸이 되었던 그때로 돌아가진 않는다.

난 제멋대로다. 확실히 제멋대로다. 어쨌든 지금은 이나 씨가 보고 싶다. 연극을 보러 왔었다. 언뜻 객석을 보았을 때 한가운데에 앉아 있던 이나 씨와 눈이 마주쳤다. 하지만 뒤풀이 자리는 오지 않았다.

"가쓰라코입니다."

망설이다가 어느 날 이나 씨에게 먼저 전화를 걸었다. 내 몸에 사는 벌레가 한 짓이라는 표현이 적합했다. 이나 씨에 대해 아무것도 알고 있지 않았지만 그저 그를 만나고 싶었다. 이나 씨에게 솔직하게 털어놓았다.

"이나 씨, 보고 싶어요."

"언제 만날까."

나는 내일이든 모레든 상관없지만, "지금 바로"라고 서슴없이 말했다. 마치 떼를 쓰는 멍청한 여배우처럼. 아니다. 그런 연기를 하는 여배우처럼.

'지금 바로'라고 말하자마자 내 몸이 즉각 반응하여 떨렸다. 그 떨림이 수화기를 통해 이나 씨에게 전해졌으리라. 수화기 너머의 이나 씨는 침묵했다. 그 침묵이 부드럽게 가라앉는 듯했다. 나의 격정은 가슴속에서 홍수가 되어 봇물처럼 터졌다.

약속 장소는 언젠가 함께 산책했던 공원의 그 은행나무 아래였다. 거기서 만나 걸어서 이나 씨 아파트로 갔다. 이처럼 가까이에 이나 씨가 살고 있었다니. 그의 아파트는 좁고 소박했다. 예상했던 대로였다. 혼자 살고 있었다.

그날 밤 나는 하늘에서 지상으로 추락한 새가 되었다. 그 새는 이나 씨 배 위에서 날개를 접었다. 둘은 한 몸이 되어 몇 번이나 절정에 올랐다. 그럴 때마다 나는 죽었다가 살아났다. 몇 번이고 다시 태어났다. 점점 더 지상을 향해 떨어져 내렸고, 그 순간마다 쾌락은 더욱 강렬하게 온몸에 각인되었다. 그 쾌감이 나를 다시 태어나게 했다.

나는 이나 씨에게서 또 다른 쾌락의 세계를 알았다. 나도 이나 씨에게 갚아주어야 할 것 같은 심정이었다. 그가 사랑스러우면서도 한편으로는 애처로워 보였다.

나는 낡은 가방 같은 이나 씨의 등을 입술로 애무했다. 내면에 오래된 시간이 겹겹이 쌓여 있는 듯 느껴졌다. 그 안에는 내가 모르는 젊은 시절의 엄마가 있고, 그 엄마가 사랑했던 남자들도 있다. 내 손에 닿지 않는 이나 씨의 과거가 쓰러진 나무처럼 누워 있다.

나는 눈을 감고 아련하게 이나 씨와의 행복을 상상해보았다. 그리고 우리 둘 사이에 태어난 아이를 그려보았다. 그러나 눈을 뜨자마자 그 행복은 모래언덕처럼 무너져 내렸다.

　이나 씨의 품에 안겨 나는 꿈을 꾸었다. 황량한 바위산의 풍경이었다. 쉬쉬 소리를 내며 센 바람이 한 차례 바위산을 훑어가고 그 바람에 작은 바위 덩어리 하나가 산 정상에서 데굴데굴 굴러 떨어졌다. 멈추지 않고 계속 아래로 떨어지고 있는 바위. 아……. 바닥으로 떨어지면서 살아간다. 구르면서 살아간다.

　여행을 떠나요.

　목소리가 들려왔다. 이나 씨의 목소리가 아니다. 엄마의 목소리도 아니다. 누구지? 지금 좋아서 죽을 것 같은데도 왜 나는 이나 씨와 같이 떠나자는 말을 못 하는 걸까. 말할 수 없었다. 왜 이리도 서두르는 걸까, 왜 안착하지 못하는 걸까, 내 영혼은…….

영원히 등을 돌린 채

하늘에 떠 가는 먹구름이 햇빛 가득하던 해안에 재빠르게 그림자를 드리우며 지나간다. 물끄러미 바라보고 있자니 백 년, 이백 년이 한순간에 지나가는 듯하다.

온주쿠(御宿, 지바현千葉県 남동부에 있는 바닷가 마을. -옮긴이 주)에도 태풍이 접근하는 중이다.

어젯밤에 지바로 같이 가달라는 미하루의 긴박한 전화를 받았다. 온주쿠 해안에 떠오른 시체가 행방불명된 겐토 씨와 닮았다며 경찰서에서 연락이 왔다고 했다. 미하루의 목소리가 떨렸다.

"시체를 확인해야 하는데 무서워. 같이 가줘."

"정말 겐토 씨가 맞아? 아직 확실하지도 않잖아. 같이 가줄게. 우선 진정해."

미하루의 전화가 끊어졌다. 우리는 바닷가의 '달의 모

래'라는 민박에서 만나기로 했다. 묵을 곳을 찾아 예약한 걸 보면 미하루는 조금 진정된 것 같다.

연극이 끝난 지 벌써 한 달이 지났다. 그동안 나는 연극 무대 말고도 텔레비전과 영화 출연을 제의받았다. 그런 일들이 어떻게 나에게 들어왔는지 상세한 내막은 모르지만, 모두 와타루 씨의 인맥 덕이었다. 연극이 끝나고 뒤풀이에서 그런 말들이 오가기도 했지만, 그와는 무관하게 들어온 일도 있다.

결국 나는 와타루 씨의 사무실에 매니지먼트를 맡기기로 했다. 단 한 명의 직원이지만 공연 때 접수를 맡았던 사쿠라 씨도 그 사무실 직원으로 일하게 되었다. 앞으로 세 사람이 힘을 합해 꾸려나가야 한다. 매니지먼트에 관해서 이나 씨와도 의논했다. 이나 씨는 와타루 씨와 직접 아는 사이는 아니지만 와타루 씨를 알고 있었다. 이나 씨는 "연극을 할 거라면 현재로선 와타루 씨에게 맡기는 게 좋아. 잘 밀어줄 사람이야"라며 격려해주었다.

그 일에 대해 의논하자, 이나 씨도 한때는 엄마와 함께 연극을 했다고 말해주었다. 그때 딱 한 번뿐이고 이후로는 그 일에 대해 일체 입을 다물었다. "나는 연극에서 좌절을 했지만"이라는 말을 덧붙였는데, 그 말을 할 때, 이나 씨의 표정이 어두워 아직 연극에 미련이 있는 듯 느껴졌다.

연극에 대한 좌절을 극복하고 멋지게 변신하여, 지금

은 연극과는 관계 없는 인재 파견 회사의 이사로 일하고 있었다. 자신의 일에 대해 한 번도 말한 적이 없어서 어떤 일을 하는지는 잘 모른다. 어쩌면 이나 씨는 지금도 연극에 마음을 두고 있는지도. 오랫동안 해오던 일을 단념하고 어느 날 갑자기 다른 일을 한다는 것은 인생의 전부를 접는 것과 같다. 마음에 골절상을 입었다고 해야 할까. 그래서 내가 이나 씨에게 끌렸던 게 아닐까.

'달의 모래'는 간판도 없는 허름한 민박이었다. 역에서 내려 한참을 헤매다가 미하루가 전화로 설명을 해주어 겨우 찾았다.

여름은 끝났다. 가을 바다는 주로 서핑하려는 젊은이들이 찾아온다. 그날 밤 민박에 묵는 사람도 우리 말고는 젊은 남자 둘뿐이었다.

창문 너머로 바다가 펼쳐져 있다. 태풍이 밀려오는 바다는 검푸르고 탁했다. 바다에서는 검은 잠수복을 입은 서퍼들이 몸을 웅크리고 파도타기를 즐기고 있다.

아까부터 태풍 경보와 함께 즉시 바다에서 나오라는 권고 방송이 해변에 울려 퍼지고 있다. 서퍼들은 안내 방송에도 끄떡하지 않는다. 끈덕지게 파도와 싸우고 있다. 높은 파도가 치솟는 바다에서 물러서지 않고 맞선다. 불길한 기운이 해변 일대를 뒤덮고 있다.

미하루와 나갈 준비를 하고 있는데 현관 쪽에서 귀에

익은 목소리가 들린다. 마쓰오카 씨와 케차였다. 나에게 는 말하지 않았지만 미하루가 알린 모양이었다.

마쓰오카 씨와 마주친 순간 나의 실낱같던 희망이 절 망으로 바뀌었다. 빨갛게 부어오른 눈이 젖어 있었다. 네 사람은 경찰서로 달려갔다. 우리는 이미 검시가 끝난 겐 토 씨의 하얀 얼굴과 마주했다.

이런 계절에는 익사체가 가라앉지 않고 금방 떠오르 죠. 경찰관들은 그렇게 말하고는 조금 이상하다는 듯이 중얼거렸다.

"그런데 이 사람 바다에서 뭘 하고 있었던 거지? 서퍼 도 아니고. 수영하기엔 물이 차고. 잠수복까지 챙겨 입고 깊은 바다를 헤엄쳐 다니다가 지쳐서 기운이 빠진 건가? 그나마 시체가 깨끗해서 다행이지만……."

바다 저 멀리 헤엄쳐 가는 겐토 씨의 뒷모습이 머릿속 에 그려졌다.

나를 붙잡고 있던 줄 하나가 툭 끊어져 나갔다. 울음이 터졌다. 내가 울자 미하루도 울었다. 마쓰오카 씨도 울었 다. 그 모습을 본 케차도 따라 울었다.

마쓰오카 씨가 마치 가족처럼 부드럽게 겐토 씨의 정 강이를 천천히 어루만졌다.

"겐토 씨의 친척과는 연락이 어려웠어. 실은 나도 잘 몰라. 딱 한 사람, 겐토 씨의 전 부인과 통화가 됐는데, 이 미 헤어진 사이인데 지금 와서 새삼스럽게 무슨 작별인사를 하겠냐며 알아서 하라더라."

"우리 셋만 있어도 괜찮지? 겐토 씨 그렇지?"

마쓰오카 씨 이야기를 듣다가 갑자기 어떤 생각이 뒤통수를 쳤다. 그녀의 말에는 일리가 있었다. 우리 셋은 모두 겐토 씨와 남녀관계를 가졌던 여자들이다.

미하루야 당연하고, 마쓰오카 씨는 아리송하지만 심증이 간다. 왠지 그럴 거라는 확신이 있다. 그렇지만 전혀 불결한 느낌이 없다.

미하루와 애인 관계인 걸 알면서도 내가 겐토 씨와 밤을 같이 보낸 것처럼, 마쓰오카 씨도 자연스럽게 겐토 씨와 관계를 맺었을 것이다. 여러 여자가 한 남자를 사이에 두고 관계한다는 건 말도 안 된다며 비난하는 사람도 있으리라. 그러나 관계라는 것은 어떤 상황에서도 그 순간만큼은 1대 1이다. 겐토 씨와 미하루, 겐토 씨와 나, 겐토 씨와 마쓰오카 씨. 여기에 누워 있는 겐토라는 남자의 빈자리를 끌어안고 우리는 서로 신기한 인연으로 묶여 있다.

겐토 씨의 장례는 온주쿠에서 치르기로 했다. 오키나와도, 도쿄도 겐토 씨에게는 임시 거처였을 뿐이다. 그는 어디에도 뿌리내리지 못한 사람이다. 그의 영혼은 아직 구천을 떠돌고 있을 것이다.

민박집에 돌아와 케차를 재운 뒤 앞으로 할 일에 대해

셋이서 의논했다. 그동안의 추억에 대한 이야기도 이어졌다.

"그런데 미하루, 겐토 씨는 왜 온주쿠에 왔을까? 여기를 잘 알아?"

"사귄 지 얼마 안 되었을 때, 둘이서 딱 한 번 이곳에 온 적이 있어. 삼 년 전 내가 고등학생이었을 때. 그렇게 말하니 내가 순식간에 폭삭 늙어버린 기분이 드네. 아아, 삼 년밖에 지나지 않아서 다행이다. 겐토 씨가 바다가 보고 싶다고 해서 왔는데, 난 그때 삐딱하게 굴면서 다시는 오지 말자고 했어. 왜냐하면 이곳이 어둡고 쓸쓸해 보였거든. 무엇보다도 이 바닷가는 촌스러워. 그때도 경적을 울리며 달리는 촌뜨기 오토바이 폭주족들이 설쳤어. 그때에 비해 지금은 좀 나아 보이긴 하지만. 그 대신 이곳 보소(房総, 지바현 보소반도. ―옮긴이 주)의 바다는 따뜻해 보여. 겐토 씨를 삼킨 바다이지만 애틋한 느낌이야. 겐토 씨는 편안했을 거야. 쓸쓸하지만 따스한 분위기라서 마음이 놓였으리라 생각해. 아무리 그래도 바다에 들어갈 것까진 없잖아. 수영도 못 하면서."

"겐토 씨 수영 못 해?"

"응 잘 못해."

마쓰오카 씨가 잘라 말했다.

"케차랑 날 데리고 바다며 수영장에 놀러 갔었는데 개헤엄이 고작이야. 제대로 수영하는 모습을 본 적이 없어."

"수영은 못 하지만 초등학생처럼 여름 바다를 좋아했어. 나한테도 선탠을 해서 멋지게 태우라고 했어. 살갗이 하얀 여자를 싫어했거든. 햇볕에 타는 것을 꺼려하는 여자는 멋진 여자가 아니라면서."

"맞아. 그 말을 입버릇처럼 했지. 그 말에 맞추느라 나도 피부를 까맣게 태웠어. 흰 피부가 내 유일한 자랑거리였는데. 그 때문에 얼굴은 기미투성이였고. 가쓰라코 씨는 어때? 햇볕에 타는 걸 별로 싫어하지 않을 듯한데. 겐토 씨가 당신을 참 맘에 들어했어. 좋아했고. 미하루 씨는 귀엽고 사랑스럽다고 했어. 나는 같은 연배라서 편한 아줌마로 여겼으려나? 나는 처음 만났을 때부터 줄곧 좋아했는데."

담담하게 말하는 마쓰오카 씨의 눈가가 붉게 물든다. 반했던 쪽은 오히려 겐토 씨가 아니었을까.

민박집 '달의 모래'의 넓은 방의 벽에는 해녀 사진이 여러 장 걸려 있다. 사진 속 해녀의 모습에 이끌려 물끄러미 바로보고 있자니 미하루가 말했다.

"저 해녀들, 겐토 씨가 좋아하는 타입이야."

"그래?"

"여자라면 다 좋아했지만, 특히 저런 건강미 넘치는 여자를 좋아했어."

"아아, 알겠다. 미하루 너랑 똑같잖아."

"나?"

"그래. 너도 생기가 넘쳐."

"이런 예쁜 애인을 놔두고 왜 바다에 들어간 걸까. 이기적인 남자!"

마쓰오카 씨가 화를 내듯 말했다.

사진 속 상반신을 벗은 젊은 해녀는 태양 빛을 받아 싱그럽다. 젖꼭지가 꼿꼿이 서 있는 해녀는 벌거벗은 몸을 조금도 부끄러워하지 않는 표정이다.

여자인 내가 봐도 눈부시다. 그 곁의 다른 사진에서도 일본인치고는 길고 늘씬한 다리를 뻗은 다른 해녀가 뽐내듯이 젖가슴을 드러내고 있다. 온주쿠의 해녀들은 얼마 전까지만 해도 이처럼 젖가슴을 드러내고 바다의 보물들을 캐어 왔으리라. 해녀들의 가슴이 풍만하고 아름다워서 나는 여성의 젖가슴을 처음 보는 것처럼 넋을 놓고 바라보았다.

"지금 생각하면, 더 많은 여자를 품게 해주었으면 좋았으련만. 아아, 저런 풍만한 가슴을 손아귀 가득 움켜쥐게 해주었으면 좋았을 텐데."

미하루의 목소리가 차츰 짜디짠 파도의 물보라처럼 갈라졌다. 그러더니 미하루는 결국 울음을 터트렸다.

풍만한 해녀의 젖가슴 부분이 내 눈에 크게 확대되어 보인다. 그래, 산다는 건 저런 생명의 덩어리를 이 손가락으로, 이 손으로 꽉 움켜잡는 것.

"죽긴 왜 죽어. 바보 멍청이 같으니라고!"

마쓰오카 씨가 목을 놓아 울기 시작하자, 자고 있는 줄 알았던 케차도 앙앙 따라 울었다.

울음소리가 바닷가 마을을 울리며 소용돌이쳤다. 나는 조용히 파도 너머로 천천히 헤엄쳐 가는 겐토 씨의 부드러우면서도 탄력 있는 등을 떠올렸다. 태풍이 불어오기 시작했다. '달의 모래' 마당에서 자라는 소철(蘇鐵, 학명 Cycasrevoluta Thunb : 철수鐵樹, 피화초避火焦, 풍미초風尾焦라고도 하며 소철과의 상록관목으로 중국 동남부와 일본 남부지방이 원산지. 정자를 만드는 유명한 열대성 고등식물이다. 철분을 좋아하여 이 식물이 쇠약할 때 철분을 주면 회복이 된다는 속설이 있어 소철이라고 부른다. 원기둥 모양의 굵은 원줄기가 하나로 자라거나 간혹 밑 부분에서 작은 것이 갈라져 돋는데 가지는 없고 끝에서 많은 잎이 사방으로 젖혀진다. 노란빛을 띤 갈색 꽃이 6~8월에 피며 열매는 10월에 익는다. 관상용 · 식용 · 약용으로 재배하며 씨는 한방에서 통경 · 지사 · 중풍 · 늑막염 · 임질 등에 사용한다. -옮긴이 주)잎이 센 바람에 우두둑 우두둑 꺾이는 소리가 났다.

겐토 씨가 태풍을 타고 돌아와 커다란 소철잎 사이로 얼굴을 내밀며 "나왔어!"라며 나타날 것만 같다. 그러나 그 사람은 이제 우리에게서 영원히 등을 돌린 채, 뒷모습만을 남겼다.

겐토!

미하루를 가운데 두고 이불 세 채를 깔았다. 불을 끄고 눕자, 소철잎 흔들리는 소리와 파도 부서지는 소리가 뒤

섞여서 들려왔다. 잠이 오지 않았다.

머릿속이 맑아져서 수많은 기억들이 떠올랐다 사라졌다. 딱 한 번 미하루의 가슴을 본 적이 있다. 고등학교 수학여행 때 같은 학년 아이들과 교토京都의 온천 여관에 묵었을 때였다. 작고 빈약한 내 가슴에 비하면 미하루의 젖가슴은 그 해녀들 뺨칠 정도로 단단하고 탄력이 있었다. 아아, 그 터질 듯 풍만하고 아름다운 덩어리. 나는 일부러 시선을 돌렸지만 나도 모르게 다시 고개를 돌려 빨려들 듯 넋을 잃고 그녀의 가슴을 바라보았다. 겐토 씨는 이제 그 젖가슴을 만질 수 없다.

나는 팔을 뻗어 옆에서 자는 미하루의 손을 잡았다. 자는 줄 알았던 미하루가 어둠 속에서 내 손을 꽉 맞잡았다.

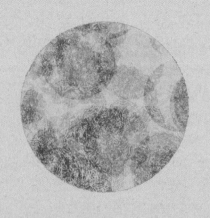

스스로 살아갈 것

드디어 은행나무가 황금빛으로 물드는 계절이 왔다.

겐토 씨는 죽고 이제는 이 세상에 없는데 나는 때때로 그 사실을 잊는다. 엄마가 죽은 직후에도 그랬던가. 아아, 이제 없구나 하며 그때마다 새삼스럽게 엄마를 떠올리며 슬퍼했다. 슬픔이란 잊히는 것이 아니다. 갈수록 더욱 깊어진다. 가까운 사람이 죽고 난 빈자리는 너무나도 커서 쉽게 채워지지 않는다. 나이를 먹을수록 마음속에 구멍이 하나둘 늘어갈 것이다. 그러다 언젠가는 마음 그 자체가 뻥 뚫려서 텅 비겠지.

연극이 끝나고, 여름이 지나갔다. 오키나와에서의 한 계절도 끝이 났다. 새로운 계절이 다가오고 있었다. 나는 아직 계절이 끝나고 시작되는 그 틈새에 있었다.

어느 날 귀에 익은 목소리의 여자에게서 전화가 왔다.

오키나와에서 만났던 미하루가 일하는 클럽 매니저 소노다 구키코였다.

"나예요. 기억나죠? 그때 말했던 그분. 아직 포기하지 않았어요. 그때부터 쭉 사람을 찾고 계세요."

"누구를요?"

"데뷔하기 전의 햇병아리 배우 말이에요. 있죠, 그쪽이 딱 맞아떨어지거든. 근데 그게 다가 아니에요. 당신이 마다할 이유가 없다는 뜻이죠."

"무슨 말이에요. 도대체 무슨 일을 하는 건데요?"

"지금 당장은 자세하게 말할 수 없어요. 모든 건 당신이 할아버지를 만날지 말지를 결정한 다음이죠."

"할아버지, 할아버지 자꾸 말씀하시는데 도대체 누구를 말씀하시는 거예요?"

"하세가와長谷川 씨라고만 말해둘게요."

"그런 비밀스러운 일은 받아들일 수 없어요. 무서워요."

"걱정할 필요 없어요. 목숨이 위험한 일은 아니니까. 내가 보장하죠."

"왜 전가요?"

"하세가와 할아버지와 나는 내가 어릴 적부터 알고 지낸 오래된 사이예요. 가쓰라코 씨를 미하루를 통해 좀 알아봤어요. 지금 부모님은 안 계신 거죠?"

"네."

"그리고 돌아가신 어머님도 배우셨고."

"네."

"어머님 성함은 하쓰코初子 씨 맞죠? 이 일만은 꼭 당신에게 부탁하고 싶어요. 하세가와 할아버지는 하쓰코 씨를 잘 알고 계세요. 어머님은 할아버지를 뵌 적이 있거든요."

"엄마가 그분을요? 어떻게요?"

"어머님은 분명 그분에게 연극에 대한 경제적 도움을 받았을 거예요. 연극 관련, 특히 예술성이 높은 무대는 금전적인 지원 없이는 계속하기 힘들죠. 하세가와 하면 그쪽 세계에서는 모르는 사람이 없을 정도로 최고의 스폰서예요."

소노다 구키코는 뭐든지 다 알고 있다는 듯 말했다.

"가쓰라코 씨, 당신은 돈 때문에 고민하고 있죠?"

"네. 가끔요. 예금이 줄어들고 있으니까요. 지금이 바로 그런 상황입니다."

"그럼, 질문을 바꾸죠. 가쓰라코 씨. 앞으로도 돈 문제로 고민하며 살고 싶나요?"

"돈 문제는 고민이 되기도 하지만 지금은 깊이 생각하고 싶진 않아요. 잘 모르겠어요. 중요한 건 균형이라고 생각해요. 없어도 곤란하지만, 너무 많아도 곤란하겠죠. 돈이 넘치게 많다는 건 지금으로선 상상도 할 수 없지만요. 뭐, 돈에 관해서는 가능하면 신경 쓰고 싶지 않아요."

"신경 쓰지 않기 위해서라도 돈이 필요하다고 생각하진 않나요? 그래요, 맞아요. 돈에 신경 쓰지 않으려면 돈 생각을 하지 않아도 될 만큼의 돈이 필요해요. 하세가와 할아버지라면 그걸 가능하게 해줄 겁니다."

9월 10일 금요일. 나는 도쿄 요요기代々木에 있는 큰 저택을 방문하기로 했다. 그 하세가와 할아버지라는 사람을 만나러 가기로 한 것이다. 그 사람은 엄마를 알고 있다고 했다. 소노다 구키코의 그 한마디가 나를 여기까지 이끌었다. 만나러 간다는 것은 소노다 구키코가 의뢰한 일을 받아들이기로 했다는 뜻이다. 괜찮을까. 바람에 나부끼는 가로수잎 사이로 9월의 햇살이 반짝반짝 비쳐들었다. 그때 엄마 목소리가 햇살에 섞여 들려왔다.

– 알 수 없는 인연에 이끌려 결국 여기까지 왔구나. 그래, 걱정되겠지. 나도 그때는 그랬어. 여자 혼자서 앞으로 어떻게 살아가야 하나 하고 말이야. 당시에는 눈앞이 캄캄했어. 괜찮아. 만나 보렴. 그런 다음 네 스스로 결정하는 거야. 내가 여기서 보고 있으니까. 지켜보고 있을 테니까. 위를 향해 반듯하게 자라나 줘. 자라서 가지를 펼쳐서 너라는 나무의 모든 가지에 작은 새들이 쉬어가게 해주렴. 태어났으니 힘껏 이 세상을 살아가는 거야. 넘어지고 굴러 떨어져도 살아가는 거야. 모든 것을 삼키

고 받아들이며 살아가는 거야.—

　지명으로 보아 요요기에 나무가 많을 거라 여겼던 내 짐작은 틀리지 않았다. 소노다 구키코가 알려준 주소 근처에는 큰 저택들이 죽 늘어섰고, 가까이에는 넓은 공원도 있었다. 저택마다 짙은 초록의 거대한 나무들이 솟아 있었다.

　하세가와라는 문패가 걸린 저택은 그중에서도 가장 으리으리했다. 문을 열고 들어갔다. 울창한 나무들이 짙은 그림자를 드리운 정원은 흡사 숲 같았다. 긴 언덕길을 올라 겨우 현관에 이르렀을 때 나는 땀에 흠뻑 젖어 있었다.

　머리채를 하나로 묶은 가정부가 나와 정중하게 맞아주었다. 안내한 곳은 저택의 가장 안쪽에 자리한 넓은 일본식 방이었다. 모든 창이 정원을 향해 활짝 열려 있어 실내의 어둠과는 대조적으로 정원의 녹음이 도드라져 보였다.

　하세가와 노인은 일본식 방의 안쪽, 정원을 정면으로 바라보는 위치에 웅크리고 앉아 있었다. 쭈글쭈글한 곶감 같았다. 노인이 말을 하지 않았더라면 나는 가구 중 하나라고 생각했을지 모른다.

　"가쓰라코구나. 이쪽으로 오너라."

　갑자기 친근하게 이름을 불러 움찔했다.

노인의 바로 앞에 푹신푹신한 방석이 놓여 있어 나는 그 위에 앉았다. 우리가 손녀와 할아버지였다면 이 얼마나 행복한 한때일까. 나는 할머니도, 할아버지도 모르고 자랐다.

노인을 바로 앞에서 보니 조금 전 가구라고 생각했던 것이 무색할 정도였다. 거무스름한 피부색에 눈매가 굉장히 날카로웠다. 노인이라기에는 너무나도 혈기 왕성해 보였다.

"와타루 씨가 연출한 연극을 했었지? 내가 직접 보진 않았지만 사람들에게 보러 가라고 했다. 그 후 굉장히 주목받고 있는 모양이던데. 일에 대해서는 소노다에게 들었지?"

"어떤 일 말씀이신가요?"

"이렇게 가끔 여기 와서 나와 이야기를 나누면 돼. 나는 이야기하는 걸 그다지 좋아하진 않아. 그저 말없이 아름다운 것을 보는 걸 좋아하지. 보여주기만 하면 돼. 보수는 네가 원하는 대로 주도록 하지. 하지만 모든 거래엔 시세라는 게 있다. 네가 무엇을 보여주느냐에 따라 달라지겠지."

이런 이야기에 관해 나는 생각해본 적도 없고 준비도 되어 있지 않았다. 하세가와 노인은 이야기하는 걸 좋아하지 않는다더니 아까부터 숨 돌릴 틈도 없이 말을 이었다.

"돈이라는 건 없으면 곤란하지만 넘쳐도 안 돼. 너무 많으면 감각이 둔해지거든. 화장실 물을 내리듯 펑펑 써 버리는 거야. 거기다 돈에는 특유의 악취가 있어서 그 냄새를 맡은 무리들이 실로 다양하게 찾아오지. 떡고물이라도 주워 먹으려는 꿍꿍이야. 등쳐 먹으려는 속셈이고. 하지만 난 쓸데없는 데는 한 푼도 낭비할 생각이 없다.

나는 나이를 먹었어. 이제 사람에게 완전히 질려버렸단 말이다. 사람은 늙어보지 않고서는 늙는 게 뭔지 몰라. 젊을 때는 나이 먹은 사람의 일 따위는 관심도 없었고, 애당초 내가 나이를 먹는다는 생각조차 못했다. 모두가 나만은 영원히 젊음이 지속된다 생각하지. 가쓰라코야. 너도 마찬가지다. 인생은 순식간이다. 지금은, 지금 이 순간은 싱싱한 복숭아와도 같지만 너도 곧 시들고 썩어. 비칠비칠한 할머니가 되지. 나도 내가 이 나이까지 살 줄 몰랐다. 내 꼴도 참 우스워. 하지만 아직 아름다운 것을 보고 싶다는 마음은 남아 있다. 아직 그 누구도 발견하지 못한 아름다움 말이야.

너는 눈 내리는 날, 아직 아무도 흔적을 남기지 않은, 하얀 눈이 쌓인 들판에 발자국을 남기고 싶다고 생각한 적 없느냐? 그 설원이 지금도 내 마음속에 펼쳐져 있다. 젊었을 때는 눈을 마음껏 더럽히고 눈 속에서 뒹굴며 놀았었지. 지금은 그저 보고 있는 것만으로도 좋아. 내 마음이 설원이 될 때까지 가만히 말이야. 조용히 아름다운 것을 보고 싶다."

"엄마를 아신다고 들었습니다."

"아아, 네가 누군지 소노다에게 들었다. 네가 하쓰코의 딸이라고? 신기한 인연일세."

"엄마와는 어떤……."

"뭐, 스폰서 같은 관계라 할 수 있지. 하쓰코의 연기 활동을 지원했었다."

하세가와 노인이 하쓰코, 하쓰코 하고 친근하게 엄마의 이름을 부르는 것이 놀라우면서도 한편으로는 기분 나빴다. 하세가와 노인이 말하는 하쓰코라는 여자는 내가 모르는 다른 사람처럼 느껴졌다. 아니, 분명히 다른 여자다. 나는 감사하다는 인사를 했다. 한마디 한마디 눌러 삼키듯이.

"엄마가……. 엄마가 신세를 졌습니다. 엄마 대신 감사드립니다."

"그녀에겐 매력이 있었다. 누구에게나 도움을 주는 건 아니야. 그런 연극으로는 좀처럼 관객을 모을 수 없지. 이 말은 하쓰코가 부족하다는 게 아니다. 하쓰코뿐만 아니라 연극을 하는 사람들은 언제 어느 때라도 누구나 다 열심이지. 말로 한 적은 한 번도 없었지만 내가 보기에는 학예회의 학구적인 연극 같았다. 나는 어려운 건 질색이었지만 그렇다고 해서 대중 연극을 보자니 금방 질리고 만족스럽지 않았어. 의외로 나 같은 관객이 많거든. 직접 연극을 하는 사람들은 근시안적이어서 그걸 잘 몰라. 관객과 연극을 만드는 사람, 그 둘 사이의 틈은 채워지지 않아. 그래도 아무 말 없이 돈을 댔어. 지원은 어려운 일이야. 어떤 일을 하든지 일에는 일절 참견하지 않고 돈만 내고 지켜보는 거야.

하쓰코가 속한 극단이 좀 더 열심히 해줬으면 했어. 의외라고 해야 하나, 정말 어중간한 시점에서 끝나버렸지. 하쓰코가 여행지에서 그렇게 갑자기 허무하게 죽어버릴 줄이야. 인간은 누구나 죽으면 끝이야. 그 여자는 한 걸음 더 나아가 크게 되길 바랐는데. 진정한 괴물이 되어 벚꽃처럼 화려하게 꽃을 피워줄 줄 알았어.

너는 어떨까. 어머니를 뛰어넘어야 해. 어느 정도 인기 있는 사람들은 욕심이 있어. 욕심을 송두리째 거부하는 사람은 좁은 세상에 갇히고 말지. 그렇다고 욕심만 많아서도 안 돼. 그 균형을 잡는 사람은 본인이다. 너무 의식적이어서는 안 돼. 아무 생각도 없이 어리바리해서도 안 돼. 착하기만 한 것은 재미없어. 바보 같으니까. 뭐니 뭐니 해도 요염한 매력이 있어야 해. 배우는 가만히 한자리에 앉아서도 1km 밖에 있는 사람이 맡을 정도의 섹슈얼한 향기를 풍겨내야 해. 바로 진정한 괴물을 말하지. 보는 사람을 오싹하게 만드는 거다. 너는 꽤 소질이 있어 보여. 자, 가쓰라코야. 너는 무엇을 나에게 보여줄 테냐."

하세가와 노인이 가까이 오라며 손짓으로 나를 불렀

다.

무릎발로 가까이 가자, 내 손목을 확 잡아끌고는 내 손등에 자신의 손을 대고 세게 눌렀다. 놀라울 정도로 강한 힘이어서 나는 움직이지 못하고 노인의 눈을 노려보았다. 무서웠지만 이 노인이 도대체 무슨 생각을 하고 있는지 알고 싶다는 호기심이 조금 더 앞섰다.

"가쓰라코 너에게는 아름다운 것을 보여주지. 골동품, 명화, 연극, 영화……."

노인을 가만히 살펴보았다. 이 사람이 원하는 것은 무엇일까. 생각해봐도 내가 알 리 없겠지만 내가 알몸이 되어 여기 벌렁 눕는다면 어쩌면 만족할지도 모른다.

내가 웃지 않고 굳은 얼굴로 쳐다보자 하세가와 노인도 나를 보았다. 서로 노려보며 눈싸움하는 태세로 몇 초가 흘렀다. 먼저 꺾인 쪽은 하세가와 노인이다.

"붙임성 없는 아이구나. 웃어보렴."

"웃을 수 없어요. 엄마가 들었다면 분했을 겁니다. 연극을 정말 열심히 했으니까요."

"열심히 했다는 건 변명이 될 수 없어. '열심히'는 아무 짝에도 쓸모없는 말이다. 열심히 하는 건 당연한 일이고, 그 결과 무엇이 남는지가 중요해. 결국 하쓰코는 앞으로 두세 걸음 남은 시점에서 사라져버렸어. 저 나무를 보렴. 저게 계수나무야. 네 이름과 같은 너의 나무란 말이다. 너도 저 나무와 같이 풍성하고 큰 나무로 성장해보아

라. 저 나무 옆에서 네 어머니는 태어난 그대로의 모습을 보여주었다. 여름 한낮에 녹음이 우거진 나무 곁에 선 네 어머니는 참으로 아름다웠어. 이 어두운 방에서 정원을 내다보면 저쪽은 꿈의 세계, 이쪽은 추악한 현실 세계처럼 느껴졌었다."

정원을 내다보자, 벌거벗은 채 나무 옆에 의연히 선 엄마의 모습이 보이는 듯했다.

엄마! 왜 그런 일을 한 거야.

가슴속에 울음이 가득 찼다. 눈물은 절대 보이지 않았지만.

나는 싫다. 이런 늙어빠진 노인네를 위해, 그리고 돈을 위해, 왜 나를 던져야 하는지.

하세가와 노인의 손을 뿌리치고 조용히 돌아가겠다고 말했다.

할아버지라니, 친근하게 부르는 것조차 역겹다. 엄마를 알몸으로 만들고. 엄마도 알몸이 되어서……. 아아, 불쾌하다. 그런 생각을 하며 바라본 하세가와 노인의 팔이 오글오글한 옷감과도 같은 잔주름으로 덮여 있다.

"그래. 그래. 그걸로 됐다. 가쓰라코. 화내라, 화내라. 타버려. 불타올라라."

하세가와 노인은 미친 사람처럼 손뼉을 치며 기뻐했다.

나는 일어섰다.

"이 일. 거절하겠습니다. 돈이라면 뭐든지 원하는 대로 할 수 있다고 생각하신다면 천만의 말씀이에요. 저는 엄마처럼 경제적인 도움 따위 필요 없습니다. 스스로 어떻게 해서든, 어떻게든 일해서 살아갈 겁니다."

쿵쿵 발소리를 내며 방을 나왔다. 문득 내가 괴물이 된 기분이었다. 머리 한가운데에서 분노가 솟구쳐 단 일 초라도 더 이곳에 있고 싶지 않았다. 하세가와 영감쟁이, 이 망할 놈의 노인네!

장지문 밖에는 아까 들어올 때 보았던 가정부가 대기하고 있다가 놀란 표정으로 나를 보았다. 반듯하게 생긴 사람이었고 할머니라 해도 될 정도로 나이가 많은 여자였다. 눈이 마주친 순간 움찔했다. 아름다운 사람이다. 젊었을 때는 어땠을까. 왜 이런 곳에서 일하는 걸까.

말이 없는 늙은 여자의 눈동자가 촉촉하게 젖어 있었다. 몸 전체로 허무감이 퍼져갔다. 복도를 뛰어서 현관을 나왔다.

소노다 구키코에게 한소리 듣겠지. 하늘을 올려다보니 깜깜해져 있었다. 밤하늘에 일등성이 빛나고 있다. 집에 돌아올 때까지 눈물이 멈추지 않고 흘러내렸다.

내가 울고 있는 건지, 엄마가 울고 있는 건지 몰랐다.

이나 씨가 견딜 수 없이 그리워졌다.

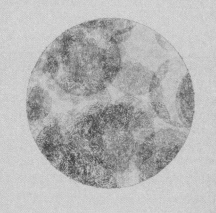

새
로
운

나

내리쬐는 태양 빛은 강렬하지만 습기가 없어 바람은 산뜻하다.

나는 지금 하와이에 와 있다.

해변에 세워둔 파라솔 아래에서는 이나 씨가 두툼한 책을 읽고 있다.

외국 여행은 처음인데다 남자와 단둘이 하는 여행도 처음이다.

엄마와 이나 씨가 얼마나 깊은 관계였는지는 잘 모르지만, 한때 엄마의 남자친구였던 이나 씨와 내가 함께 여행하고 있다니…… . 엄마가 알면 어떻게 생각할까.

지금까지 이나 씨에게는 뭐든지 다 이야기했지만 하세가와 노인과의 일만은 말하고 싶지 않았다.

생전의 엄마를 아는 이나 씨에게 계수나무 옆의 벌거

벗은 엄마에 대해 이야기할 자신이 없었다. 하세가와 노인에게 대들었던 일은 시간이 지날수록 내 마음속에 기묘한 불쾌감을 증폭시켰다. 알 수 없는 추악한 응어리가 내 마음 한구석에 자리잡았다.

그의 입을 통해 내가 모르는 엄마의 모습을 알았다. 엄마에 대해 더 많이 알고 싶지만, 그러자면 하세가와 노인을 좀 더 알아야 한다. 하지만 그날은 잠시라도 그의 옆에 있고 싶지 않았다.

소노다 구키코가 전화로 나지막이 나를 추궁했다. 하세가와 어르신 같이 중요한 고객을 뿌리치다니 어떻게 된 일이냐고 물었다.

"하세가와 어르신이 당신에게 해를 입혔나요? 난폭한 행동을 하셨나요?"

"아니요. 특별히 그런 일은. 그저……."

벌거벗은 채 계수나무 옆에 선 엄마. 머릿속에서만 맴돌 뿐 말할 수 없었다. 그녀는 내가 모르는 여자였다. 하지만 틀림없는 엄마였다. 수화기 너머의 소노다 구키코가 알아채지 못하도록 나는 눈물을 삼켰다. 나는 소리 없이 우는 데 능숙하다.

미하루가 크고 작은 곤혹을 참아가며 그 일을 계속 하는 걸 생각하면 단 한 번의 사소한 일로 화를 내고 뛰쳐나온 나 자신이 한심스러웠다. 하지만 나로서는 그런 일을 도저히 할 수도 없을뿐더러 이해할 수도 없다. 돈 때

문에 그런 할아버지의 노예가 되다니. 도대체 뭘 하라는
건지. 나에게 무엇을 보여달라는 건지도 알 수 없다. 싫
다. 아아, 싫다.

정확히 말하자면 소노다 구키코는 화를 내지는 않았
다. 나에게 질렸다는 표현이 맞다. 하세가와 노인에게는
곧바로 다른 말 상대를 보내겠다며 사과한 모양이었다.
소노다 구키코는 노인이 뜻밖에도 화내지 않고 내 반응
을 재밌어했다고 전해주었다. 노인이 자신에게 화내는
사람을 정말 오랜만에 보았다고 했다는 말도 덧붙였다.
그 말을 듣고 더욱 불쾌해졌다. 그러나 신기하게도 내 안
에서는 하세가와 할아버지에 대한 연민의 감정도 뒤섞
였다.

이런저런 일들을 깨끗이 떨쳐버리고 싶었다. 문득 사
는 곳이 아닌 어딘가로 정처 없이 길을 떠나고 싶었다.
다행히도 다음 일까지는 한 달 가량 시간이 있었다. 어느
날 이나 씨와 밤늦게까지 통화하다 나는 여행을 가고 싶
다고 말했다. 집 앞 식료품 가게에 잠깐 무를 사러 다녀
오겠다는 가벼운 말투였다.

처음에는 혼자 갈 생각이었다. 연극을 하며 번 돈은 보
잘것없는 수준이었지만, 아르바이트를 해서 좀 보태면
며칠 정도 국내 여행은 다녀오겠다 싶었다. 그런 계획을
상세하게 말하기 부끄러웠지만 얘기를 꺼내자 이나 씨

가 의외의 반응을 보였다. 같이 가자.

"나만 두고 가지 마."

내가 보기에 이나 씨는 성숙한 어른이었다. 의외로 사람은 누구나 그처럼 불안한 마음을 품고 살아가는지 모른다.

그 후로는 일사천리였다. 이나 씨가 모든 비용을 부담해서 결국 내가 한 일이라고는 지금 있는 돈을 이나 씨에게 주며 비용에 보태면 좋겠다고 말한 것뿐이었다. 왕복 항공료에도 못 미치는 돈이지만 전부 그에게 신세지기는 싫었다. 모두 부담하겠다고 말하는 이나 씨의 얼굴에 하세가와 노인의 모습이 겹쳐 보였다. 나는 조금이라도 내 몫을 내겠다고 고집을 부렸다.

"가쓰라코 넌 고집쟁이구나. 아직 고등학생 같아."

그렇게 말하며 내 머리를 손으로 헝클어놓는 이나 씨에게서 나는 신선한 욕망을 느꼈다. 고등학생. 그의 말대로 나는 얼마 전까지만 해도 고등학생이었다. 하지만 지금은 아니다. 보이지 않는 울타리를 넘어 한 여자로서 이나 씨와 이렇게 마주하고 있다.

호텔은 와이키키 해변에 접해 있었다. 주위에 고급 호텔이 늘어선 가운데, 이 호텔만 소박하고 아담했다. 여행 오기를 잘했다. 뭐든지 다 신기했다. 외국에 나오면 이런 해방감이 있구나 싶었다. 엄마는 외국에 나가본 적이 있었을까? 아마 없었으리라. 나와 함께 왔으면 좋았을 걸 하고 생각하자, 가슴 한쪽이 저려왔다.

"이나 씨, 엄마는……."

나는 말을 꺼내다 말고 입을 다물었다. 언제부턴가 이나 씨와 나 사이에서 엄마는 이 세상에 없는 투명한 존재로 변해가고 있었다. 처음에는 어떻게든 구실을 붙여 엄마가 살아 있을 때의 추억 이야기를 이나 씨에게서 끄집어내려고 했다. 하지만 최근 우리 둘 사이에 엄마를 화제에 올리는 일은 거의 없다. 나와 이나 씨의 현재가 엄마를 앞질러 버렸다.

그래도 엄마는 있다. 죽어서도 있다. 여기 와이키키의 하늘에도, 햇빛 속에도. 그렇게 말없이 우리를 내려다보고 있다.

호텔의 중앙 정원에는 작은 수영장이 있다. 수영장 주위에는 거대한 바난나무(Banyan Tree, 학명 Ficusbengalensis(indica) : 뽕나무과의 상록교목으로 인도가 원산지. 뱅골보리수라고도 한다. 가지에서 공기뿌리가 많이 나와 넓게 퍼진다. 캘커타 식물원에는 공기뿌리의 수가 오백스물여섯 개나 되는 것도 있다. 나무껍질은 잿빛을 띤 흰색이고 어린 가지에 털이 있다. 열매는 무화과처럼 생겼고 먹을 수 있으며 잎은 코끼리의 사료로 쓴다. 인도에서는 신성한 나무라고 여겨 나무가 자라는 대로 내버려 둔다. 가지가 사방으로 뻗어나가고 줄기에서 수많은 기근이 자라나 땅속에 박히면 다시 뿌리가 된다. 그 때문에 줄기는 계속 굵어지고 오래된 나무는 울퉁불퉁하며 불규칙

새로운 나

적이다. 줄기 둘레가 10~20m나 되는 것도 있다. 오키나와에서 말하는 가쥬마루의 일종이다. -옮긴이 주)가 서 있었다. 오키나와나 미야코지마섬에서 보았던 가쥬마루나무처럼 긴 뿌리가 땅 위로 드러나 있었다. 나무 아래에는 벤치가 여러 개 놓여 있어 숙박객들이 엎드리거나 드러누워 책을 읽기도 하고 수영장에서 올라와 낮잠을 자기도 한다.

나와 이나 씨도 그들 사이에 끼어들었다. 나무 아래 그늘은 시원하고 쾌적했지만, 나무에서 떨어지는 갈색의 열매는 성가셨다. 의자에서 쉬는 동안 열매는 예상치 못한 순간에 떨어졌다. 무른 열매라 떨어지는 족족 뭉개졌다. 철썩하는 소리와 함께 터진 열매 속 내용물이 사방으로 튀었다. 머리나 몸, 수건 위로도 떨어졌다. 그 수가 상당했다.

"열매가 비처럼 쏟아지는 나무네."

나는 바난나무에 '열매 비 나무'라는 별명을 붙였다.

아침에 일어나면 나는 혼자 수영장으로 내려가 그 나무줄기에 손바닥을 댔다. 내가 언제나 나무에게 하는 인사다. 몸속을 깨끗이 비우고 나무와 마주하면 나무의 내부에서 커다란 에너지 덩어리가 소리 없이 고요하게 내 손바닥으로 들어온다. 공처럼 생긴 둥근 그 에너지를 나무와 주고받는다. 그렇게 주고받다 보면 몸속 구석구석까지 수분이 전해지고, 환희가 머리 꼭대기까지 차오르다가 증발해서 공중으로 녹아든다. 말로 형용할 수 없는 희열이었다.

수영장에서 보내는 시간이 지루해지면 가끔은 해변에도 내려갔다. 하얀 모래사장은 햇볕에 달구어져 뜨거웠다. 새빨갛게 살을 태운 사람들이 햇볕이 내리쬐는 해변에 엎드려 있다. 바다에 몸을 담그고 있으면 완만하게 파도가 일었다. 파도가 높아졌다가 해변에서 가장 가까운 곳까지 와서 부서진다. 조수의 흐름이 강한지 바닷물에 몸을 담그고만 있는데도 바다 깊은 곳으로 몸이 끌려들어간다.

"태평양!"

나는 어린아이처럼 혼자 기뻐했다.

와이키키의 파도는 길고 우아하다. 서퍼들은 롱 보드라 불리는 긴 보드를 탄다. 해변 쪽에서 바다를 보면 완만하고 기다란 파도가 끊임없이 이어진다. 나이가 꽤 많은 서퍼도 있다. 할아버지뿐 아니라 할머니도 있다. 이 정도로 잔잔한 파도라면 어르신들도 즐길 수 있겠지. 하세가와 노인에게도 권하고 싶다. 파도 위에서는 빈부의 차도 없다. 돈이 있든 없든 여기서는 전혀 상관없다.

그 추한 하세가와 노인을 이 뜨거운 모래사장에 어떻게든 끌고 오고 싶었다. 그의 쭈글쭈글하고 쇠약한 몸을 파도 위에 올려 태양 빛에 반들반들하게 태워주고 싶다. 내 벗은 몸 따위 여기서는 돈이 많든 적든 상관없다. 원하는 대로 보여주겠다. 그런 일로 나는 무너지지 않는다. 그런 발칙한 생각마저 들었다. 나는 그런 내가 우스워 혼자 키득거렸다.

하와이에 오기 전 일본에서 산 수영복은 바겐세일 때 정가의 반도 안 되는 값을 주고 산 것이다. 어깨끈이 없는 검은색 원피스 타입이다. 학교 수영복밖에 입어본 적이 없는 나는 새 수영복을 입은 거울 속 내 모습이 굉장히 어른스러워 보였다.

이나 씨가 나를 하와이로 데려온 데에는 그가 하와이에 여러 번 와 보았고 이곳이 무척 마음에 들었다는 점 말고도 또 다른 이유가 있었다. 연극배우 시절의 동료가 호놀룰루에 이민 와 살고 있기 때문이었다. 오래 알고 지낸 사이라고 했다. 그건 엄마와도 잘 아는 사이였다는 뜻이다.

이나 씨에게 여행은 낯선 땅을 헤매는 모험이 아니다. 나는 미지의 장소를 여기저기 기웃거리고 싶은 호기심이 있지만 이나 씨는 다르다. 이나 씨는 아는 사람이 없는 곳에는 가고 싶지 않다고 했다. 요컨대 그의 여행은 땅을 찾는 것이 아니라 사람과 만나는 것이다.

요코미쓰 씨는 호놀룰루에서 식당을 하고 있다. 하루는 저녁 식사 시간에 이나 씨와 함께 그의 식당을 찾았다. 요코미쓰 씨는 우리를 반겨주었다. 밤늦게까지 이야기꽃을 피웠는데 나는 듣기만 했다. 그곳에서 이나 씨가 결혼한 적이 있다는 사실과 엄마를 비롯한 동료와 열정을 쏟아 연극을 만들었다는 이야기를 들었다.

"지금은 연극을 하던 때가 까마득하게 느껴져요. 어떻게 꿈에서 깨어날지는 중년 이후의 숙제예요. 꿈에서 깨어나겠다고 결심한 사람에 한해서죠. 평생 꿈을 꾸는 사람도 있으니까요. 쉽게 마음을 접지 못하고 텅 빈 인생을 보내는 사람도 있고요. 무엇이 정답인지는 알 수 없지만요."

요코미쓰 씨는 너는 어떠냐는 듯이 이나 씨에게 시선을 돌렸다. 이나 씨는 말없이 젓가락으로 음식을 집어 입에 넣었다. 테이블 위 음식들은 그야말로 진수성찬이었다.

"포키라는 요리 들어본 적 있죠? 참치를 크게 토막 내서 참기름하고 파, 아보카도 같은 것들과 섞어요. 맛있어요. 먹어보세요. 이건 로미로미(생선에 파와 토마토를 다져 넣은 하와이 요리. -옮긴이 주). 일본식으로 만든 건데 우리 가게에서 인기 있는 요리예요. 로미로미라는 건 섞는다는 뜻이랍니다. 하와이말 재밌죠? 반복되는 음으로 동사를 만들기도 해서 음절이 겹치는 말이 많죠.

그러고 보니 정말 그렇다. 마을 이름에도 요리 이름에도 작은 새들이 지저귀는 소리와 닮은 말들이 여기저기 붙어 있다.

"와이키키는 샘솟는 물이란 뜻이에요."

그 말을 듣자, 물이 기쁨에 들떠 흘러넘치는 듯한, 굉장히 행복한 이미지가 떠올랐다.

차례차례 차려져 나온 음식들은 하나같이 다 맛있었는데, 가끔 보이는 요코미쓰 씨의 그늘은 이나 씨의 그늘과 아주 비슷했다.

꿈에서 깨어난 사람들의 그늘인 걸까. 아니면 그들 사십 대 후반의 사람들이 공통으로 지닌 인생의 그늘인 걸까. 그 그늘이 이곳 활기찬 하와이에서 한층 더 짙게 드리워져 있었다. 이나 씨는 확실히 오아후섬에 와서부터 조금 나이 든 사람처럼 보였다. 도쿄에 있었을 때는 그의 나이에 대해 한 번도 생각해본 적이 없었고 느끼지도 못했었다.

하와이의 태양은 무엇이든 아무렇지도 않게 들추어내는 걸까. 미야코지마섬이나 오키나와의 태양은 이보다 다정했었다. 역시 이곳은 이국이다. 빛이 다르다. 빛의 각도가 다르다. 모든 것이 조금씩 달라 보인다.

이나 씨 얼굴의 피곤함은 그를 관능적인 남자로 보이게 했지만, 이나 씨 곁의 나는 조금 불편했다. 나는 아무리 봐도 이나 씨의 소유물처럼 보인다. 요코미쓰 씨도 나를 어떻게 대해야 할지 난감해하는 표정이다. 일단은 '젊은 여자'라는 카테고리 안에 나를 넣은 모양이다.

술자리가 한창 무르익을 무렵 요코미쓰 씨의 부인이 주방에서 나왔다. 요코미쓰 씨와 같은 연배일까. 햇볕에 알맞게 그을린 얼굴에 부드러운 미소를 띠다가, 눈이 부신 듯 살짝 찡그리고 나와 이나 씨를 바라보았다. 이나 씨의 모든 과거를 알고 있는 요코미쓰 부부가 엄마를 포함해서 이나 씨를 스쳐 갔던 사람들의 그림자를 내 위에 겹쳐 보고 있었으리라.

부부와 이나 씨의 오랜만의 해후는 반가움과 씁쓸함이 뒤섞여 있었다.

"와이키키바다는 보셨어요?"

요코미쓰 씨의 부인이 말했다.

"네. 아름다웠어요. 길고 긴 해변이랑 잔잔한 파도도요."

"아침, 점심, 저녁 그때그때 바다의 표정이 다르니까 꼭 시간을 달리해서 보세요. 하와이 사람들은 누구나 다 일찍 일어나요. 일본 사람들은 전과 다름없이 다들 지쳐 있는 것 같아요. 두 분도 늦게까지 주무시더라고요. 피곤이 충분히 풀리고 나면 아침 일찍 일어나서 해변을 걸어 보세요. 아직 바람이 조금 차긴 하지만, 그런 작고 별거 아닌 일에서부터 인생을 보는 각도가 변하는 법이니까요."

부인의 말이 반짝 하고 빛을 내며 내 마음을 비추었다.

나는 조금 부끄러웠다. 이곳에 와서 날마다 이나 씨에게 안겨 있는 내 몸은 내가 봐도 음란한 과일 같았다. 항상 끈끈한 땀에 젖어 있었다. 밤뿐만 아니라 아침이나 낮

새로운 나

에도 어느 한쪽이 원하기만 하면 우리는 언제라도 방에 틀어박혀 몸을 섞었다.

세 번째 날 아침, 나는 내가 허물을 벗고 새로운 나로 태어났음을 깨달았다. 이나 씨에 의해 두꺼운 껍질이 벗겨진 것일까. 아니면 하와이의 바다와 바람, 태양이 내 몸의 세포를 바꾸어놓은 것일까.

이나 씨는 지금까지 내가 접했던 그 어떤 남자와도 달랐다. 우리는 자신의 몸 구석구석까지 전부를 상대에게 맡겼다. 그럼에도 더욱더 서로를 간절히 원했고 그럴수록 갈증이 더해갔다. 우리는 서로의 몸을 더 알고 싶어 탐하고 또 탐했다. 우리는 탐욕스럽게 사랑을 나눴다. 와이키키, 물이 샘솟는 땅에 와서 서로의 육체에서 솟아나는 물을 마시고 또 마셨다. 그와 나의 경계가 허물어지고 질척하게 녹다가 결국 맞닿아 하나의 대지가 되어버릴 때까지.

이나 씨의 손가락이 내 허리에 닿은 것만으로도 나는 힘없이 무너졌다. 무섭다. 두렵다. 이나 씨 없이 살아갈 수 없는 여자가 된 것일까.

와이키키 번화가의 밤은 날마다 축제였다. 불이 환하게 켜진 고급 상점들을 쳐다보며 수많은 관광객이 줄지어 걷고 있다. 길거리 공연을 선보이는 사람도 있다. 길을 걷다가 이나 씨는 이따금 내 손을 잡아 특별히 맛있는 요리라도 되는 양 자신의 입에 넣는다. 그리고 아프게

깨문다. 그럴 때마다 이나 씨의 욕망이 나에게 전염되어 나 또한 이나 씨를 원하게 된다. 길거리에서 서로를 품을 수 없는 우리는 몸을 밀착하고 호텔 방으로 돌아온다.

그런 일이 몇 번이나 반복되면서 나는 문득 이곳에 오래 있어서는 안 되겠다는 생각이 들었다. 관광지 하와이는 향락에 물들어 있고, 나와 이나 씨의 생활 또한 그러했다. 문득문득 발바닥에 단단한 무대 바닥이 닿는 감촉이 되살아나곤 해서 아아, 그런 삶이야말로 바로 내가 발 딛고 서 있어야 할 내 '현실'이구나 하고 절감했다.

여행 마지막날. 나는 일부러 일찍 일어나 옆에서 잠들어 있는 이나 씨를 두고 혼자 해변에 내려갔다. 아직 어둑어둑하지만 수평선 주위는 어슴푸레 붉게 물들어 있었다. 이른 시간에도 서핑을 즐기는 사람들이 있었다. 대부분이 노인인 그들은 파도 위에서 수다를 떨었고, 파도를 기다렸고, 또 파도를 탔다. 젊은 사람들의 모습은 보이지 않았다.

마린블루의 바다색이 너무나도 투명해서 나는 왠지 무서웠다. 혼자서 바다를 쳐다보고 있으니 혼자 있는 지금의 내 모습이야말로 진정한 나라는 생각이 들었다. 이나 씨 없이는 살아갈 수 없다고 생각했던 일도 꿈을 꾼 것처럼 느껴졌다.

하세가와 노인이 벌거벗은 엄마를 봤다는 사실을 알

고 나는 심하게 동요했다. 아마 이나 씨도 벌거벗은 엄마의 몸을 알고 있을 것이다. 그런 생각이 든 것은 이나 씨와 사랑을 나누고 있을 때면 내 등 뒤에서 자주 엄마의 시선을 느꼈기 때문이다. 이나 씨 또한 환희에 차 절정을 느끼는 내 모습에서 엄마의 환영을 보았을지 모른다.

방에 돌아오니 이나 씨는 아직 자고 있었다. 호텔 창으로 바다가 펼쳐져 있다. 이나 씨는 지친 것일까. 마치 죽은 듯 보였다. 나를 그토록 사랑해준 사람인데도 지금 이렇게 침대에 누워 있는 모습을 보니 처음 보는 사람 같았다. 깊게 팬 주름, 울고 난 뒤처럼 짓무른 눈꼬리. 동년배라면 모두가 부러워할 군더더기 없는 배와 늘씬한 몸. 그런 이나 씨를 나는 지금 냉정하게 바라보고 있다. 나는 도대체 어떤 사람인 걸까.

바다 건너 아주 먼 곳을 여행하고 싶었다. 지금 이렇게 여행 중인데도 나는 또다시 멀리 여행을 떠나고 싶다.

몸속 나침반 바늘이 흔들리고 있다. 어디로 갈지 나로선 알지 못한다.

만약, 이나 씨가 저대로 일어나지 못한다고 치자. 그러면 나는 어떻게 할까. 나는 분명히 그를 버리고 갈 것이다. 여기에 그를 남겨두고 나는 앞만 보고 갈 것이다.

그렇게 생각했을 때, 이나 씨가 벌떡 침대에서 일어났다.

"잘 잤어? 일찍 일어났네."

이나 씨는 죽지 않았다. 살아 있다. 살아 있으니 침대에서 일어난다. 몇 번이든 아침이 되면 침대에서 일어난다.

그 순간, 이나 씨와 일생을 함께한다는 권태와 기쁨이 동시에 나를 깊숙이 관통했다.

기쁨은 고체이고 아주 조그맣다. 이와는 반대로 권태는 묽은 액체이고 감정의 대부분을 차지한다. 이는 새어나오는 달콤한 시럽이다. 언젠가 내 마음을 온통 뒤덮고 말 것이다.

나는 이미 오래 이나 씨와 같이 살아온 중년 여자 같았다. 그렇게 생각하자 갑자기 질리면서 이 모든 상황이 지겨워졌다.

이렇게 깊은 쾌락 속에 있으면서도 나는 이나 씨와의 거리를 느꼈다. 그와 함께 살아갈 수는 없다. 이는 어디서 생겨난 결단이었을까. 지금도 세계 어딘가를 정처 없이 걷고 있을 쓰카하라 씨와 언제나 연극으로 머릿속이 가득한 류노스케가 생각났다. 이나 씨는 나에게 누구와도 비교할 수 없는 깊고 진득한 쾌락을 주었다. 하지만 지금의 내 자유로운 영혼은 새털처럼 가벼워서 쓰카하라 씨나 류노스케와 나란히 같은 하늘을 날아가고 싶다.

가슴속에서 작은 돌이 떨어지는 고독한 소리가 난다.

확실하고 믿을 수 있는 소리. 그러나 너무나도 확실해서 무섭다.

"무슨 생각해?"

대답하지 않자 이나 씨가 나를 뒤에서 끌어안았다. 그에게서 큰 파도가 밀려왔다. 그 파도가 철썩하고 내 온몸을 적신다. 그 멋진 관능의 바다에서 나는 어떻게 헤어 나올 것인가.

나는 모른다.

나를 부르는 소리가 들린다.

이나 씨 뒤로 펼쳐진 바다를 보며 나는 다시 여행을 떠나리라 생각했다.

떠돌며 다시 태어나는 거다. 데굴데굴 굴러가리라. 단단하고 작은 하나의 돌멩이처럼. 매일 환생하고, 또다시 태어나면서. 저 황홀한 바다 건너 이 세상 끝까지라도.

옮긴이의 말

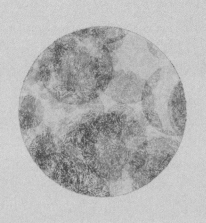

시적 언어로 그린 소녀의 성장과 에로티시즘

한성례(번역가 · 시인)

이 작품의 원제는 '전생회유녀(轉生回遊女)'이다. 주인공 가쓰라코는 연극배우였던 어머니를 사고로 잃고 혼자 남겨진 열아홉 살의 자유분방한 소녀이다. "당신은 배우를 해야 합니다"라며 나타난 한 남자의 설득으로 그녀는 어머니의 뒤를 이어 배우의 길을 가기로 결심한다. 그리고 한 달 후로 정해진 연습 때까지 새로운 뭔가를 찾아 여행을 떠난다. 전생회유녀(轉生回遊女)를 한국어 그대로 옮길 경우 한국 독자들에게 전달력이 떨어질 것을 우려해 가쓰라코의 방황과 외로움, 메마름에 맞추어 '조금은 덜 외로운'으로 제목을 지었다.

첫 부분에 주인공의 인생을 암시하는 대목이 있다. 주인공이 태어나는 순간을 들려주는 어머니의 이야기다. "목에 탯줄이 여러 겹 감겨 있었거든. 잘못되는 줄 알았지. 입술도 얼굴도 새파랗게 질려 있었단다. 넌 이 세상에 나오면서부터 이미 죽음의 문턱까지 갔다가 살아 돌아온 거야." 이 문장을 읽고 나면 왠지 '숨이 막히고 목 부분에 미끈미끈한 탯줄의 감촉'이 느껴진다. 이러한 감각적인 감촉이 이 소설 속 여기저기에 스며있다. 죽음을 향해 가다 꺾어 돌아와 살고 있다는 것, 바로 환생이다. 주인공의 영혼은 한 곳에 머무르지 않는다. 나무와 마음을 나누고, 바람처럼 새처럼 날개를 퍼덕이며 자유롭게 날아오른다. 자유분방하게 차례차례 남자들과 관계를 맺고 만남과 헤어짐을 거듭한다. 그러나 앞으로 계속 나아가지 않고 가던 길을 꺾어 돌아온다. 남자는 버려도 '자신'은 결코 버리지 않는다. 자신이 여성이라는 성적 존재임을 수긍하지만, 그 '성(性)'이라는 숙명에서 빠져나오려 한다.

이 소설에서는 '나무'가 중요한 역할을 한다. 각 장마다 나무가 제재로 등장하는데, 나무의 중심에 주인공이 있고 그 중심에서 출발하여 남자와 만나고 관계를 하고 다시 자신의 중심으로 돌아온다. '중심'이 자신이고 남자는 그 주변에 '원'을 그리는 형태로 존재한다. 자신의 남편과도 관계한 것을 안 친구에게서 "넌 왜 그렇게 가볍게 남자와 관계를 갖는 거냐"라는 말을 들을 정도이지만 그렇다고 쾌락에 빠지는 건 아니다. 오히려 나무를 껴안고 있는 쪽에서 행복을 느낀다. 이처럼 남자에게서 꺾어 돌아오는 운동을 반복하며 수직으로 뻗어간다. 꺾어 돌아올 때마다 주인공 가쓰라코라는 나무는 성장하는 것이다. 자신도 모르는 어떤 존재를 찾아 뿌리를 내리고 타인을 호흡하고 타인을 자신 속으로 끌어들여 큰 나무가 되어 간다. 여기서 호흡이란 쾌락 또는 엑스터시이다. 엑스터시의 어원은 '나에게서 나가서', '내가 아니게 되는 것'이다. 즉, 타인이다. 새로운 타인의 물을 빨아들여 수직으로 뻗어나가는 것. 주인공은 동물적이고 감각적으로 격류 같은 인생을 흘러가지만 의지를 가지고 살아간다.

이 소설은 소녀를 주인공으로 한 성장소설이지만, 한편으로는 인간과 자연이 하나라는 강한 메시지를 드러낸다. 주인공은 언제 어디서나 나무와 하나가 되어 뒹군다. 남자와 똑같은 감각으로 나무와 접촉한다. 그 감촉이 관능적이고 야성적이다.

주인공은 오키나와의 미야코지마섬과 나하를 거치며 다양한 양분을 빨아들이고 도쿄에 돌아와 드디어 첫 무대에 선다. 연극은 성공을 거두고, 이어서 새로운 인생을 찾아 하와이로 다시 여행을 떠난다. 남자와 함께 가던 길을 꺾어 다시 자신에게로 돌아오기 위한 여행이다. 동행한 남자의 등 뒤로 펼쳐진 하와이의 바다를 바라보며 주인공은 남자에게서 떠날 생각을 한다. "떠돌며 다시 태어나는 거다. 데굴데굴 굴러가리라. 단단하고 작은 돌멩이처럼. 매일 환생하고 다시 태어나면서. 저 황홀한 바다 건너 세상 끝 어디라도"라며.

저자는 현재 일본에서 일반 대중에게까지도 사랑받는 가장 대표적인 시인이기도 하다. 시인으로서 소설가로서 응축된 역량이 아름다운 문장으로 녹아있는 환상적인 소설이다.

조금은 덜 외로운

2018년 1월 12일 1판 1쇄 찍음
2018년 1월 18일 1판 1쇄 펴냄

지은이 _ 고이케 마사요
옮긴이 _ 한성례
펴낸이 _ 김성규
책임편집 _ 박찬세
디자인 _ 조혜주

펴낸곳 _ 걷는사람
주소 _ 서울특별시 서대문구 거북골로154, 104동 1512호
전화 _ 031-901-2602 **팩스** _ 031-901-2604
이메일 _ walker2017@naver.com
SNS _ www.facebook.com/walker1121
등록 _ 2016년 11월 18일 제25100-2016-000083호

ISBN 979-11-960081-7-8   04800
      979-11-960081-4-7 (세트)   04800